ジャック・ケッチャム/著
金子 浩/訳

冬の子

ジャック・ケッチャム短篇傑作選

Winter Child and Other Stories

扶桑社ミステリー
1700

Winter Child
The Work
The Box
Olivia: A Monologue
Returns
Listen
Elusive
Station Two
Damned If You Do
Luck
Bully
Group Of Thirty
Seconds
Mother and Daughter
Forever
Gone
The Visitor
Snakes
Firedance

目次

冬の子

ジャック・ケッチャム短篇傑作選

冬の子

Winter Child

あの冬、父はもう若くなかった。五十五歳になっていた。だが、頑健《がんけん》な大男のままだったので、背中を負傷しなかったら、あと十年は木こりを続けられていただろう。製材会社は父を事務職に異動させた。たぶん父は、メイン州北部の森林限界地帯で、六桁《けた》の足し算ができてカバノキとポプラの違いがわかる数少ない人物のひとりだったからだろう。だが、父はその配置転換をよく思わなかった。辞めなかったのは、ひとえにあの土地が好きだったからに違いない。

父は十三万平方メートルの土地を所有していた。その大半は灌木《かんぼく》が生い茂っている荒れ地か禿《は》げ山だったが、いい土地もあった。ぼくはそこで、父とふたり暮らしをしていた。妹のジューンは二年前の真冬に肺炎で亡くなっていたし、その二週間後には母もおなじ病気であとを追った。うちの家系は女が肺を病むのだ。

そういうわけで、ぼくたちはふたりきりで暮らしていた。東に十キロ離れたところにあるいちばん近い隣人の家は、ホースキル川を渡って丘を越え、海岸ぞいの町、デッドリヴァーにいたるまでの途中にあった。そしてまた冬がやってきた。母とジューンを亡くしてから、父とふたりでは、まだひと冬しか乗りきっていなかったし、最初の大雪のせいでつらい記憶がよみがえった。

気鬱《きうつ》が人を殺せるとしたら、父はあの冬、何度も死にかけていただろう。することがなかったわけではない。それが原因ではなかった。仕事があった――父は、毎日、ぼくを学校に送り届けてから出勤していたし、天気が悪くても、行けるときは、危険なでこぼこ道を四輪駆動車で走って町まで通っていた――ぼくたち親子とバセット・ハウンドのベティを食っていけるようにしなければならなかったし、二頭の去勢馬の面倒も見なければならなかった。時間があれば、散弾銃を手にウサギやウズラを狩ったり、父がうちの〝造船所〟と呼んでいた納屋の作業台の横にポータブルヒーターを置いて腰をすえることもあった。

無計画で過剰な伐採が原因で大森林が消えてしまったため、メイン州の造船業は、そのころにはすっかり衰退していたが、かつて、この地の背の高いホワイトパインからはおびただしい数のマストと帆桁《ほげた》を、オークからは肋材《ろくざい》を、トネリコからは留め具を、イエローパインからは外板《がいはん》をつくっていた。第二次世界大戦中、メイン州では、月一隻《せき》のペースで潜水艦と駆逐艦を建造していた。

父はプリマスで育った幼少期に船好きになり、一生の趣味として、暇を見つけては船の模型をつくるようになった。ぼくもときどき手伝った。というか、手伝おうとした。凝り性で粘り強かった父は模型づくりが得意だったし、ぼくはその恩恵にあずかった。ぼくの部屋には完成した模型がずらりと並んでいた。バイキングのロングシップも、古代ギリシャ・ローマ時代のガレー船も、十九世紀の大型帆船《クリッパー》も、ミシシッピ川の外輪船もあった。ロバート・フルトンが建造した有名な蒸気船、クラーモント号も、ホワイトスター社の大西洋横断客船、オセアニック号もあった。

母はよく、オセアニック号に乗ってみたいといっていた。ぼくは模型の棚を何時間も眺めながら、船が帆をいっぱいに張っていたり、嵐《あらし》を乗りきろうと奮闘しているさまを想像したものだ。結局、母が船に乗ることはなかったが、ぼくは何度も乗った。

だが、父がもはや模型づくりを楽しめていないのは明らかだった。以前は、パーツをぴったりはめるコツとか、イエローパインの板の曲げ加工の仕方とか、接合と艤装《ぎそう》についての蘊蓄《うんちく》を嬉々《きき》としてぼくに語りながら作業したものだった。自分の不器用さをジョークにしたりもした。父は不器用とはほど遠かったのに。しかし、いつしか黙々と作業するようになっていた。船舶模型づくりは、かぎりなく悲しい衝動の発露になっていた。以前よりもずっと孤独な行為になっていた。

ぼくはもう、作業中の父のもとへ、めったに行かなくなっていた。一月の時点で、ぼくは早くもそれに気づいて心配していた。ただ、表現が子供じみていた。うまく対応できなかったのだ。不安のあまりいらだった。いらだちのあまり腹をたてた。父をひどく困らせた。怖かったからだ。

父はもともとあけっぴろげで温和で鷹揚《おうよう》な人だった。岩のようにどっしりしていた。あのころの父のような、無口なひきこもりではないはずだった。ぼくはよく眠れなくなった。ベッドに入ると、いつもクローゼットになにかがいるような気がした。ある夜、スペインのガレオン船の模型を構えて、なにかがいたらそれで突き刺すか殴りつけてやろうとクローゼットに忍び寄ってドアをあけたこともあった。だがいつもどおり、自分のものが乱雑に放りこんであるだけだったので、ほっとすると同時にとまどった。

そして二月に、数年ぶりの大雪が降った。きらきら輝く波のようになっている雪原は、平坦《へいたん》なところでもぼくの背丈を越え、家のまわりや納屋の脇《わき》の吹きだまりでは父の背丈を越えて積もった。ふわふわな粉雪なので、上を歩こうとしたらすっぽり埋まってしまう。学校は無期限休校になった。車で通勤するなんて不可能だった。だから、父はその週、ずっと家にとどまって、モニター号の、全長が九十センチ以上におよぶ模型の製作にほとんどの時間を費やした。南北戦争中に南軍のメリマック号を破った、合衆国海軍初の成功した装甲艦だ。いつもならどんな天気にもひるまなかった飼い犬のベティも、あの大雪のなかへは出ていこうとしなかった。もっとも、ベティはそのとき妊娠していたので、そのせいもあったのかもしれない。

雪景色は美しく、最初のうちはうっとりと眺めてしまう。見慣れているものすべての形が丸みを帯び、真っ白になり、日差しを浴びて輝いたり、星明かりできらめいたりするからだ。

美しかった——とはいえ閉塞《へいそく》感もあった。

雪のせいで、ぼくたちの世界は五つの狭い部屋と納屋と、納屋に通じている雪かきした小道にまで縮んでいた。気温が低く、雪は融けなかった。そして、毎日、夜になるとまた雪が降って、ぼくたちはますます閉じこめられた。

三日めには、ちょっとおかしくなっていたのだろう。ぼくはふさぎこんでうろつきまわった。そのときのぼくには、モニター号などゴミだったし、そんなものにうつつを抜かしている父が馬鹿《ばか》に思えた。モニター号は、上面に砲塔がついている退屈な平たい葉巻にしか見えなかった。父とはめったに話さなくなった。夕食にはほとんど手をつけなかった。そして寝る前に、父が雑誌を読んでいる振りをしながらぼくをちらりと見たのに気づいて、ぼくはそれまで感じたことがなかったほどの罪悪感を覚えた。父は、明らかに苦しんでいたからだ。ぼくが苦しめていたのだ。あの、母と妹がいなくなった冬、父がまだ充分に不幸ではなかったかのように。ただでさえ落ちこんでいた父は、残された唯一の家族だった悪ガキに、どん底へ突き落とされたのだ。まさしく、そのつもりでしたことだった。その試みは成功した。

こんどはぼくが苦しむ番だった。

ぼくはベッドに腰かけて、どう償《つぐな》えばいいのだろうと考えながら、謝りに行く勇気を奮《ふる》い起こそうとした。母と妹を思いだし、父もぼくとおなじくらい寂しいはずだと思いいたった。たぶん、もっと寂しいはずだと。

自分がクソみたいなことをしたのがわかった。

泣きたくなった。

謝罪の言葉を探していたとき、覚悟を決めて部屋を出て、なにかいおうとしていたとき、ノックの音が聞こえた。

大きなノックではなかった。ためらいがちといっていいほどで、小さかった。控えめなノックだった。奇妙だった。その夜は大荒れの天気で寒風が吹きすさんでいたし、窓から外を見ると横殴りの雪が降っていて、明日もまたきょうと似たような天気になるはずだったのに、快晴の夏の日に近所の人が訪ねてきたようなノックだったからだ。父が肘《ひじ》かけ椅子《いす》から立ち、床を横切ってドアをあけたのが音でわかった。続いて父の興奮した声が聞こえたが、なにをいっているのかまではわからなかった。どたどたと足音が響き、妊娠している猟犬のベティがうなって父が彼女を叱《しか》り、ドアがばたんと閉まった。

ドアが閉まる音を聞いて、ぼくはベッドにすわったまま、はっと背筋をのばした。その瞬間——いきなり怖くなったのだ。あの冬の夜、ぼくたちを孤立させていたなにかがいまや外から家のなかに入りこみ、ドアが閉まることによってそれが決定的になったような気がした。なんであれ、それがここに居つくつもりでいることが本能的にわかったが、それも怖かった。生まれてはじめての感覚だったが、視覚や味覚や触覚のようなほかの感覚とおなじく錯覚ではないのがすぐにわかった。その感覚が突然生じたせいで、目が見えなくなったような気がした。頭のなかに、森の地面を這《は》うように進んでいる黒っぽいなにかが見えた。そこで生き、そこに属しているなにかが。人間の形をしているが森に属しているなにかが。

ここには属していないなにかが。

ぼくはまだ子供だった。理解できなかった。

父が呼ぶ声が聞こえたので部屋を出た。体が震えているのは、足元を渦巻く冷気だけのせいではないことがわかっていた。犬がまたも低く、しつこくうなっていた。今回、父は犬を無視した。迷いなく行動した。目の前に立つ少女を検分しながら、雪を払ってやり、毛布をかけ、暖炉のほうへそっと導いた。

あそこまで血色をなくしている人を見たのははじめてだった。

少女は十一歳か十二歳くらいに見え、髪は明るい茶色で、緑色の目が大きかった。白の薄い綿のブラウスの上に汚れたウールのコートをはおって、色あせた花柄のスカートをはいていた。スカートは足首まで届いており、足に貼《は》りついていそうなほど冷えきった古いゴム長靴をはいていた。父は、足が暖炉から適度に離れるように気をつけながら少女をすわらせた。急激に温まりすぎてもいけないからだ。少女の顔には土汚れが筋状についていた。手首と手も汚れていた。

「コンロをつけろ、ジョーディ」と父がいった。「湯を沸かしてくれ」

父が少女の腕と足をさすっているあいだに、ぼくは命じられたとおりにした。少女は黙ったまますわっていた。そしてキッチンのコンロの前に立っているぼくを、まるではじめて気づいたかのように見た。

あの子は外で凍《こご》え死にかけてたんだ、と思ったことをぼくは覚えている。そしてぼくは愕然《がくぜん》とした。少女の表情が無だったからだ――恐怖も、痛みも、安堵《あんど》もあらわれていなかった。凪のない日の池の水面のように、少女の顔には波ひとつ立っていなかった。まるで散歩からいつもの場所にもどってきただけで、予想外のことはなにも起こっていないかのように。

湯が沸くと、父はそれを桶《おけ》に注ぎ、温かい濡《ぬ》れ布で少女の顔と手を拭《ふ》いてから、お茶用にやかんをもう一度火にかけるようぼくに命じた。そのころには、少女の顔にほんのりと血の気が差していた。ベティはうなるのをやめていた。薪《まき》の山の横の隅に横たわっているベティは、妊娠しているのがひと目でわかったし、バセット・ハウンド特有の物悲しげな顔をしていて、どこかおちつかない様子だった。少女は暖炉のそばに移動してお茶をすすった。その間に父はゆっくりとゴム長靴にとりかかり、温かい布で拭いてから時間をかけて脱がせた。

ぼくは父が少女に、名前や出身地、どれくらい外にいたのか、両親は近くにいるのかを問うのを聞いていた。少女はひとことも答えず、しばらくすると父もたずねるのをやめた。少女はただおだやかな無表情で父を見つめ、震えながら、ぼくか犬のほうをときどきちらりと見ていた。父がしていたことは痛みをともなったはずなのに、一度も声をあげたり泣いたりしなかった。厚手のウールの靴下を脱がすと、少女の足は冷えきって真っ青になっていた。父が温かい濡れ布で足を温めつづけているうちに色がもどってきた。

少女の頭が傾きはじめ、目をつぶっている時間が長くなってきたころには、ぼくたちもかなり疲れていた。だから、父が少女を抱きあげてぼくの部屋に運び、妹のベッドに寝かせたときはほっとした。

「濡れた服を脱がさなきゃならないんだ」と父がいった。「しばらく外で待っててくれ。準備ができたら呼ぶから」

父の口調はやさしくておだやかだった。どうやら、ぼくのさっきのふてくされた態度は許されたようだった。さらにうれしいことに、少なくともこのとき、父の声は、蛇の脱皮のごとく憂鬱《ゆううつ》を脱ぎ捨てたように聞こえた。

父に呼ばれて部屋にもどると、少女は三枚の布団にくるまって眠っていた。父は少女にぼくのパジャマを着せていた。気にならなかった。父が元にもどってくれたことがうれしかった。それがどれだけ続くにせよ。

「少し短いな」と父がいった。「だが、おれのじゃ長すぎる。まあ、いいだろう。電気を消すぞ、いいな？」

「いいよ、パパ」

ぼくは自分のベッドにもぐりこんだ。父が身をかがめてお休みのキスをしてくれた。

ぼくは真っ暗ななかで長いこと起きていた。窓のすぐ外のカバノキを揺らしている風の音と、きしみしか響いていない家のなかのなじみ深い静けさに耳を澄ましながら、亡くなった妹のベッドで、手をのばせば届きそうな距離で眠っている奇妙な新顔のことを考えていた。

翌朝目覚めると、少女はベッドで起きあがって、大きな緑色の目でぼくを見つめていた。唇を少し開き、長くて細い手を膝《ひざ》の上で組んでいた。最初、姿勢があまりにも似ていたので、妹だと思った。それから完全に目が覚めた。少女が笑った。ぼくは不快にかんだ少女らしい笑い声だったが、なぜか、理由はわからないが、ぼくは不快に感じた。ガラスが割れる音のように聞こえた。

ベティはその日を選んで出産した。

ベティが苦しみながら最初の子犬を産むのを見守ったことを覚えている。残り二匹は安産だったが、最初は難産だったのだ。ベティは暖炉のそばのマットの上で横になり、くんくん鳴きながら苦しげに目をぎょろつかせていた。父とぼくは、またも湯を満たした鍋《なべ》と雑巾《ぞうきん》を用意して待機していた。少女もじっと見ていた。すらりとした体をぴんとのばして背もたれのまっすぐな揺り椅子に腰かけ、父の古いネルシャツを膝まで垂らして着ていた。朝食に卵三つとベーコン六切れ、それにトースト四枚を平らげたし、昨夜の猛吹雪に身をさらしていたわりには元気そうだった。

だが、あいかわらずしゃべろうとしなかった。父は朝食のときにもう一度質問しようとしたが、少女はほほえんで肩をすくめ、黙々と食べつづけるだけだった。その後、父はぼくを脇に呼んだ。

「障害があるのかもしれないな、ジョーディ。断言はできないが。たぶん、つらい経験をしたんだろう」

「どこから来たの？」

「わからない」

「じゃあ、あの子をどうするの？」

「電話がまだ通じてないんだ。天気がよくなるまでは、暖かくて乾いた状態を保ってやって食事を与えつづけるしかないな。それでどうなるかを見守るしかない」

朝食後、父はぼくたちを納屋に連れていき、モニター号の製作の進捗《しんちょく》状況を披露《ひろう》した。少女が興味を示すかもしれないと思ったのだろう。だが、期待ははずれた。それどころか、船舶全般に嫌な思い出でもあるのか、少女はモニター号に嫌悪をいだいたようだった。そしてぼくは、この子は海が苦手なんだろうなと思い、森を連想した。少女は代わりに馬たちのところへ行ってなでた。ぼくの部屋にある模型にも興味を示さなかった。ぼくたちと一緒にいるあいだ、一度も触れなかった。父が渡した雑誌にも無関心だった。ほとんどの時間、ただすわってなにかを見つめていた。黙ったまま暖炉の火や犬を見つめたり、揺り椅子を揺らしたりしていた。

子犬たちは三匹とも元気で、特に最初に生まれた子犬はほんとうに美しかった——深みのある赤茶色の毛並みのオスで、目のまわりが黒くなっていて、額の真ん中に白い星型の斑点《はんてん》があった。ほかの二匹はメスで、茶色と白のまだら模様だった。子犬らしくてかわいかったが、ごくふつうだった。だがオスの子犬はほんとうに特別だった。ぼくたちはオスを飼うことにし、メスは時期が来たら譲ることに決めた。

その日の夕方早く、父とぼくは納屋で馬たちの世話をしていた。父が手際よくブラシをかけ、ぼくはブラシを洗っては父に手渡した。餌《えさ》をやり、水を与えた。納屋のなかはまだとても寒く、父がヒーターをつけてモニター号をつくっていないときは、水はすぐに凍ってしまうほど冷えていた。だから、頻繁《ひんぱん》に水を取り替えなければならなかった。

　ぼくたちがどやどやと家に入ると、最初に聞こえたのはベティのくーんという鳴き声だった。居間に入ると、オスの子犬がベティの前の床で死んでいた。うしろ足から腹の途中まで、肉がなかば食べられていた。ベティは罪悪感と敗北感に打ちひしがれた様子で死体をなめていた。

「ときどき、こういうことがあるんだ、ジョーディ」と父はいった。「つらいのはわかる。だが、たぶんおれたちにはわからなかった問題があったんだろう。犬はそういうのを感じとれるんだ。子犬が病弱に育つのを望まないんだよ」

　涙がぼくの頰《ほほ》を伝って流れた。父が抱きしめてくれた。しばらくして気分が少しよくなると、父は抱擁《ほうよう》を解き、片づけるための新聞紙をとりにキッチンへ向かった。ベティはまだ子犬の頭をなめていた。いま産んだばかりであるかのように。なめればよみがえるかのように。

　振り向くと、少女がうしろに立っていたので、笑うなら笑ってみろとでもいうようににらみつけたことを覚えている。少女は笑わなかった。ぼくを無視し、子犬をなめているベティを黙って見つめていた。父がいったように、ベティが子犬について、間違いなかを感じとったのかどうかはさだかではなかったが、ぼくは少女について、間違いなくなにかを感じとった。少女がいなければ、子犬は無事だったはずだと確信した。なにをしたのかはわからなかったが、なにかをしたのは明らかだった。

その夜、ぼくは少女が寝入るまで寝ないことにした。

しかし、人はなんにでも――根強い疑念にさえ――慣れるものだ。子供ならなおさらだ。父は少女に心を開いており、それを変えることはできなかった。ぼくは少女が好きではないし信用もしていないと明言したが、長い目で見てやってくれ、と父はいった。

少女は居ついた。

父は親や親戚《しんせき》を見つけるために手をつくした――チラシやラジオや新聞を利用した。父の会社のつてで、開局したばかりの地元テレビ局で二分間の広告を何度も放送してもらった。だれも名乗りでてこないことが明らかになると、父は正式な養子縁組の手続きをはじめた。ぼくにとってはありがたいことに、それには長い時間がかかった。児童福祉局が、父が妻を亡くしていることを最大の理由に、自分たちが少女を引き取ると主張した。父は弁護士を雇う金をどうにか工面《くめん》して対抗した。いっぽう、少女に名前をつける必要があった。

母にちなんだエリザベスという名前に決まった。

ぼくは気が進まなかった。だが、父はうれしそうだった。ぼくたちの暮らしは徐々におちついていった。父は仕事に行った。ぼくたちは学校に通った。教室が六つしかない小さな校舎で、エリザベスは浮いていた。ひと言も発しなかった。話を聞いているようにも見えなかった。なにを教えようとしてもいやそうな表情になり、授業中は黙ってすわって鉛筆で落書きをしていた。なにを描いているのかを見ようとすると、その紙をびりびりに破いた。一対一で指導しようとしても無駄だった。ストローン先生を、べつの惑星の出身者を見ているかのように、あの大きな緑色の空虚な目で凝視するばかりだった。エリザベスが言葉を理解し、簡単な指示にもしたがえることはわかっていた。もっとも、したがうのは気が向いたときだけだった。ただし、父からの直接の指示はべつだった。そのときは、ぼくが大嫌いになっていた、あのいやらしい横目づかいの笑みを浮かべ、父にいわれたことならなんでもした。

生徒たちがだれもエリザベスをからかわないのが不思議だった。十一、二歳のエリザベスが、ぼくたち――本来そこにいるべき子供たち――と同じ三年生の教室にすわり、なにも学ばず、なにもせず、ぼくたちが四年生に進級しても三年生を繰り返すはめになるのが明白だというのに。それでもだれもエリザベスをからかわなかった。エリザベスはきれいだった。肌が真っ白で長い髪がつややかだったエリザベスは、たぶん学校一の美人だったので、最初はそれが理由だと思った。だが、エリザベスにはほかにもなにかあった。ぼくと困り果てているストローン先生だけがそれに影響されていないようだった。

当時は言葉で表現できなかったが、いま思えばあれは〝蠱惑《こわく》〟だったのだろう。猫に見つめられるとき、その目に宿るあの性質だ。あのような知性は、せいぜい部分的にしか理解できないのに、それでも理解したくてたまらなくなるのだ。

夏には、父が仕事に出かけてしまうと、ぼくは一日じゅうエリザベスとふたりきりになった。エリザベスを避けて、なるべく外で過ごすようにした。ベティと――オスが死んだあと、飼うことにした――子犬たち、ヘスターとリリーを連れて森を歩きまわった。そのころには子犬たちもかなり大きくなっていた。小川を渡り、リスやウサギを追いかけ、オポッサムの足跡や鳥の巣やハコガメを見つけた。父が帰ってくる夕食どきの直前になるまで家に帰らなかった。まる一日、家にひとりでいたエリザベスがなにをしていたかは知らなかったし、知りたくもなかった。しばらくのあいだはぼくの部屋をチェックしたが、エリザベスはぼくのものに触れることも、父の模型に近づくこともなかった。帰宅すると、エリザベスはたいてい、日陰になっているポーチのブランコにすわって、老婆のように編み物をしながら前後に揺れていた。編むのは、渦巻く森の色、つまり土や紅葉や夏の青や緑からなる四角い布だけだった。父はその布をきれいだといったが、ぼくには理解不能だった。

エリザベスは頭がおかしいと思っていた。

だが、そんなことはどうだってよかった。

ほんとうに怖いのは夜だった。

一度、目が覚めるとエリザベスがぼくに身を乗りだし、六十センチほどの距離で凝視していたことがあった。間違いなく頰に息を感じた。ぐいと押しのけると、エリザベスはにやりと笑ってベッドにもどった。べつの夜、エリザベスが裸で窓際に立って納屋のほうを見ていたこともあった。着替えや入浴をするとき、エリザベスはまったく恥じらわなかったので、彼女の裸を見たのはそのときがはじめてではなかったが、闇《やみ》のなかで窓際に立っている少女はなんとなく不気味で、ぼくは心をざわつかせながら、長いあいだじっと眺めつづけた。

エリザベスは細身で、小ぶりな胸と尻《しり》を除けば脂肪がまったくついていなかった。月明かりのなか、エリザベスの目がちらちらと、なにかを探すように動きつづけていた。ついにエリザベスが振り向いたとき、ぼくは目をつぶって寝ているふりをした。エリザベスがパジャマを着てベッドにもどるのを待って、やっと眠る気になった。

そして夏の終わりごろのある夜、ぼくは夢から覚めた。その夢のなかで、船員のぼくは、船から、古くて腐っている高い桟橋《さんばし》に飛びおりた。足元で桟橋が崩れ、岩が突きだしていて渦を巻いている海へと落ちていき、海面に激突する直前に目が覚めた。エリザベスのベッドは空だった。夜明け前だった。起きあがって窓辺に寄ったが、外は静まりかえっていた。居間に行ったがエリザベスはおらず、犬たちがマットの上で丸くなっていびきをかいているだけだった。父の部屋のドアがあいていた。なかをのぞいた。

父は眠っていた。エリザベスはベッドの足側で床にすわって父を見つめていた。長い黒髪が裸の背中に流れていた。開いた脚のあいだに両手を置き、腰をゆっくりと前後にリズミカルに動かしながら手と肩を上下させていた。ぼくはエリザベスを見つめた。なにをしているのかわからなかったが、なぜか、悪いことだとわかった。裸になっていることと、自分の体に触れていることが。額と生え際に汗が浮いていたし、肩も汗ばんでいた。エリザベスが髪を振った。

そして頭をくいとこっちに向け、ぼくをじっと見つめた。

エリザベスが唇をひき、歯をむきだして威嚇《いかく》するのを見て、ぼくは自分の部屋に逃げこんだ。ベッドに飛び乗ると、背後の棚から父がかなり前に完成させた、頑丈そうな手触りに安心感があるモニター号の模型をとり、それを棍棒《こんぼう》のように握りしめた――数カ月前に〝クローゼットの怪物〟を恐れて壊れやすいスペインのガレオン船を手にしていたのとおなじように。どきどきしながら待っていると、とうとうエリザベスが戸口にあらわれた。

エリザベスは高くて少女らしい笑い声をあげてぼくをあざけった。モニター号をちらりと見てからぼくに視線をもどし、ゆっくりと部屋に入ってきた。自分のベッドをあいだに置くようにしながらパジャマを着た。まず上をはおってボタンをとめ、次に下をはいた。一度もぼくから目を離さなかった。エリザベスの目に笑いはなく、あるのは冬の冷えびえとした灰色と警告だけだった。

エリザベスはベッドに入って寝たふりをした。ぼくはエリザベスの顔を見た。まだ笑っていた。

ぼくはキッチンに行き、テーブルにすわって待った。やがて、父がベッドから出た音が聞こえた。あくびをしながらキッチンに入ってきた父は、ぼくに気づいて驚き、おもしろがった。ぼくはまだモニター号を握りしめていた。

秋のあいだずっと、夜、目が覚めるとエリザベスがいなくなっている日が何度もあった。だが、あの夜以降、エリザベスがどこにいるかはわかっていた。一度だけ、推測が間違っていないことを確認しに行った。エリザベスはぼくに背中を向け、父のベッドの横で長い脚を広げて立ち、以前と同様に体の前で両手を動かしていた。ぼくはきびすを返して自分のベッドにもどった。

心配だった。父のことが、エリザベスの夜の訪問が心配だった。大人が寝ている部屋に忍びこんで自分の体をいじるなんてよくないことだった。エリザベスは父を傷つけてはいなかった。少なくとも肉体的には。でも、ぼくには理解できないべつのやりかたで父を傷つけているのは明らかだった。

父に話したらどうなるだろう、と考えた。いつかは話さなければならないのはわかっていた。話さないわけにはいかなかった。問題は、いつ、どうやって話すかだった。だが、そのいつとどうやってが難しかった。父はエリザベスには問題がないと思っていた。ちょっと変わっているし、ちょっと障害があるだけだと。父はぼくが見たものを見ていなかった。それに、父なりの愛しかたでエリザベスを愛していたのだろう。エリザベスのことを不憫《ふびん》に思って気にかけていたのはたしかだ。ぼくは、とりもどした幸せそうな父をふたたび失い、以前の不幸そうな父との付き合いを再開するのが怖かった。

エリザベスも怖かった。エリザベスの評価は変わっていた。エリザベスは頭がおかしいんじゃない。悪なんだ。邪悪なんだ。

森に巣くうあの存在なんだ。

エリザベスが父の部屋からもどってくるとき、ぼくが目を覚ましていて、エリザベスの表情や、ゆっくりとした気怠《けだる》げな動きを見て、エリザベスがもっとほしがったらどうなるんだろう、と考えることがときどきあった。もしもこれがはじまりに過ぎないとしたら、と。〝もっと〟がなにを意味するのかさえ、ぼくにはよくわかっていなかった。だが、その疑問が頭にこびりついて離れなかった。

ベティの子犬の姿が脳裏によみがえりつづけた。

だから、話すのをどんどん先のばしにした。それが間違いだとわかっていながら、話さないことで結局エリザベスを助けているのだとわかっていながら。いまなら、ぼくはきっかけを待っていたのだとわかる。打ち明けるきっかけを。そしてついに、きっかけをつかめた。

近くにいる親戚はひとりだけ、三十キロほど先のリューベックに住んでいる母の姉のルーシーおばさんだけだった。母より十五歳年上の、この時点で七十歳だった未亡人で、ワインレッドのスカートと襟の高い白い綿のブラウスをよく着ていた陽気な女性だった。ふたりの娘は結婚し、ハートフォードとニューヘイヴンでそれぞれ自分たちの家族と暮らしていた。亡くなった夫はおばさんに遺産と、エドワード様式の馬鹿でかい屋敷を残した。おばさんは住みこみのメイドの助けを借りて屋敷をきちんと維持していた。冬は暖房費を節約するために一階だけを使い、残りは封鎖していた。それに、おばさんによれば、広すぎてさびしいのだそうだった。

ルーシーおばさんの誕生日は十二月十九日で、毎年その時期になると、特にさびしがった。外出はほとんどできなかった。右股関節《こかんせつ》の関節炎がひどく、人工股関節置換術も考えているほどだった。メイドが車を運転できないので、ぼくたちの家にはもう何年も来ていなかった。だからおばさんは、クリスマス直前の週末に数日間、ぼくに泊まってもらえないかと父に頼んだ。父はぼくにどうするとたずね、ぼくは行くと答えた。父自身は、クリスマス期間中におばさんの家で長く過ごさなくてすむことにほっとしたのだと思う。ルーシーおばさんと会うと母を、幸せだった日々におばさんの屋敷を訪問したことを思いだしてしまうからだ。つまり、ぼくが父の代理を務めることになったのだ。ぼくはおばさんが好きだった。おばさんは隙《すき》あらばジョークを飛ばす人だった。ひさしぶりに町へ行くのも楽しみだった——町には映画館や書店、それに古いウインチや索具や舵《かじ》や艤装品などがたくさん置かれている中古品店があるからだ。数日間エリザベスから解放されるのも悪くなかった。

　だが、父を置いていくのが気がかりだった。

　それどころか、ぼくが目撃したことを考えると、父をエリザベスとふたりきりにするのが心配でたまらなくなったので、リューベックへ向かっている途中で、ついに勇気を振り絞って打ち明けた。

「夢遊病ってことか？」

「違うよ、パパ。エリザベスは起きてる。絶対に起きてる。パパの部屋に行くんだ。それに服を着てない。で……ここをいじるんだ」

　父はぼくを見て、ぼくが指さしている股間《こかん》を見て、うなずいた。それから道路に視線をもどした。しばらくなにもいわなかった。黙って前方の道路を見つめて考えこんでいた。

「おれは見てないな」と父がついにいった。それから、ぼくの腿《もも》をぽんと叩《たた》いた。

「心配するな。なんとかする。エリザベスから目を離さないようにするよ」

それで終わりだった。ぼくはほっとした。あとは父にまかせておけばよかった。ルーシーおばさんは玄関でぼくたちを出迎えた。父は三人でコーヒーを飲み、チョコチップクッキーを食べたあと、そろそろ帰らなければならないといって、おばさんの頬とぼくの額にキスをした。ぼくとおばさんは、玄関先に立って父が車で去っていくのを見送った。そのとき、一年前のあの雪の夜、ドアが閉まったときに覚えたのと似たような悪い予感をまたも覚えた。

その予感は一瞬で消えた。ぼくは、泣いているのをルーシーおばさんに気づかれないようにした。

隠すべきではなかったのかもしれない。そうすればなにかが変わっていたかもしれない。

ひょっとしたら。

その夜、雪が降った。

そのあと、ルーシーおばさんの誕生日をまたいで四日四晩、毎日雪が降りつづいた。最初のふた晩は父に電話をかけることができたし、父はなんの問題もないといった。ふた晩めに、父はささやくようにいった。「車のなかで話したことだが、ジョーディ。

エリザベスはぐっすり眠ってるよ。だいじょうぶだ。だが、おねえちゃんのことを心配してくれて、ほんとにありがとう」

おねえちゃん！

三晩めに電話が不通になった。吹雪は前年よりもひどく、郡の半分以上で電話線が切れていた。ぼくは泣きながら眠りについた。ルーシーおばさんはぼくの様子がおかしいことに気づいた。困惑し、動揺した。ぼくは、雪はいつやむんだろう、早く家に帰りたい、としかいえなかった。ほんとうはなにを心配しているかはいえなかった。それに、おばさんの家を出る方法もなかった。

四日めのある時点で、心のなかでなにかがぷっつりと切れ、ぼくは黙りこむようになった。話しかけられたときだけ、低いつぶやきで返事をした。その声はいまも耳に残っている。ひと晩でぼくの声は変わり、より低く、大人っぽくなった。歩きかたも変わった。以前よりも歩幅が長くておちつきがあり、どことなく集中していて確信に満ちた歩きかたになった。のちにぼくと会った人はみんな、それに気づいて指摘したが、ぼくが変わったのは、嵐の四日め、ルーシーおばさんの家でだったことを知っているのはおばさんだけだった。

ぼくたちが知る前だったのだ。

ぼくの心の内は完全な空白だった。その二日後、やっと雪がやんで除雪作業がはじまるまで、まったくなにも考えていなかったと思う。一日じゅう電話をかけつづけたが、だれも出なかった。午後三時までに、おばさんは近所のウェンドーフさんに助けを求め、ピックアップトラックで送ってもらえることになった。そのときにはおばさんも心配していた。ウェンドーフさんは、おばさんと同年代の髪の薄い痩《や》せた男性で、ずっと以前に電話会社で働いていた。こういう天候だと、電話に出ないからといって、必ずしもだれもいないわけじゃない、と道中ずっとぼくたちを安心させようとしてくれていた。

見たところ、家は前年とほとんど変わっていなかった——家と納屋の前に大きな雪の吹きだまりができていたし、なにもかもを厚くおおいつくしている静かでなめらかな白いもののせいで、木々も家も納屋も凍りついているように見えた。雪は重くて風の影響をほとんど受けないので、ぼくたちが車を降りて玄関をめざし、腰までの深さがあって人の通った跡のない雪原を四、五メートル進んだときも、ぼくたちの前でかすかに舞って渦を巻くだけだった。

ぼくたちはノックし、ルーシーおばさんが大声で呼んだが、返事はなかった。納屋から馬のいななきが聞こえた。煙突から煙は出ていなかった。家は死んだように静まりかえっていた。

　ドアの脇にシャベルがあった。ウェンドーフさんはそれを手にとり、ドアをあけられるだけ雪をどけた。そのころにはウェンドーフさんも心配そうになっていた。ぼくはそうではなかった。心配を通りすぎていた。空っぽになっていた。

　家に入ったとたん、臭気がぼくたちを襲った。ルーシーおばさんはぼくを外に押しだし、そこで待っているように命じた。ぼくは音を立てないようにドアをあけ、ふたりに続いてなかに入った。犬たちの姿はなかった。家のまわりに足跡もなかった。結局、犬たちは見つからなかった。

　おばさんとウェンドーフさんは居間を横切り、キッチンの前を通るときになかをのぞいた。だれもいなかった。シンクはきれいだし、カウンターにはなにもなかった。

　そして父の部屋に着くと、ルーシーおばさんは両手で顔をおおい、うめくように泣き叫びはじめた。ウェンドーフさんは「ああ、神様」とか「ああ、主よ」と呪文《じゅもん》のように繰り返しながら部屋のなかを凝視していた。ルーシーおばさんはくるりと向きを変えてぼくの横を走り過ぎ、火の消えた暖炉の前のマットの上に嘔吐《おうと》した。

　父はベッドの上で黄色いパジャマを着て横たわっていた。パジャマは引き裂かれ、乾いた血で固まっていた。口を無理やり開かれて天井を見つめていた。雪の上で大の字に寝るときのように、腕と脚を大きく広げていた。腸《はらわた》が腹から床まで垂れさがり、灰褐色の長い蛇のように、ベッドのヘッドボードにまた這いのぼっていた。心臓は右腕の下、肝臓は右手の下にあった。どっちも食べかけに見えたし、腸にも噛《か》んだような跡があった。

ぼくはすべてを受け止めた。ベティのオスの子犬のことを思いだした。ウェンドーフさんがぼくをそこから連れだそうとしたとき、ぼくはやっと泣きだした。

「犬だな」と、その日の夜遅く、ピーターズ保安官がいった。「飢えて襲いかかったんだろう。きみが見てしまったのは残念だよ」

だが、それはぼくをなぐさめるための方便に過ぎなかった。保安官はぼくも、ほかのだれもごまかせていなかった。

食器棚には食べ物がたっぷりあったし、父は犬たちに餌を与えないくらいなら、自分が飢えるほうを選んだはずだからだ。エリザベスのしわざだった。裏口から足跡がのびていた。六メートルほど続いて吹きだまりのなかに消えていた。

ぼくにはエリザベスの足跡だとわかっていた。保安官にもわかっていた。警察は何週間もエリザベスを捜索したが、ぼくには最初から、見つからないのがわかっていた

——ただ、ベティと子犬たちの運命が気になった。とにかく、保安官はぼくが見たものを見たのだから、わかっていたはずだ。なにしろ父の顔を見たのだ。開いた口を。葉巻型のモニター号の模型によって大きく広げられた口を。

どこから来たにしろ、エリザベスはそこへもどっていったのだ。海ではないどこかへ。

作品

The Work

「変わった待ち合わせ場所だな」と男がいった。古ぼけた合成樹脂のテーブルをはさんで女の正面にすわり、コーヒーにほんのときたま口をつけながら、女が本題に入るのを待っていた。中指と人差し指に輪ゴムを巻きつけてははずすという神経質な行為を繰り返していた。これまでのところ、男が見せた唯一の癖だった。これくらいなら我慢できるわね、と女は思った。

「おれをおとしいれようとしてるわけじゃないんだよな?」

女は笑って答えた。「ふだんはどんな場所でクライアントと会うの?」

「バー。レストラン。中立の場所だな。自宅のキッチンなんてことはめったにないし、まして森のなかの一軒家のキッチンなんて一度もない。こんなことははじめてだ。おれが仕事以外のことをしようとするかもしれないと思わないのか? あんたは魅力的な女性だ。そのことは自覚してるに決まってる。それに、おれのことはなにも知らないはずだ」

女はうなずいた。「心配はしてないわ。三十分前、あなたが来るまではたしかに心配してた。それは認める。どんな人が来るかわからなかったから。でも、わたしには人を見る目があるの。この仕事をしてるとそうなるの。あなたはこの仕事のプロだと思う。会ってから五分かそこらでわかったわ」

「ああ。たしかにおれはプロだ」

「でも、最初の質問にもどりましょう。じつは、これからお願いする仕事の内容からすると、おとしいれられる可能性が高いのはわたしのほうなの。ちょっと待ってね」

女は立ちあがり、部屋の真ん中に歩いていくと、大きなだるまストーブに薪《まき》を二本投げ入れた。まだ九月十二日だったが、メイン州の森のなかでは、昼間はいい天気でも、日が暮れるともう肌寒かった。女は火床の蓋《ふた》を閉めた。ストーブはすぐに大きな音を立てはじめた。炎が激しい風を巻き起こし、炉内が小さな地獄と化した。女は昔からこの音が好きだった。

女はすわった。「これでよし」

しばらくのあいだ、女は男を黙って見つめながらブラックコーヒーを飲んだ。カップのふちごしに男を観察した。ハンサムとはいえないけど、このケアリーという男には不思議な魅力があるわね、と女は思った。髪は薄いし、顔立ちも女の好みにしてはごつすぎる。腰に工具ベルトを巻いて職人仕事をしている姿が似合いそうだ――いま着ているオーダーメードの英国製スーツよりも。たくましくて、有能だ。そして冷静。とても冷静だ。男は無言ですわって、女が自分を値踏みしおえるのを待っていた。話を続けるようせかしたりはしない。いらだった様子もない。準備がととのったら話しはじめるはずだと確信しているようだ。

「わたしのことを少し話させてちょうだい、ミスター・ケアリー」と女がいった。

「リチャードでいい。それに、クライアントのことはあんまり知りたくないんだ。邪魔になることがあるからな」

女はうなずいた。「わかるわ。だけど、今回は聞いてもらわなきゃならないの。わたしが何者かを知らなければ、あなたはこの仕事を引き受けてくれないでしょうから」

「そうなのか?」と男は笑った。

「そうなの。信じて」

こんどは男のほうが女を見つめる番だった。女は男の許可を待った。

「わかった」と男はいった。「話してくれ」

「わたしは作家なの。長篇小説がおもね。ときどき短篇も書く。国内で八冊、イギリスで九冊の本を出版してる。フランス、イタリア、日本でも翻訳が出てる——信じられないかもしれないけど、ロシアでも。カルト的人気ってやつがあるのよ。でも、売上げはいつもぱっとしない。どの本も、ペーパーバックで四万部も売れればいいほう。わたしの作品ならなんでも読んでくれてるらしい熱心なファンはいる。絶版になった小説を——実際はほとんどが絶版なんだけど——通信販売や古本屋で探してくれるファンは。でも、ベストセラーは一冊もない。たぶん、これからもないでしょうね」

「なぜなんだ？」

男は興味を示した。表情でわかった。たぶん本が好きなのだろう。こういう男なら、意外な結果を期待できそう、と女は思った。

「頑固だからでしょうね。わたしは書きたいものしか書かない。自分が読みたい本しか。たいていは短くて、二百ページくらい。近頃のアメリカ人はぶ厚い本ばかり読みたがるみたい。少なくとも、出版社はそういう本を売りこんでる。それに、わたしの書いてるジャンルとも関係があると思う。サスペンスとホラーなの。わたしは暗黒面を追求して読者を不安にさせる作家なのよ。かなりの残虐描写をすることもある。でも、考えてもみて。スティーヴン・キングだって残虐描写をする。ジェームズ・エルロイやトマス・ハリスだって。だけど、彼らはベストセラーを出してる。みんな、誠実な作家でもある。いいえ。最大の原因は出版社なのよ。出版社はコンピューターをチェックして前回の売上げを見て、今回も売れるのは同程度だろうと推測する。だから、わたしの作品をいつでも手にとれるようにしておけるだけの部数を刷らせることができないの」

「作風を変えてみたらどうだ？　ぶ厚い売れ線の小説を書いてみたら」

女はウィンストンの新しい箱をあけた。

「わたしのなかにぶ厚い売れ線の小説は存在しないのよ、リチャード。体力があって、継続できるなら、それも悪くないでしょう。ラリー・マクマートリーの『ロンサム・ダブ』なんかは文句なしによくできてる。だけど、わたしはめったにその手の本を読まないし、読んでもめったに気に入らない。お金のためだけに、それとも編集者を出版業界におけるつかのまの注目の的にするために小説を書きたくはないわ。まあ、いまはそんなことどうだっていいんだけど」

女はタバコに火をつけ、タバコの箱を差しだした。男が一本とると、女はそれにも火をつけた。

「よかったわ」と女がいった。「喫煙者で」

タバコの煙がストーブから漂っている薪の香りに加わり、さっきつくった料理の匂《にお》いと混じりあった。ステーキ。ベイクドポテトと蒸しカボチャ。

「コーヒーのおかわりは？」

「面倒でなければ。飛行機で移動して、それからここまで車を運転してきたんだ」

「電子レンジで温めるだけでよかったら」

「それでいい」

女は立ちあがってシンクに行き、男のカップをすすいでからぬるくなったコーヒーを注ぎ、電子レンジに入れた。タイマーが秒を刻む音が響く。女はシンクの上の窓にたかっている蛾《が》の群れを見つめた。何十匹もの蛾が明かりにひかれ、なかに入ろうとしていた。女は目をそらした。

「金儲《かねもう》けがしたいわけじゃないの」と女はいった。「なんとかやっていける程度は稼げてるし、長いあいだその状況と折りあいをつけてきた。大切なのは作品よ、リチャード。わたしはひたむきに、ていねいに仕事をしてる。そしてそれなりにうまくやれてると思う。ドストエフスキーじゃないけど、三流作家でもない。わたしの本にはテーマがあり、人物が描けてて、問題提起もある——でも、押しつけがましくならないように気をつけてる。それなりにまともな文章を書いてるつもり。ビーチとか、お風呂とか、地下鉄とかで、のんびりしながら読むのにうってつけな本を書くつもりはない。ジャッキー・コリンズみたいに軽い娯楽小説を書くつもりは。問題は、作品が世に出まわってないこと——読みたい人がいても、探してる人がいても、ほとんどの場合、手に入らないってこと。我慢ならないのはそこなの。いつもそこにもどっちゃうのよ」

電子レンジが加熱終了を告げる音を鳴らした。女は湯気が立っているマグカップを持ってきて男の前に置くと、リビングに行って本棚から、背表紙が黒くてページの角を折ってある薄いペーパーバックをとり、キッチンに持ってきた。少しページをめくって探していた箇所を見つけると、ふたたび腰をおろした。

「目を通してもらってもいい?」

「もちろん」

女は本を男に差しだした。

「八十二ページから九十四ページまで。場面が切り替わるところまでね。わたしのデビュー作なの。それなりの収入にもなったし、評価も得た。得たのは悪名かもしれないけど」

女が見守っていると、男は輪ゴムをジャケットのポケットにしまい、椅子にもたれてから読みはじめた。男は本の背を痛めないように注意していた——何度も人に貸したせいでぼろぼろになっている本なのに。やっぱり本が好きなのね。ペーパーバックの扱いかたを心得てる。

男は読むのも速かった。女が自分のマグカップにもコーヒーを補充しているあいだに、男はほとんど読みおえていた。

「おもしろい」男は笑みを浮かべながらそういうと、本を閉じた。「それに、じつに残虐だ。女性作家にしては珍しい」

「ジョイス・キャロル・オーツを読んでみて。スザンナ・ブラウンでもいいわ。この世界は残酷になりうるのよ。とにかく、いま読んでもらった場面とほかのいくつかの場面のせいで、出版社はひどく動揺して編集者をクビにしそうになった。取次《とりつぎ》は怒り狂った。だから、この本を葬り去ることにしたのよ。なかったことにしようとね。広告も店頭ポスターも販促ディスプレイも、なにもかもが——プロモーションはもうはじまってたのに——撤去されたし、増刷もされなかった。この本は彼らに利益をもたらしたのに。口コミだけで二十五万部も売れたのに。いまじゃコレクターズ・アイテムになってるそうよ」

男は女に本を返すと、椅子にもたれて女を見つめた。

「あなたがなにを考えてるかわかるわ」と女はいった。「なるほど、おもしろい。高額の前払いをもらってここまで来たが、そろそろ本題に入ろうじゃないか。仕事の内容を聞かせてもらおうじゃないかって思ってるはず」

男はうなずいた。「まあ、そんなところだ。いいかな?」

男はタバコをもう一本とって火をつけ、煙ごしに女をじっと見つめた。女はその視線に動じなかった。

「ひとつ聞きたいんだが」と男はいった。「具体的にはだれなんだ? だれを片づけてほしいんだ? 出版社員か? 編集者か? 標的はだれなんだ?」

女は吹きだしかけた。実際にほほえんだ。出版社員にも編集者にも、それに取次の社員にだって、恨んでいる者は大勢いる。全員を始末してもらおうとしたら何百万ドルもかかるだろう。

「わたしよ」と女はいった。「標的はわたし」

男は、もしも驚いたとしても、驚いた様子は見せなかった。静かにタバコを吸いながら、黙って女を見つめていた。女はため息をついた。

「こんな陳腐な病気になるなんて、まったく皮肉よね。骨肉腫《しゅ》よ。一日にふた箱半もタバコを吸うのにね。せめて肺癌《はいがん》なら納得できるのに。わたしらしい、わたしの生きかたに関係のある病気ならね。でも、充分に苦しむことは確実なの」

「だから、待ちたくないってわけか」

「ええ、待ちたくない。でも、べつのことをお願いしたいの」

「なにを？」

「ある特定のやりかたでやってほしいの。具体的には、いま読んでもらった場面のとおりに」

そしてこんどこそ、男は驚きをあらわにした。

「似たようなやりかたでって意味か？　芝居がかった殺しかたをしてほしいってことなのか？」

「違うわ。あの場面にできるだけ忠実にやってほしいの。これで、わたしのことを知ってもらわなきゃ引き受けてくれないだろうって、さっきいった理由がわかったでしょう？　だけど、わたしは頭がイカれてるわけじゃないし、マゾヒストでもない。そんなやりかたであなたがわたしを殺せば、だれかが気づくはず。ほかのどんなやりかたでも、またひとり作家が死んだとしか思われない。でも、このやりかたなら、だれかがあの本と結びつけるはず。多くの人が気づくと思う。そうなれば、あの本は大々的に復刊されるわ。正確にやってくれれば、わたしの本はすべて復刊されるはず。こういうことがどう動くかはわかってるの」

男はゆっくりとタバコを揉《も》み消し、顔をしかめながらうなずいた。

「もう一度本を見せてくれ」と男はいった。

「八十二ページよ」

「わかってる」

女は男が読むのを見つめていた。新たな知識を得たいま、読みかたが違っているようだった。女は立ちあがり、シンクのそばの窓の前に歩いていった。蛾たちが小さな足と羽でパタパタと窓を叩いていた。外に目をやると、丘に木のシルエットが見えた。根元では、すでに輪の形に巻いた縄がバケツのそばで待っていた。杭《くい》も打ちこまれていた。焚《た》き火をするための焚きつけと薪も積みあげられていた。

「なんてこった」と男がいった。「ほんとにこれをやってほしいのか？　そっくりそのまま？」

「優秀な警官か法医学者が、本をしっかり読みこんで、その場面がなにからなにまで再現されていると結論するようにしたいの。苦痛はどうだっていいのよ、リチャード。肝心なのは作品なの。痛みには耐えられる。あなたは腕がいいんじゃないかという気がする。長くは続かないはずだと思ってる。少なくとも骨肉腫ほど長くは」

「最後の文どおりには……とてもできそうにない……」

「その問題は予想してた。そんなことをお願いするつもりはないわ。だから、ここだけは少し変えましょう」

女はシンクの横の引き出しをあけ、何週間も前に用意しておいたものをとりだしてテーブルに置いた。ペプシの空き缶を半分に切ったものがふたつ。どちらの端も、ハサミで鋭利なギザギザにしてあった。

「十年後に続編を書いたの」と女はいった。「デビュー作を復刊させるための試みのひとつだった。うまくはいかなかったけど。これは続編に出てくるの。代わりにこれを使って。本物の歯じゃなくて代用品よ。これを使って、必要な作業を終えたらどこかで処分してちょうだい。じゃあ、次の章を見て。午前一時十八分って題してある章を。そこで彼女は最期を迎えるの。まだ読んでないでしょう？　そこがわたしの最期よ」

男は読んだ。一瞬、ほんとうに顔面蒼白《そうはく》になった。首を振った。

「正直いって、できるかどうか自信がない」といった。「たしかに報酬は高額だが……」

女は男の向かいにすわると、テーブルの上にさっと両手をのばし、関節が白くなるほど強く男の手を握った。

「報酬は全財産なの、リチャード。有り金すべてなの。銀行口座には五十二ドルしか残ってない。通帳を見せたっていい。それくらい重要なの。最後の大勝負なのよ、リチャード。のるかそるかなの。すべては作品のため。これはあなたとの合作なのよ。お願いだから、小説どおり、正確にやって」

男は女を凝視した。女の、そしておそらく自分自身の心のうちを探りながら。やがて、ついに必要なものを見つけたようだった。

「ありがとう」と女はいった。

ふたりはベッドで裸になって横たわっていた。本にそう書かれていたからだ。そこからはじまるからだ。リチャードはこの件について文句もいわず、ためらいもしなかった。いうなればふた役を演じることについて。だが、ついにその先を実行する時が来た。男は荒々しくもありやさしくもある愛人だった。そして女のオーガズムは、これが最後だからなのか、その激しい複雑さで女を驚かせた。リズムは、なめらかでありながら刺激的で、まるで女の文章のようだった。女は、ベッドから出て服を着ている男を見つめていた。男は月明かりに照らされている女を見た。女の姿を目に焼きつけているかのように。

「お願い。全部やってね」と女はいった。

「わかってる」

女は静寂のなかでおだやかに横たわり、男を待った。男が嘘《うそ》をつくはずはないとわかっていた。この先、この人はわたしの作品をずっと読みつづけるのかしら、と考えた。きっと読みつづけるだろう。こんなことをしたあとで、わたしの作品に興味を持たないはずがない。そう思っていた矢先に突然、いたるところでガラスが砕けた。ガラスの破片が胸や腹、顔や髪にかかるのを感じた。そして両手首をきつくつかまれ、ガラスが割れた窓枠の上を乱暴にひきずられて背中がずたずたに裂けた。ガラスの破片が深々と肉を裂き、女は冷たい夜気のなかへと連れだされた。想定どおり、女が本に書いたとおりだった。女の最後の夜がはじまった。

ニューヨーク・タイムズ紙の記者は電話を切った。

驚いたな、と記者は思った。犯人の男は女になにをしたんだ？

記者はメイン州デッドリヴァーの警察に、犯人が逮捕されたときに備えて、そして変人やイカれた連中を排除するために、一部の情報を伏せることを約束していた。だが、警官たちはすべてを話してくれたはずだ、と記者は確信していた。あの警官たちは、発見したことに色めきたってたから、たぶんエンクワイアラー紙みたいなゴシップ新聞にだってペラペラ喋《しゃべ》ってたはずだ。

それに、タイムズ紙は、〝掲載すべきニュースはすべて掲載する〟がモットーの新聞なのだ。

そして、この記事の大半は掲載すべきではなかった。

記者は目の前のメモを見直した。作家の名前に聞き覚えはなかった。四十九歳。女性。未婚。子供なし。あとで忘れずに写真を入手しよう、と記者は思った。美人だったら記事に注目が集まる。八冊の長篇小説を出版している。出版社はニューヨークにある。

そして詳細。

作家は真夜中に寝室の窓から裸でひきずりだされ、顎《あご》を殴られておそらく意識を失い、ロープで両足を結ばれて木の枝に吊《つ》りさげられた。両腕は地面に打ちこまれた杭に結ばれたべつのロープで固定されていた。どこかの時点で目覚め、激しく抵抗した形跡があった。手首と足首にはロープによる擦《す》り傷があった。犯人はナイフで彼女を切り裂き、膣《ちつ》から鎖骨まで切り開いてから喉《のど》を掻《か》き切り、大きな金属製の桶で血を受けた。そして胸を開き、心臓をとりだした。

そして、どうやらその大部分を食べたらしい。

肝臓と腎臓《じんぞう》もとりだし、被害者の女性を串刺《くしざ》しにし、火にかけて焼いた。腰や胸から肉を切りとり、片脚を切断し、頭部を切り離して岩で割り、脳みそをすくいだした。そのどれにもがぶりとかじりついた跡があった。

こいつは凄《すさ》まじい記事になるぞ。

記者は番号案内に電話をして被害者の出版社の番号を聞き、そこに電話をかけて編集者と話したいと伝えた。そして、警察より先に編集者と話せることを、完璧《かんぺき》な驚愕《きょうがく》ぶりを聞けることを期待しながら待った。

鉛筆を握る手に力がこもった。

編集者は、メモや本や契約書や未返信の手紙の山に埋もれたデスクに向かってすわっていた。ついさっき、蛇に嚙まれたような衝撃を受けた電話機もそこにあった。雑然と並べてあるウエスタン、ミステリー、サスペンス、ロマンス、スパイ小説などの本を見上げた。それらはすべて、大きかったりわずかだったりの期待をこめて、あるいはほとんど期待せずに編集者が買った作品だが、どれもこれも彼の社内評価を高める役には立たなかったし、印税前払金《アドバンス》を回収できたものもほとんどなかった。そして、ボスに電話しなきゃ、と思った。なんてこった、ボスに電話しなきゃ。ボスに電話なんかしたことないけど、今回は電話しなきゃ。

だけどその前に、と編集者は思いついた。

回転椅子から立ちあがってデスクを離れた。体重百キロを超える体が急に軽くなったように感じた。くそオフィスということになっている狭苦しいパーティションから飛びだし、廊下に出て秘書のデスクに身を乗りだして、彼女の本は何冊あるんだ、とたずねた。何冊？ と秘書は聞きかえした。部数ってことですか？ 馬鹿、部数じゃない、契約してる本の数だ！ と編集者はいった。まだ契約中の本は何冊あるんだ！ 三冊ですね、と秘書は答えた。最後の三冊で、残りの権利は作者にもどってます。くそ、絶対に買いもどすぞ！ と編集者はどなった。その声に、無能だと編集者が思っている原稿整理担当者が顔を上げた。その原稿整理担当者は、赤を入れる前に本をわざわざ最初から最後まで読み通すことにこだわっている男だった。原稿整理担当者は眉《まゆ》をひそめた。編集者はオフィスにもどり、椅子にすわって興奮を静めようとした。原稿整理担当者は、ここを出版社ではなくくそ図書館だと思いこんでいるのだ。

そして笑い、首を振って思った。この仕事が大好きだ。そして電話をかけた。

箱

The Box

「箱の中身はなんなの？」と息子がたずねた。

「ダニー」とわたしはたしなめた。「お邪魔しちゃだめじゃないか」

クリスマスの二週間前の日曜日だったので、スタンフォード行き各駅停車は混んでいた——買い物客が通路にずらりと立っていたが、わたしの家族は幸運にも座席を見つけられていた。その男は、詰めてすわっていた娘のクラリッサとジェニーとわたしの向かいにすわっていて、ダニーは男の隣にすわっていた。

息子が気になったのも無理はなかった。男はプレゼント用の赤い箱を膝に乗せ、まるでこの先のハリソン駅で揺れたときに落としてしまうのを恐れているかのようにしっかりとかかえていた。ずっとそうしていた——三つ前の駅で乗ってきてからずっと。

男は背が高く、百八十センチはあっただろうが、十キロほど太りすぎていて、背後で電車の両開きのドアが開くたびに冷たく乾いた空気が流れこんでいるというのに、大汗をかいていた。黒い八の字ひげをたくわえ、髪はまばらに薄く、何年も新調していなさそうな濃いめのベージュのバーバリー・レインコートを着ていた。その下はしわくちゃなグレーのスーツだった。ズボンの裾《すそ》は二、三センチ短すぎるように思えた。靴下はスーツよりずっと明るいグレーのナイロン製で、左足のゴムがのびきっていて、最近人気がある醜い鼻ぺちゃの犬種のしわだらけの皮膚のように、足首の上でたるんでいた。男はダニーにほほえみかけ、箱を見おろした。光沢のある赤い紙で包まれた、六十センチ四方ほどの段ボールの箱だ。

「プレゼントだよ」と男は答えた。ダニーではなく、わたしのほうを見ながら。

男の声には、ヘビースモーカー特有の痰《たん》がからんでいるような湿った響きがあった。それとも、風邪《かぜ》をひいていたのかもしれない。

「見せてくれる？」とダニーが頼んだ。

わたしには息子の気持ちがよくわかった。クリスマスシーズンのニューヨークで、すぐそばに大型玩具《がんぐ》店〈ＦＡＯシュワルツ〉があることを知っている九歳の女の子ふたりと七歳の男の子を連れて一日過ごすのは簡単ではない。ラジオシティ・ミュージックホールでクリスマスショーの昼公演を見せ、ロックフェラーセンターでスケートをさせたあとでさえ。たとえ、子供たちへのプレゼントは何週間も前に買ってあり、クリスマスツリーの下に置くまでわたしたちのベッドの下に隠してあるとしても。〈シュワルツ〉にはいつだって子供たちが思いもつかないものがあるし、子供たちはそれをよく知っていた。夕食にまにあうようにライに帰るべく午後三時五十五分発の電車に乗せるのに――とくにダニーとは――ひと悶着《もんちゃく》あった。

それでもまだ、ダニーはプレゼントのことが忘れられないようだった。

「ダニー……」

「いいんです」と男がいった。「かまいませんよ」男は窓の外を見やった。電車はハリソン駅に差しかかっていた。

男は箱のふたをダニーのほうに少しだけあけた。完全にあけたわけではなく、十センチ足らずだったので――ダニーには見えたが、わたしたち三人には見えなかった。息子は顔をぱっと明るくしてほほえみ、まず、勝ち誇ったようにクラリッサとジェニーのほうを見てから箱のなかをのぞきこんだ。

笑みはなかなか消えなかった。だが、ついに消え、困惑の表情になった。どうやら、息子には理解できないものが入っているようだった――まったく理解できないものが。男はしばらく中身を見せていたが、ダニーの困惑の表情は変わらなかった。それから男は箱を閉じた。

「失礼します」と男がいった。「ここで降りるんです」

男はわたしたちの前を通り過ぎ、あいた席にすぐさま重そうな買い物袋をふたつかかえた中年女性がすわり、袋を足元に置いた——そして両開きのドアが滑るように開いて閉じ、わたしは背中に十二月の寒風を感じた。男は降りたのだろう。ダニーは女性の買い物袋を見おろしながら、「プレゼントですか？」とおずおずとたずねた。

女性はダニーを見て、ほほえみながらうなずいた。

ダニーはそれ以上質問しなかった。

電車がふたたび動きだした。

次はわたしたちの駅だった。わたしたちは風が吹きすさぶライ駅のプラットホームに降り立ち、金属製の階段を、足音を響かせながら降りた。

「あの人、なにを持ってたの？」とクラリッサがたずねた。

「だれ？」とダニーが問いかえした。

「あの人よ、お馬鹿さんね」とジェニーがいった。「箱を持ってた人！　あの箱にはなにが入ってたの？」

「ああ。なにも」

「なにも？　どういう意味？　空っぽだったの？」

そのころには、子供たちは、駐車場の二列めの左のほうに駐《と》めてあるわが家の車をめざして走りだしていた。

だから、ダニーの答えは聞こえなかった。たとえ答えたとしても。

車の鍵《かぎ》をあけたころには、わたしはその男のことをすっかり忘れていた。


その夜、ダニーは夕食を食べなかった。

珍しいことではない。子供が食事をとろうとしないことは。ほかにすることがあったり、日中におやつを食べすぎたりしたときは。妻のスーザンもわたしも、大恐慌時代の気質が残っていた家庭で育った。夕食が好きじゃなかったり、あるいはぜんぶ食べたくなくても、残すことは許されなかった。テーブルにすわったまま、料理がどんどん冷めていくのをじっと見ていなければならなかった。ほとんどたいらげるまで、解放してもらえなかった。わたしたちは、自分たちの子供にはそんな強要をしないと決めていた。最近の専門家のほとんども、たまに食事を抜くくらいなら問題ないと、わたしたちの意見に同調しているようだった。たしかに、そんなことに雰囲気をピリつかせる価値はない。

だから、ダニーがテーブルを離れるのを許した。

次の夜――月曜日の夜――もおなじやりとりが繰り返された。

「どうしたの?」と妻が息子に聞いた。「デザート六個をランチにしたの?」半分冗談、半分本気だったのかもしれない。デザートとピザは、学校のカフェテリアでわが家の子供たちがなんとか胃袋におさめられるほとんど唯一のメニューだった。

「違うよ。ただおなかがすいてないだけ」

わたしたちはそれ以上追及しなかった。

だが、わたしはその夜、ずっと息子に目を光らせていた——月曜夜のコメディドラマのCM中に立ってキッチンに向かい、プレッツェルや瓶入りハニーローストピーナッツやフルーツループシリアルをとってくるのではないかと思ったからだ。だが、そんなことは起こらなかった。水一杯飲むことなく寝てしまった。具合が悪そうではなかった。血色もよく、家族と一緒に番組のジョークを笑っていた。

なにかの前触れだとわたしは考えた。スーザンも同意見だった。そうとしか思えなかった。息子はふだん、相撲レスラー並みの食欲の持ち主なのだ。

朝には頭が痛いとか胃の調子が悪いとかいって学校を休もうとするだろうと確信していた。

ところが、そうはならなかった。

それに朝食もほしがらなかった。

そして次の晩もおなじだった。

これは特に奇妙だった。スーザンはその夜、スパゲッティミートソースをつくったからだ。スーザンの豊富なレパートリーのなかでも、子供たちがいちばん好きな料理だった。だが——逆に、それが理由だったのかもしれないが——スパゲッティミートソースは、スーザンの得意料理のなかでもとりわけシンプルだった。ところが、ダニーはおなかがすいていないといって料理に手をつけず、ほかの家族が山盛りにして食べているのを眺めているだけだった。わたしはとびきり大変な一日を過ごし——ウォール街の証券会社勤めなのだ——へとへとに疲れて遅く帰宅したところだった。そして正直、腹ぺこだった。だから、息子が食事を繰り返し拒否することに、少なからず動揺した。

「なあ」とわたしはいった。「なにか食べなくちゃだめだ。もう三日たってるんだぞ」

「お昼は食べたの?」とスーザンが聞いた。

ダニーは嘘をつかない。「おなかがすかなかったんだ」とダニーは答えた。

もはやクラリッサとジェニーでさえ、兄を、頭がふたつある怪物であるかのように見つめていた。

「だけど、スパゲッティは大好物じゃないの」とスーザンがいった。

「ガーリックブレッドを食べてみたら?」とクラリッサがいった。

「うぅん、いらない」

「具合は悪くないのか?」とわたしはたずねた。

「だいじょうぶだよ。ただ、おなかがすいてないだけ」

そう答えて、ダニーはすわりつづけた。

水曜日の夜、スーザンは料理に本腰を入れてダニーの好物をつくった——レモンで香りづけした子羊のローストのミントソース添え。つけあわせはベイクドポテトの赤ワイングレイビーソースとサヤエンドウだ。ダニーはすわっているだけだった。ただし、わたしたちが食べているのを見て楽しんでいるようだった。

木曜日の夜はテイクアウトを試した——ダニーのお気に入りの四川料理店の中華だ。ジンジャービーフ、海老チャーハン、揚げワンタン、甘酢リブ。

いい匂いだね、とダニーはいった。そして、ただそこにすわっていた。

金曜日の夜には、わたしの心の奥底に眠っていた大恐慌時代の気質の名残りが激しく頭をもたげ、わたしは立ちあがって息子をどなりつけた。大好きなイタリアンレストランのペパロニとミートボールとソーセージのピザを最低でもひと切れ食べるまで椅子から立つなと命じた。

じつのところ、わたしは心配していたのだ。あの糸をひくモッツァレラチーズが息子の顎からぶらさがるのを見るためなら、喜んで二十ドル紙幣を渡したことだろう。だが、そんなことはいわなかった。代わりに、指を突きつけてどなりつけて息子を泣かせた——そして、大恐慌を経験した親に育てられた二代めのわたしは、ベッドに行くよう息子に命じた。まさに両親がしたであろうことだった。

息子をひと皮むけば、いつだって父親が出てくるものなのだ。

日曜日には、ダニーはTシャツ越しに肋骨が浮いているのがわかるほど痩せていた。月曜日は学校を休ませ、わたしも仕事を休んで、ドクター・ウェラーとの診察に夫婦で付き添った。ウェラーは、近頃はとんと見かけなくなった、昔ながらの頼れる一般開業医の生き残りだった。七十歳を過ぎていたが、必要があれば診療時間後でも往診に来てくれた。ライ市では、そんな医者は正直な自動車整備士とおなじくらい珍しい。ウェラーは病院ではなく在宅治療を信奉していた。ある晩、ジェニーの気管支炎を診にきたあと、わたしのソファで眠りこみ、コーヒーに手をつけないまま二時間ほどぐっすり寝込んでいたこともあった。そのときわたしたちは、いびきをかいている医師のまわりを爪先《つまさき》立ちで歩いた。

月曜日の朝、わたしたちは診察室で質問に答えながらすわっていた。ドクター・ウェラーはダニーの目、耳、鼻、喉を調べ、膝と背中と胸をとんとん叩き、呼吸を確認し、採血し、尿検査のためにトイレへ行かせた。

「見た目は完全に健康そうだな。前回の検診から二キロほど痩せてるが、それ以外はなんの問題もなさそうだ。もちろん、血液検査の結果を待つ必要はあるが。ほんとうに、なにも食べていないのかね？」

「まったくなにも」とスーザンが答えた。

ドクター・ウェラーはため息をついて、「外で待つように」といった。「ダニーと話をさせてくれ」

待合室で、スーザンは雑誌の山から一冊手にとり、表紙を見てから元にもどし、「どうしてなの？」とささやいた。

歩行器を使っている老人がわたしたちのほうをちらりと見て、すぐに目をそらした。向かいにすわっている母親は、猫のガーフィールドの塗り絵をしている娘を見守っていた。

「わからないんだ」とわたしは答えた。「わかればいいんだけど」

わたしは待合室ですわりながら、奇妙に超然とした気分になっていた。まるで、これはほかのだれかに起こっていることであるかのように――わたしに、わたしたちに起こっていることではないかのように感じていた。

わたしはいつも、心の奥底に根本的な孤独の核をかかえているのを自覚していた。ひとりっ子だったせいかもしれない。あるいは、祖父から受け継いだ、ドイツ人特有の気難しさのせいかもしれない。妻といても子供たちといても、わたしは孤独だった。とっつきにくい、近づきがたい男なのだ。家族にはそれがほとんどわかっていなかったと思う。この孤独は根深いのだ。わたしはそれに適応してきた。その孤独は、わたしがどんな人間関係を築き、どんな期待をいだくかに影響をおよぼしている。そのせいで、人生のきびしい運命の変転にもほとんど驚けなくなった。

そのとき、わたしはその孤独を痛烈に意識していた。

ドクター・ウェラーは笑顔でダニーを待合室に送りだし、そこで少しすわって待つように告げると、わたしたちを診察室に招いた。しかし、その笑顔はダニーのためだった。中身は空っぽだった。

わたしたちは腰をおろした。

「こいつはまったく尋常じゃない」と医師は首を振った。「ダニーに、食べなきゃだめだといったんだ。するとダニーは、どうして、と聞いてきた。ダニー、世界じゅうで毎日、大勢の人が飢えで死んでるんだ、とわたしはいった。食べないときみも死んでしまう――単純な話だ、と。すると息子さんはわたしの目をまっすぐに見て、〝だから？〟といったんだ」

「まあ」スーザンが声をあげた。

「ダニーはふざけてるわけじゃなかった――なんと、真剣に聞いてたんだ。そうだな、きみも生きたいだろう？　とわたしはたずねた。するとダニーは、〝生きなきゃだめなんですか？〟と答えたんだ。信じられるかね？　椅子から転げ落ちそうになったよ。〝生きなきゃだめなんですか？〟だぞ！　もちろん生きなきゃだめだ！　とわたしはいった。だれだって生きたがってるんだ、と。

〝どうしてですか？〟とダニーは聞いた。

驚いたよ。人生は美しくて神聖で楽しいものなんだ、とわたしはダニーにいった。もうすぐクリスマスじゃないか。休みや誕生日、夏休みはどうなんだ？　できるだけ強く健康で幸せになれるように、人生を精一杯生きなきゃならないんだ、とダニーに訴えた。ダニーはわたしの話に耳を傾けていた。耳を傾けて、理解しているのがわかった。だが、わたしの話に少しでも心配したり、気にしたり、暗くなったりした様子はなかった。そしてわたしが話しおえると、ただこういった。はい――わかりました。

でもおなかがすいてないんです、と」

医師は愕然とし、困惑しているようだった。

「正直、なんといえばいいかわからないんだ」医師はメモ用紙を手にとった。「心理療法士の名前と電話番号を教えるよ。精神科医じゃない――だからダニーに無理やり薬を呑《の》ませたりはしない。セラピストだ。血液検査の結果に問題がないかぎり――おそらくないと思うが――ダニーには、可及的すみやかに探りあてなければならない深刻な感情的問題があるんだと思う。このフィールドという人物はわたしの知るかぎりで最高のセラピストだ。子供の扱いにも長《た》けている。すぐに、できればきょうじゅうに診てほしいとわたしがいっていたと伝えてくれ。彼とは長いつきあいなんだ。なにしろ――とにかく、わたしの頼みなら聞いてくれるはずだ。彼ならダニーを助けられると思う」

「助けるって、どういうことですか、先生?」とスーザンがいった。スーザンが取り乱しかけているのがわかった。「助けるって、どういうことなんですか?」とスーザンは続けた。「生きる理由を見つけられるっていう意味ですか?」

スーザンは声を震わせてそういうと、両手で顔をおおってさめざめと泣きだしたので、わたしは手をのばし、自分のなかのスーザンと触れあえるかもしれない部分を探った。そしてそれが完全に沈黙しているわけではないことを確認してから妻を抱きしめた。

その夜、わたしは子供たちの話し声を聞いた。ダニーとふたごの娘たちの声を。

夜遅い時間で、わたしたちは寝支度をしていた。スーザンはバスルームで歯を磨いていた。わたしは、キッチンにあるタバコの箱から最後の一本を吸うために一階におりようと廊下へ出たとき、子供たちのささやき声を聞いたのだ。ふたごの部屋とダニーの部屋は分かれていた。ささやきはふたごの部屋から聞こえていた。

規則違反だったが、最近では、どっちみち規則なんかどうでもよくなっていた。宿題は放置されていた。朝食はコーヒーと市販のドーナツだけだった。もちろん、ダニーはそれすら食べなかった。寝るのは疲れきったときだった。

ドクター・フィールドは、しばらくはそれでいいといった。少なくとも次の一週間ほどは、家族内のあらゆる緊張や対立を避けるべきだと。

わたしはダニーが食べないからといって叱ってはいけなかった。

フィールドは、最初にダニーと診察室で三十分話し、それからスーザンとわたしと二十分ほど話をした。人当たりがよく、物腰がやわらかかった。ダニーの問題がなんなのかは、まだ見当がついていなかった。ダニーがまた食べはじめるまで、毎日診察する必要があるし、その後もおそらく週に一、二回は診察が必要だろう、というのがフィールドにいえることの要旨だった。

食べはじめればの話だったが。

とにかく、わたしはささやきを無視することにした。くそったれなタバコをきちんとやめてたら、最初からこんな声を聞かなかったんだ、と思った。だが、そのとき半開きのドアから、ジェニーの言葉がはっきりと聞こえたので、わたしは立ち止まった。

「まだわかんない」とジェニーはいった。「あの箱がどう関係してるの？」

ダニーの返事は聞きとれなかった。わたしはドアに歩みよった。床板がきしんだ。ささやきが止まった。

わたしはドアをあけた。子供たちはベッドの上で身を寄せあっていた。

「なにがその箱と関係してるんだって？」とわたしはたずねた。

子供たちはわたしを見た。わたしの子供たちは、びっくりするほど良心の呵責《かしやく》を感じることなく育ったんだな、と思った。規則があろうとなかろうと。その点、子供たちはわたしと似ていなかった。ときどき、ほんとうにわたしの子供なんだろうかと疑問に思うことがあった。

「なんでもないよ」とダニーがいった。

「なんでもないわ」とクラリッサとジェニーもいった。

「さあ」とわたしはいった。「教えてくれ。いまなにを話してたんだい？」

「べつに」とダニーがいった。

「内緒の話かな？」わたしはそう冗談めかし、たいしたことではないふりをした。

ダニーは肩をすくめた。「ただ、ほら、話してただけさ」

「食べない理由と関係がある話を？　そういう話をしてたのかい？」

「パパぁああ」

息子のことはよくわかっていた。ダニーはわたしとおなじくらい頑固だった。これ以上なにも聞きだせないときは、天才でなくてもわかった。そして、これはまさにそんなときだった。

「そうか」とわたしはいった。「自分の部屋にもどれ」

ダニーがわたしの横をすり抜けた。わたしは部屋のなかをちらりと見て、ふたごの娘がわたしをじっと見つめていることに気づいた。

「なんだい？」とわたしはたずねた。

「なんでもないわ」とクラリッサがいった。

「おやすみ、パパ」とジェニーがいった。

わたしはおやすみと応じてタバコを吸いに一階におりた。三本吸った。あの箱の話とはいったいなんだろうと考えた。

翌朝、娘たちも食べなくなっていた。

その後、事態は急速に進展した。夕方には、娘たちもダニーとおなじ道をたどっていることが明らかになった。娘たちは幸せそうだった。満足そうだった。そして、どうしても食べようとしなかった。わたしにとって、〝おなかがすいてない〟は、突如として恐怖の言葉になった。

翌々日の夜、おなじくらい恐ろしい変化が生じた。スーザンが、一日がかりでつくったほかほかのラザニアの前で、子供たちがみんな飢えてるのに、どうしてわたしが食べられるの、といったのだ。

そして、それ以降なにも食べなくなった。

わたしはひとり分のテイクアウトを買って帰るようになった。

マクドナルド。ピザ。デリのバッファローウィング。

クリスマスの日までに、ダニーは介助なしではベッドから起きあがれなくなっていた。

ふたごはやつれきっていたし——妻もおなじだった。

クリスマスディナーはなかった。その意味がなくなっていた。

わたしは冷めたチャーハンを食べ、リブを二本電子レンジで温めた。それだけだった。

その間、フィールドはこの件に完全に困惑し、論文を書こうと考えているといってた。

——かまわないかとわたしにたずねた。わたしはかまわなかった。どうだってよかった。通常なら病院を最後の手段としか考えていないドクター・ウェラーが、できるだけ早くダニーに点滴をはじめたがった。さらなる血液検査も予定していた。わたしとスーザンは、クリスマスが過ぎるまで待てないかとたずねた。かまわないが、それ以上は無理だとウェラーは答えた。わたしたちは同意した。

食事は冷めたチャーハンだし、状況は狂気じみているにもかかわらず、クリスマスは実際、ひさりぶりに文句なしで楽しい一日だった。家族全員が暖炉のそばにすわり、ツリーの下でプレゼントをあける様子は——思い出を呼び起こした。かつての日々の居心地のよい暖かさを。完全ではないにしろ、ほぼいつもどおりといえるほどだった。この日だけは、家族を心配することをほとんど忘れられそうだった。ダニーが翌朝入院することも――ふたごもきっと、すぐあとに続くだろうことも忘れられそうだった。スーザンはまったく心配していないように見えた。まるで、子供たちの断食に加わることで、なぜか子供たちとおなじく無関心になっているかのようだった。断食それ自体が麻薬のようだった。

その日の笑い声を覚えている。たくさんの笑い声を。新しい服は、わたし以外みんなぶかぶかだったが、それでも試着した――女が巨大化したり男が縮んだりするSF映画についての冗談をいった。おもちゃやゲームにも、わたしがツリー用に買った、新しい素朴な手彫りの天使にも、みんな大喜びした。

信じられないかもしれないが、わたしたちは幸せだった。

しかし、その夜、わたしはベッドに横たわると、翌日病院に行くダニーのことを考え、それから、はるか昔のように感じられた盗み聞きのことを、そして箱を持った男と、すべてがはじまったあの日のことを、なぜか思いだした。わたしはなんて馬鹿だったんだ、と思った。長い長い混乱した夢から覚めたような気分だった。

突然、ダニーが知っていることを聞きださなければならないと思った。わたしは起きあがって息子の部屋に行き、そっと揺り起こした。

そしてあの日、電車に乗っていたとき、箱を持った男と出会って箱のなかをのぞかせてもらったことを覚えているかとダニーにたずねた。息子は覚えていると答えた。

そこで、箱の中身はなんだったのかと聞いた。

「なんにもなかったよ」とダニーは答えた。

「ほんとうになにも？　つまり、空っぽだったってことかい？」

ダニーはうなずいた。

「でも、あの男の人は……プ、プレゼントだといってたじゃないか」

ダニーはまたうなずいた。わたしにはまだ理解できなかった。意味がわからなかった。

「じゃあ、冗談だったってことかい？　だれかにいたずらをするつもりだったのかな？」

「さあ。ただ……あの箱は空っぽだったんだ」

ダニーは、どうしてわたしにわからないのかわからないというようにわたしを見た。

空っぽは空っぽ。それだけのことだった。

わたしはダニーを寝かせた。息子が自分の部屋で眠れる最後の夜だった。

その後、事態は急速に進展したといったが、まさしくそのとおりだった。当時はそうは思えなかったが。三週間後、息子はやさしくほほえみながら昏睡《こんすい》状態におちいり、三十二時間足らずで亡くなった。息子の年齢の少年を点滴で支えられなかったのは珍しいが、ときにはそういうこともあるのだといわれた。そのころには、ふたごはおなじ廊下のふたつ先の病室に入院していた。クラリッサは二月三日に、ジェニーは二月五日に逝《い》った。

妻のスーザンは二十七日まで持ちこたえた。

そしてわたしは、その間ずっと、そしてそのあといまにいたるまで何週間も、毎日病院に通ったり、働けるときは働いたり、働けないときは休暇をもらったりしながら、ライからニューヨークへ、ニューヨークからライへとひとりで電車に乗って男を探している。全車両を見てまわる。男がひとつ前の駅やひとつあとの駅で乗ってくるかもしれないので、行ったり来たりしている。男を見逃したくはない。わたしは痩せてきている。

いや、食べている。充分ではないかもしれないが、食べてはいる。

だが、男を見つけなければならない。息子が知って、ほかの子たちに伝えたことを知るために。きっと娘たちも知っていたはずだ。あの夜、娘たちの部屋で息子が伝えたのだ――なんらかの恐ろしい知識を、なんらかのぞっとする平安を。そしてスーザンも、なにかしらの形で、たぶんわたしにはできなかったほど三人の子供たちに近づくことによってそれを知ったのだろう。わたしはそうだと確信している。
わたしの根源的な孤独が、わたしを隔てて救ったのだとも確信している。そしても
ちろん、いまではその孤独がわたしにとり憑《つ》いて、通勤電車の暗い通路をうろつかせ、
あの男の姿を——あの男とあの呪《のろ》わしいプレゼントを、あの贈り物を、あの箱を——
ひと目なりともまた見たいと願わせている。
知りたいからだ。それが家族に近づける唯一の方法だからだ。
見たい。見ずにはいられない。
わたしは飢えている。

——ニール・マクフィーターズに捧げる

オリヴィア：独白

Olivia:
A Monologue

州立大学で女性週間の準備をしているときにオリヴィアと出会った。最初はちょっとびびっていた。まだ彼氏と同棲《どうせい》していたというのに、オリヴィアは例の目つきでわたしを見た。高二のころから自分はレズビアンだと自覚していたわたしは、好奇心旺《おう》盛《せい》な彼氏持ちのストレートな女に手を出すほど愚かじゃないと自負していた。そのはずだった。けれども、カフェテリアで太腿《ふともも》に手を置かれても、そのままにしてしまった。あの夜、キスされたとき、キスを返してしまった。魂の奥底まで見透かすような目つきをするオリヴィアは、神々しいほど美しかった。母親がプエルトリコ人で、父親がイラン系アメリカ人だった。マンハッタン育ちのユダヤ人のわたしにとって、まさにエキゾチックだった。オリヴィアが彼氏と別れたとき、やっと恋に落ちる許可をもらえたような気がした。そして実際に恋に落ちた。本気で愛した。

ふたりでよくキャンプに行った。共通の趣味だった。いつもキャンプ用の小型ブタンガスコンロを持っていくオリヴィアは、火おこしをしたがるわたしを素人よばわりした。そういうわけで、わたしが串刺しのホットドッグや豆の缶詰やザワークラウトをを熾火《おきび》で温めてる横で、オリヴィアがエビのスキャンピをつくった。

あの日、わたしたちはペンシルヴェニアで、アパラチアン・トレイルのキャンプ場を独占していた。わたしは朝起きて公衆トイレに向かった。ほかにだれもいないと思っていたから全裸だったのだが、途中で妙な男が森から道に出てきた。顔が青白く、真夏なのにニット帽をかぶり、くたくたのTシャツを着てジャージをはいていた。タバコを持ってるかい、と聞いてきた。にやにやしていた。裸なのにタバコなんか持っているわけがなかった。真っ裸なのに！　わたしは、まあ！　ごめんなさい！　といったが、死にそうなほど恥ずかしかった。テントに走ってもどって、オリヴィアに、男がいるわ。服を着なきゃ、と伝えた。

ほかのキャンプ場に移動することにした。荷物をまとめて歩きだすと、最初の曲がり角の先にまたあの男がいて、じゃあ、またな、といった。わたしは無意識のうちに、思わず、じゃあ、また、と返してしまった。しばらく歩いて地図を確認していると、男がうしろから追いついてきたが、こんどは笑ったり、キスしたりしているところを見られてしまった。一日で二度めに恥ずかしい思いをしたとき、男は狩猟シーズンでもないのにライフルを腰にあてて持っていた。道に迷ったのかい？　とたずねられ、オリヴィアが、だいじょうぶです、と答えた。男は、そうか。じゃあ、またな、といったが、こんどは、わたしは返事をせず、去っていく男の背中を黙って見つめた。

男をまけたと思った。そのあたりにキャンプ場はたくさんあったし、その後は男を見かけなかったので、よさそうな場所を見つけてそこに決めた。夕食を食べて寝床に入った。愛しあった。テントのなかで。いまでも、わたしの体をまさぐったオリヴィアの手の感触を覚えている。そのとき、わたしの腕がいきなり爆発した。

わたしは五発撃たれた。腕、首、首、顔、頭を。口を閉じていなければ、顔にあった弾で臼歯《きゅうし》がこなごなになることはなかっただろう。だが、首にあたった三発めが一センチ左にずれていたら、頸動脈《けいどうみゃく》を直撃されて即死だったのだそうだ。オリヴィアは背中と頭に二発浴びた。助けを呼びにいかないとふたりとも失血死すると思いながら、オリヴィアを木の陰にひきずっていったが、行かないで、お願い、とオリヴィアにいわれた。抱きあいながら一緒に死にたがっているようだった。そしてオリヴィアは靴をはいて一緒に脱出しようとしたが、立ちあがれずに何度も倒れた。

わたしの目の前で、オリヴィアは息絶えた。

最期には、オリヴィアは目が見えなくなった。シャツのポケットから財布をとって。お金がいるわ、といい、息も絶え絶えに、行って、とうながした。でも、行けなかった。わたしはオリヴィアを愛していた。なにが起きているかはわかっていた。わたしは黙ってオリヴィアを見つめていた。

犯人は逮捕された。タバコの吸い殻とコーラの缶を残していったのだが、指紋がついていたのだ。男には前科があった。初犯ではなかった。なぜやったのかと問われた男は、レズビアンだからだ、と答えた。レズどもがキスしてるところを見たからだ、あんなの見てられなかったからだ、と。

わたしたちはふたりの人間だった。愛しあっていた。

——クリス・ゴールデンに感謝を捧《ささ》げる

帰還

Returns

「ここにいるぞ」

「え?」

「ここにいるっていったんだ」

「まったくもう。いい加減にして」

ジルはしみだらけの高価なソファに横たわっている。目の前のテレビにはクイズ番組が映っており、床にはジム・ビームのボトルが転がっていて、ジルはグラスを持っている。わたしの姿は見えていないようだが、ゾーイには見えている。ゾーイはソファの反対側で丸くなっている。朝食を待っているのだ。日は四時間前に昇り、いまはもう午前十時。いつもなら八時にはキャットフードをもらっているはずだ。猫には人間に見えないものが見えているのではないか、とわたしはずっと思っていた。いまは事実として知っている。

ゾーイはわたしを、哀願しているようにじっと見つめている。目を見開き、黒い鼻をぴくつかせている。わたしに期待しているのだ。わたしはなんとかその期待に応えようとする。

「餌をやらなきゃだめじゃないか。トイレの砂も交換しろ」

「なんなの？　だれなのよ？」

「猫のだよ。ゾーイのだ。餌。水。トイレ。覚えてるだろ？」

ジルはまたグラスを満たす。きのうの夜から朝まで、ときどきうつらうつらしながら、ずっとこんな調子だ。わたしが生きていたときもひどかったが、四日前、七十二番街とブロードウェイの角でわたしがタクシーにはねられる前よりも格段に悪化している。ひょっとしたら、ジルなりのやりかたでわたしを悼《いた》んでいるのかもしれない。わたしは、きのうの夜、どこからともなくもどってきてからずっと、なにかをしなければならない、少なくともしようと試みなければならないと感じているが、これが、ジルを正気にもどすことが、そのなにかなのかもしれない。

「やめて！　ほっといて。わたしの頭のなかに入りこんでるあなた、さっさと出てって！」

ジルは近所の人に聞こえるほどの大声でそう叫ぶ。隣人たちは仕事に出ている。ジルは家にいる。だからだれも壁を叩いたりはしない。ゾーイはジルを見つめ、それからわたしに視線をもどす。わたしはキッチンの入口に立っている。そこにいるのはわかるのだが、自分の姿は見えない。両手を目の前に持ってきてもなにも見えない。廊下の鏡に目を向けても、だれも映っていない。わたしを見ることができるのは七歳のメス猫だけのようだ。

わたしが到着したとき、ゾーイは寝室で寝ていた。ゾーイはベッドから飛びおり、白黒縞《しま》模様の尻尾《しっぽ》を立てながら、とことこ近づいてきた。尻尾の白い先端がくるりと巻いていた。猫の機嫌は、いつだって尻尾を見ればわかる。ゾーイは喉を鳴らした。顎のまわりにある臭腺《しゅうせん》をわたしに擦《こす》りつけ、自分のものだと印づけしようとした。これまでに数えきれないほど繰り返してきたように、猫流の再確認をしようとしたが、なにかがおかしかった。ゾーイは困惑顔でわたしを見上げた。わたしは、耳を掻いてやろうと身をかがめたが、もちろん掻けなかったし、ゾーイをさらに困惑させたようだった。ゾーイは尻でマーキングしようとした。うまくいかなかった。

「ごめんよ」とわたしは謝った。ほんとうに申しわけなかった。鉛が詰まったように胸が重くなった。

「さあ、ジル、起きろ！ 猫に餌をやれ。シャワーを浴びろ。コーヒーをいれろ。なんでもいいからしゃっきりしろ」

「いったいどうなってるの？」とジルはひとりごとをいう。

それでもジルは起きあがる。暖炉の上の時計を見る。よろめきながらバスルームに向かう。シャワーの音が聞こえてくる。わたしはバスルームに入りたくない。ジルを見たくない。ジルの裸を見たくなくなってからひさしい。ジルは元女優だ。劇団の夏巡業に参加したり、たまにＣＭに出たりしていた。たいした女優ではなかった。だが、そう、美人だった。結婚してすぐ、つきあいの酒がひとり飲みになり、やがて一日じゅう飲むようになった。体型が急激に崩れ、肉がつきすぎたり落ちすぎたりした。一種の自傷行為だ。どうしてわたしが別れなかったのかはわからない。最初の妻を癌で亡くしたので、ふたたび失うのが耐えられなかったのかもしれない。たんに誠実なのかもしれない。

わからない。

シャワーの音が止まり、しばらくしてジルがリビングにもどってくる。白いタオル生地のバスローブを着、ピンクのタオルを髪に巻いている。時計をちらりと見る。テーブルに手をのばしてタバコをとる。火をつけ、勢いよく煙を吸いこむ。まだふらついているが、さっきほどではない。顔をしかめている。ゾーイが用心深くジルを見つめている。こういう、酔いが覚めかけているときのジルは危険だ。わたしは知っている。

「まだいるの?」

「ああ」

ジルが笑う。楽しげな笑いではない。

「そうよね。いるわよね」

「ほんとにいるんだ」

「馬鹿ばかしい。生きてたとき、あなたはわたしを狂わせた。死んでからも狂わせようってわけ?」

「助けに来たんだ、ジル。きみとゾーイを」

たんに頭のなかで声がしているだけではなく、ほんとうにわたしがここにいることをやっと信じはじめたらしく、ジルは部屋を見まわす。わたしがどこにいるのかを、わたしの声がどこから聞こえているのかを突きとめようとしているようだ。じつのところ、ゾーイを見るだけでいいのに。ゾーイはまっすぐにわたしを見つめているのだから。

だがジルは、見覚えのある目の細めかたをしている。わたしが嫌いな目つきを。

「ゾーイのことは心配しなくていいわよ」とジルがいう。

その意味を問おうとした矢先に呼び鈴が鳴る。ジルはタバコを揉み消し、玄関まで歩いていってドアをあける。見知らぬ男が立っている。小柄で、内気で繊細そうな男だ。三十代なかばで、髪が薄く、紺のウインドブレーカーを着ている。見るからに気まずそうだ。

「ミセス・ハントですか？」

「ええ。どうぞお入りください」とジルがいう。「そこにいます」

男は腰をかがめて床からなにかを拾いあげる。わたしが知っているものを。猫用キャリーケースだ。プラスチック製で、正面が金属の格子になっている。うちのとそっくりだ。男がなかに入ってくる。

「ジル、なにをしてるんだ？　いったいなにをしてるんだ、ジル？」

ジルは、ハエか蚊《か》を払っているように両手を耳元でばたつかせ、まばたきを繰り返すが、男はジルのそんな様子に気づいていない。男は、いまもわたしを凝視しているわたしの猫を凝視している。いつものゾーイなら男を警戒し、キャリーケースに気づいているはずなのに。キャリーケースがなにを意味するのか、ゾーイはよく知っている。どこかへ、どこかいやなところへ連れていかれるのだ。

「ゾーイ！　逃げろ！　ここを出ろ！　走れ！」

わたしは手を叩く。音は出ない。だがゾーイは、わたしの口調と表情で警告していることに気づいたのだろう、最後の瞬間に男のほうを向く。しかし、その直後に男はゾーイに手をのばしてソファからつかみあげ、頭から先にキャリーケースのなかに押しこむ。ふたを閉める。二重ロックをかける。

男はすばやい。手際がいい。

わたしの猫は閉じこめられた。

男が笑う。うまく笑えていない。

「思ったほど大変じゃありませんでしたね」と男がいう。

「ええ。運がよかったわね。その子、噛むの。ときどき、ひどく抵抗するのよ」

「嘘をつくな」とわたしはいう。

いまやわたしはジルのすぐうしろに立っている。耳元でそういった。ジルの心臓がアドレナリンでばくばくしているのを感じる。ジルをおびえさせているのがわたしなのか、それとも自分がいましたこと、起こるがままにしたことなのかはわからないが、いまのジルは完全に女優だ。わたしの存在を徹底的に無視している。これほど怒りを覚えたことはない。これほど無力だと感じたこともない。

「ほんとうにいいんですか？」と男が問う。「しばらくうちで預かって、新しい飼い主を探すこともできるんですよ。安楽死させる必要はないんです。もちろん、この子はもう子猫じゃありません。でも、わかりません。どこかの家族が……」

「いったでしょ」と六年連れ添った妻。「噛むのよ」

ジルの声は、いまや平静で、氷のように冷たい。

ゾーイが鳴きはじめている。わたしの胸は張り裂けそうになる。死んでしまったことも、このつらさとは比べものにもならない。

ゾーイと目があう。猫の魂は目に宿るという人もいる。わたしはそれを信じている。

キャリーケースのなかに手をのばす。わたしの手はケースをむなしく通り抜ける。わたしには見えないが、ゾーイにはわたしの手が見えるらしい。ゾーイは頭を上げてわたしの手に擦り寄せようとする。こんどは困惑の表情にならない。わたしを実際に感じているかのようだ。わたしの手を、わたしとの触れあいを。わたしもゾーイに触れたいと願う。ゾーイがまだ子猫で、野良猫で、クラクションやサイレンの音におびえていたころにも、こんなふうになでてやったものだ。あのころは、わたしもひとりぼっちだった。ゾーイが喉を鳴らしはじめる。わたしは気づく。幽霊も涙を流すということに。

男がわたしの猫を連れて出ていき、わたしは妻と残される。

ついていくことはできない。なぜかそれがわかる。

どんなにつらいか、想像もできないだろう。ついていくためならなんだってするのに。

妻は飲みつづける。そしてそれから三時間ほど、わたしはひたすら妻をどなりつけ、罵倒《ばとう》する。そう、妻にはちゃんと聞こえている。思いつくかぎりのあらゆる苦痛を与え、これまで妻がわたしやほかのだれかにした非道の数々を指弾し、きょうなにをしたかを何度も思いださせる。そして、これがわたしの目的なんだろうな、と思う。これこそわたしがもどってきた理由なんだろうなと。このあまに自殺させるため、この惨めなくそったれの人生を終わらせるためにここにいるんだろうなと。そして愛猫のこと、ジルがほんとうには猫を気にかけていなかったこと、ワインのシミがついた家具のほうを大事にしていたことなどを思いだして、はさみに手をのばすよう、七階の窓から飛び降りるよう、キッチンに包丁をとりにいくよう、妻をせきたてる。妻は泣き叫ぶ。隣人たちがみな仕事に出ていなければ、せめて通報してくれただろう。妻は立つのもやっとで、ほとんど歩けない。心臓発作か脳卒中を起こせばいいのに、と思いながら妻につきまとい、死ね、死んでしまえと責めたてつづけるが、午後一時近くになってなにかが起きる。

妻がおちつきをとりもどす。

わたしの声がはっきり聞こえなくなったかのように。

わたしはなにかを失いつつある。

なんらかの力が、電池が切れるようにゆっくりと消えていく。

わたしはパニックになる。なぜだ？　まだ終わってないのに。

そのとき、感じる。遠くから、市内の何ブロックも離れたところからなにかが届く。

呼吸が遅くなるのを感じる。心臓が止まるのを感じる。静かな最期を感じる。自分の死よりもはっきりと。

胸がぎゅっと締めつけられる。

行ったり来たりしながら飲みつづけている妻を見つめる。そして気づき、突然、そんなにつらくなくなる。痛みはまだあるが、種類が違っている。

わたしがもどってきたのはジルを苦しめるためではなかった。ジルを踏みにじるためでも、みずからの所業を後悔させるためでもなかった。ジルは自分自身を踏みにじったのだ。そのためにわたしは必要ない。わたしがここにいようがいまいが、ジルはこの悪辣《あくらつ》な行為をしていただろう。ジルはもう段どりをつけていたのだ。予約までしていたのだ。わたしがここにいても止められなかった。あとで来たところでなにも変えられなかった。ゾーイはわたしの猫だった。そしてジルがどんな人間かを考えれば、あんなことをしたのも不思議ではない。

ジルなんかくそくらえだ、とわたしは思う。ジルなんかどうだっていい。

まったくどうだっていい。気にする価値もない。

わたしがここに来たのはゾーイのためだ。最初からゾーイのためだった。あの恐ろしい瞬間のためだった。

わたしがここに来たのは愛猫のためだった。

ケースに入れられたゾーイと最後に触れあってなぐさめるためだった。ゾーイに擦り寄らせて喉を鳴らさせるためだった。ゾーイがわたしをなぐさめ、わたしがゾーイをなぐさめたあまたの夜を、おたがいに思いだすためだった。魂のはかない触れあいのためだった。

それがすべてだったのだ。

それがわたしたちに必要なものだったのだ。

わたしの最後にして最高の部分が逝《い》ってしまった。

そしてわたしは消えはじめる。

聞いてくれ

Listen

話を聞いてくれ。とにかく聞いてほしいんだ。いまはそれだけでいい。

わかった。

あとでセックスするかもしれないが、わからない。

ええ、いいわ。

ひと晩分の金は払ったんだからな。

拘束は八時間よ。ひとつ質問があるの。どうしてわたしを選んでくれたの？　このおうち、すてきね。きっと、オンラインで写真を見たんでしょうね。それから、どうして手錠をかけたの？　質問がふたつになっちゃったわ。ごめんなさい。

きみは……あけっぴろげで、知的で、注意深そうに見えたんだ。話しやすそうだと思ったのさ。それに正直そうだった。正直そうに見えた。なにがおかしいんだ？

ボストンにほんとに正直な娼婦《しょうふ》なんかいないっていう人たちもいるわよ。

娼婦？　エスコートじゃないのか？

書類上はエスコートね。腕を組んで歩くときも。寝室では……

間違ってるかもしれないが、いわせてくれ。おれにはきみは正直そうに見える。それにすごくかわいい。それはもう知ってるだろうがね。かわいい子がよかったんだ。

レイチェルとかリー・アンとかみたいな美人じゃなく？　わたしはこの部屋の雰囲気にあわないと思うけど。

かわいい子がよかったんだ。

なるほど。じゃあ、手錠は？　新品みたいね。革を見ればわかるわ。

おととい買ったんだ。きみにどう思われるか心配だったんだ。

わたしに？

きみが……怖がるんじゃないかと思ったのさ。おびえるんじゃないかと。これなら怖くないだろう？

そんなにひどい話なのね？

ああ。そんなにひどい話なんだ。

ほんとにはずれないの？

もう一度試してみようか？

いいえ、その必要はないわ。でも、正直にいわせてもらうと、ちょっと怖い。

だろうな。タバコに火をつけてくれないか？　そこのテーブルにある。

（間《ま》）
……ありがとう。当然だよ。
え？　怖がって当然っていう意味？
ああ。
それは心強いわね。
だから手錠をかけたのさ。なんなら、ベッドの支柱にくくりつけてもいい。
いいえ。背中にまわしてかけておくだけでいいわ。
あっちにうまいシングルモルトがある。飲んでくれ。
遠慮なく飲ませてもらうわ。あなたは？
いまはいい。もう一本くれないか？
ええ。わたしももらっていい？
タバコか？　ああ、どうぞ。
（長い間）
きみのことを話してくれないか。
あなたが自分の話をしたいんじゃなかったの？
そうだ。すぐに話すさ。きみの話は簡単でいい。ダイジェストでいいんだ。要約本のクリフスノートは知ってるよな？　きみは学生なんだろう？

どうしてわかったの？

きみは若い。きれいだ。そして……

そう、学費を稼いでるの。観察眼が鋭いのね。

いつもしてることだからな。しょっちゅう観察してるんだ。

ほかには？

ほか？

ほかにはなにをしてるの？

すぐに話すよ。自分のことは話したくないみたいだな。

そんなことはないわ。そうじゃなくて、話すことがないのよ。わたしは興味深い人間じゃないから。

だれだって興味深いものさ。じっくり観察すれば。

あなたがわたしを理解できるようになるには八時間じゃ足りないわ。それに、そうしたら、あなたが話す時間がなくなっちゃう。

やっぱりな。きみは興味深いんだ。

違う。おしゃべりなだけよ。わたしの悪い癖なの。すぐに軽口を叩いちゃうのよ。

特に緊張してるときは。

最後にもう一本くれないか？

ええ。どうぞ。

緊張してるかい？

もちろん。少しはね。話をするだけなのに手錠をかける必要があるなんていいだしたお客さんはあなたがはじめてだもん。ところで、いいスコッチね。

ありがとう。気に入ってくれてよかった。

じゃあ、ダイジェスト版を話すわね。育ったのはロサンゼルス。三人の兄がいて、姉妹はいない。父は歯医者だった。

だった？

二年前に癌で亡くなったの。母は専業主婦よ。本が好きなの。兄のマットはいまも母と暮らしてる。専攻は政治学で、副専攻は英語。文章を書くのが好きなの。

政治家になるつもりなのか？

〝倫理的な政治〟に興味があるの。矛盾した表現に聞こえるのはわかってるわ。しょっちゅうそういわれる。でも、民主党や共和党じゃなく、社会正義や倫理の問題を解決するための政治に興味があるのよ。多数派の権利と利益、少数派の権利と利益の緊張関係を反映するように世論を変えることに。共感と道徳性に。もちろん、聖書をもとにしたたわごとじゃなく。

だからきみは興味深いといったんだ。

これがわたしの興味深いところのすべてよ。服を脱いだほうがいい？

ああ、そうしてくれ。

（きわめて長い間）

すごくきれいだ。

ありがとう。あなたの服は？

いまはこのままでいい。

チャーリー、勃起《ぼっき》してるわね。チャーリーって呼んでかまわない？

ああ、いいとも。

チャーリー、勃起してるわ。

ときどきそうなるのさ。

で、わたしになんの話がしたかったの？　ベッドにすわったほうがいい？

ああ、ベッドにすわってくれ。ひとつ質問がある。おれはかなり頭がいいほうでね。

〝倫理的な政治〟についても少しは読んだことがある。おれが思うに、いちばん重要なのは〝連携〟だ。そして連携にとって、対立は協調とおなじくらい重要だ。あってるかい?

そのとおりよ。対立と、その解決がね。

じゃあ、おれたちは対立してるのかな? きみとおれは?

いいえ。どうしてそう思うの? これは取引よ。あなたがサービスの対価を払ってるだけ。問題はないわ。

だが、きみは間違ってる。おれはきみを傷つけようとしてるんだ。危害を加えようと。

チャーリー、あなたは背中で手錠をかけられてるのよ。それに、見てのとおり、わたしは大人の女よ。

ああ、そうだな。それでもだ。横になろうと思う。一緒に横になってくれるかい?

もう一杯スコッチをいただけるかしら? でも、あなたが先に横になって。

また緊張してるな。おれがきみを緊張させたんだ。

わたしを傷つけるつもりだなんていうから、少し緊張してる。

スコッチを飲んでくれ。

ありがとう。いただくわ。

（間）

どこに住んでたといったっけ？　育った場所のことだよ。

ロサンゼルス。正確にはパシフィック・パリセイズよ。

パシフィック・パリセイズは知ってるよ。それなら、実家は金持ちだったんだな。

なんで体を売ってるんだ？

自分の力で生きたいからよ。母とはあんまりうまくいってないし。そろそろあなたの話をしないの？

すぐにな。お母さんは本をよく読むそうだな。

ええ……まあ……それが？

プールサイドで読書をするんだろう？

たしかにそうだけど……

おれは何歳だと思う？

年齢？　年齢をあてるのは得意じゃないの。五十代なかば？

四十九歳だ。年相応には見えないだろうな。いろいろ……あったんだ。で、きみは？　二十五歳？

ええ。今月誕生日だったの。どうしてプールがあるってわかったの？

勘が鋭い、とでもいっておこう。飲みおわったらとなりに寝てくれ。話をしたいんだ。

いいわ。やっとあなたの話ね。でも、横になるなら、さっきの提案を受け入れたいわ。ベッドの支柱にくくりつけていい？

ああ、いいとも。

（長い間）

これでいいわ。

気分がよくなったか？　安心したか？

ええ。

おれの職業を聞かなかったな。

じゃあ、チャーリー、なんの仕事をしてるの？

建設業だよ。自分の会社を持ってる。若いころから建設の仕事をしてきた。大学には三年しか通えなかった。放浪癖があったんだろうな。手先は器用だった。それに、いまみたいにやわじゃなかった。だから、あちこち旅をした。いろんな現場を渡り歩いた。給料はいつだってよかったし、おれは馬鹿じゃなかった。がんばって現場監督になって、金も貯めた。すごくいい投資を何度もした。九六年にアップル株を買ったんだぞ、信じられるか？　入札の仕方や帳簿のつけかたも覚えた。それに、だれを雇って入札したり帳簿をつけさせたりすればいいかもわかるようになった。

じゃあ、いまはお金持ちなのね。

ああ、そうだ。

奥さんは？　ご家族は？　聞いてもよければだけど。

いない。結婚は一度もしなかった。

したいと思ったことはないの？

一度もないね。それは人生設計に入ってなかったんだ。きみは？

いつかはするかも。でも、可能性は高くないでしょうね。

子供は好きじゃなさそうだな。

幼かったころは、たしかに子供が好きじゃなかったわね。わたし自身が子供だったころは。いまは子供とまったくかかわりがないの。

どうして幼かったころ、子供が好きじゃなかったんだ？

わからない。いえ、わかってる。もちろんわかってるわ。十歳か十一歳くらいのころ、難しい年頃になったのよ。太っちゃったし。その年頃で太ってると、からかわれる。特別な扱いを受ける。なんにも参加できなくなる。無視されるわけじゃなくて

――むしろ――悪意の的になる。人間扱いされなくなる。ひどい目に遭わされる。子供ってほんとに底意地悪くなれるから。

（間）

おれがきみを知ったときは太ってなかったぞ。

（間）

え？

きみは細身の小さな女の子だった。髪は細かった。いまよりかなり細かった。ポニーテールにしてたな。

（長い間）

きみは八歳だった。おれは三十二歳。きみはふたりめだった。

ふたりめ？

きみの家のプールをつくったんだ。お母さんが本を読んでるあのプールを。おれは作業員だった。オカンポ通り四四四番地。おれの記憶が正しければ、浅いほうの端は家から九メートルくらいのところにあったはずだ。その日、おれはバックホーを操作してた。覚えてるか？

あなたはあの……

立つな。髪が長くて顔にしわの少ないおれを想像してみろ。当時は髪がふさふさだったんだ。オールバックにしてた。

あなたは……

きみはバックホーが芝生を掘りかえすのを見るのが好きだった。好奇心旺盛だった。おれにレモネードを持ってきてくれた。お母さんはキッチンで現場監督と話してた。おれはレモネードをごくごくと飲みほすと、きみの腕をつかんで、家の裏にあった高い茂みにひきずりこんで押し倒し、口をあけさせた。もう思いだしたよな？

この人でなし。このクソ野郎。

立つなといっただろう。きみを傷つけるといったじゃないか。あっというまだった。きみは泣いた。でも、そんなにじゃなかった。おれはきみに、少し足をひきずって、芝生の石に足の指をぶつけたと母さんにいうように命じた。きみは命じられたとおりにした。もしそういわなかったら、余計なことをいったら、お母さんを殺さなきゃならなくなるって脅したからだ。実際、ふたりとも殺すはめになってたかもしれない。きみの前にもうひとりの少女をヤッてた。長いあいだ我慢してたんだ。きみがふたりめだった。

なんで……どうしてそんなことを話すの？　あなたはいったい何者なの？

おれはチャーリーさ、サラ。ああ、きみの本名も知ってる。驚いたか？

なんですって？　わたしをどうするつもり？

すわれ。おれのポケットに手を入れろ。

（間）

これでなにをすればいいの？

きみはふたりめだった。それ以来、ほかに十五人の子供がいたんだ、サラ。十五人もだ。最後の子は一週間前だった。使うのはもう口だけじゃない。きみは太った、サラ。難しい年頃を経験した。あの子たちがどんな目に遭うのか、考えてしまうんだ。十五人のうちの何人かは似たような経験をするだろう。本気で気にしてるわけじゃないが、考えてはしまうんだ。どうなったかを知ってるのは最初の子だけだ。それからきみだけだ。

え……？

ミシェル・バートンという名前だった。ニュースで目にしたかもしれないな。同棲してた彼氏と喧嘩《けんか》したんだそうだ。そしてそれぞれべつの結婚で生まれたふたりの子供を車に乗せ、ニューヨークのＦＤＲドライブのコンクリートの中央分離帯の壁に時速百キロ以上で突っこんだ。ニュースになった。子供は四歳と三歳の女の子だった。

ミシェルは二十七歳。きみよりふたつ上だった。

（間）

その瓶をあけろ。さあ。

（間）

青酸カリだ。わかってきたんじゃないか？

待って。ちょっと待って。そのミシェルって人のことはわかった。自殺したのよね。いいわ。いえ、いいわけじゃないけど、わかった。だけど、わたしも自殺したがってると思ってるなら、この瓶の中身を吞むと思ってるなら、あなたはイカれてる。とんでもなくイカれてる。おかげさまでわたしの人生は順調よ。あなたにあんなことをされたのに。あんなことを。たしかに、あなたはわたしを長いあいだ苦しめた。だけど、それは過去の話で、いまはもう違う。だから、勝手にすればいい。自首するなり、あのすてきなピクチャーウィンドウから飛び降りるなり、自分の頭を吹き飛ばすなりしてちょうだい！

きみは感情的になってる。早とちりしてる。だが、あたらずといえども遠からずだ。

カプセルを吞むのはおれだ。きみじゃない。

なんですって？

サラ、おれは疲れた。もう限界なんだ。友達もいない。友達って言葉の意味すらよくわからない。手ごたえのある敵もいない。たぶん、いまの仕事で到達できる限界まで来てしまったんだ。成功にも、金儲けにも、抜け道を見つけて利用することにも、もうなんの意味もない。楽しくもない。おなじことの繰り返しなんだ。次々に小さい女の子を襲うこと。それが唯一おれが本気になれることなんだ。唯一やりたいことなんだ。だが、それも長続きはしないんだ、サラ。一日か、一週間は興奮が持続するが、そのあとは……空っぽになる。自分で実行する勇気はない。試したんだ。それを舌の上に乗せたこともある。だが、嚙み砕くことも、呑みこむこともできなかった。

だから、わたしに……わたしにやらせようとしてるのね、チャーリー？　このわたしに。

ああ、上等なシングルモルトで呑みこませてくれれば、口直し《チエイサー》にもなる。きみはおれを充分に憎んでるはずだと思ったんだ。

（間）

そう。わかったわ。でも、殺人で逮捕されるのはわたしなのよ、チャーリー。このクソ野郎。手伝いたいのはやまやまよ。あなたにわたしがどんなにつらかったか思いしらせたいわ。あなたが死ぬところを見られたら最高でしょうね。だけど、わたしが手をくだしたら……

だれもきみがここにいることを知らないんだぞ、サラ。ここはブラウンストーンの住宅ビルの個人宅だ。ドアマンもいない。見てのとおり、このフロア全体がおれのものだ。階段でだれとも会わなかっただろう？

ええ、だけど……

当然だ。このビルの住人は早寝だ。だから午前一時にきみを呼んだんだ。

だめよ。レベッカが知ってる……だって彼女はこのサービスを……

レベッカか。レベッカしか知らない。だがレベッカはだれにもいわない。レベッカは四番めだったんだ。

え？

レベッカはきみ以上につらい思いをした。当時十二歳で、ほとんどティーンエイジャーだったからだろう。難しい年頃ってやつさ。だが、まだ処女だった。あの前までは。

嘘よ。そんなはずない。

きみたちふたりのことは充分に調べあげた。おれの女の子たちがどこにいるかは、全員知ってるんだ、サラ。いつだって。十七人全員。いや、いまは十六人か。奇遇ってやつだな。世間は狭い。人はみんな、知りあいを六人たどればつながってるっていうじゃないか。聞いてくれ。きみには逮捕歴がない。指紋も記録されてない。きみはここに一度も来てないんだ。

(間)

わたしならできる。そうよね？

もちろん、きみならできるんだ。

(きわめて長い間)

おもしろいわ。電話を使わせてもらえる？

だれに電話するかによるな。

礼儀で聞いただけよ、チャーリー。あなたはベッドにくくりつけられてるのよ。止められるとは思えないわ。

(間)

もしもし、ウェイド。ええ、元気よ、ありがとう。でも、頼みがあるのよ。いま、クライアントのアパートメントにいるの。ウェスト・シーダー通り三十三番よ。来てくれる？

サラ……

どのくらいかかりそう？

サラ、おれは……

わかった、それでいい。三階よ。インターホンを鳴らしてくれたら解錠するわ。ありがとう、ウェイド。じゃあね。バイバイ。

サラ、なにをしてるんだ？　いったいどういうつもりなんだ？　ウェイドってやつはだれなんだ？

友達よ。親友なの。何年か前にちょっとのあいだつきあってた。ウェイドは悲惨だった結婚生活から立ち直ろうとしてて、わたしは彼にとってつなぎの恋人だった。楽しい交際だったわ。エクセター通りにある〈シティ・バー〉で出会って、スコッチを飲みながら話すようになったの。あなたのスコッチほど上等じゃなかったけどね、チャーリー。でも、意気投合した。ウェイドはいい人で、思いやりがあるの。それに、聞き上手なのよ。いまじゃわたしの人生をすべて知ってるわ。でも、ウェイドはなにごとも決めつけたりしない。だけど、おもしろいのはここからよ、チャーリー。あなたはさっき、〝人はみんな、知りあいを六人たどればつながってる〟っていったじゃない？　わたしはウェイドに、あなたが昔、わたしにしたことも話したの。ウェイドはその話に特に興味を持ったわ。ウェイドはボストン市警の刑事なのよ、チャーリー。

性犯罪捜査課の。世間は狭いってこのことね。

（長い間）

服を着るわね。タバコを吸って、スコッチも飲むわ。よかったら一緒にどう？　手伝ってあげる。でも、〝死のカプセル〟はだめ。あなたには生きてもらうわ、チャーリー。そして、ウェイドが来たら、十七人めのことをすべて話してもらう。その子がだれで、どこに住んでて、あなたがなにをしたのか。洗いざらいすべてを。ウェイドもわたしに自分の話をしてくれたわ。奥さんのことも、仕事のことも。彼は自白させるのが得意らしいわよ。

（間）

もうやめて。いい加減にあきらめなさい、チャーリー。もがいたって無駄よ。これが〝倫理的な政治〟の実践だと思って。協力しあいましょう。対立を解決しましょうよ。多数派の権利と利益と、少数派の権利と利益のあいだの緊張関係を。わかるわよね？　この場合、あなたが少数派よ、チャーリー。で、多数派は？　多数派はシーダー・ジャンクション刑務所であなたを散々痛めつけるでしょうね。知ってるでしょ？　受刑者は小児性犯罪者をこころよく思ってないの。わたしとしては、そのことを思いだすだけで、あなたを殺すよりずっと気分がよくなるわ。必要なのは、あなたを有罪にすることだけ。難しくないはず。そうすれば、新聞に載るし、ネットでも話題になる。テレビも報道するかもね。

(間)

あとは、なかの連中が関心をいだくだけでいい……話を聞くだけで。

未見

Elusive

コヴェラントがはじめて『汚眠』の列に並んだのはハロウィン直前のことだった。長くは並んでいられなかった。八十四丁目は冷たい雨が降りしきっていたし、風も強かった。四ドルの傘では、どちらからも身を守れなかった。顔が濡れ、靴はほとんど水浸しになった。そのときは無料試写会だった。そのせいでブロックを一周するほどの列ができていたのだ。レビューを読んで、公開日になったら行くかどうかを決めることにした。映画料金の十ドルは痛いが、肺炎になったら医療費がそれ以上にかかってしまう。タクシーを拾って帰宅し、『ゾンビ』をビデオデッキに入れて暖房をつけた。

二度めはハロウィン後の週末だった。そのときにはレビューが出ていた。〝ちょっとした傑作ホラー〟とニューヨーク・タイムズ紙。〝『ヘンリー』以来、ほんとうに背筋も凍る恐怖映画〟とデイリー・ニューズ紙。〝漆黒よりも黒い！〟とニューヨーク・ポスト紙は絶賛していた。

見覚えのあるレビューだったが、ファンなら見にいくしかなかった。単純なことだった。

だから列に並んだのだが――この夜も最初のときとおなじくらいひどい天気だったから、屋内でありがたかった――通りの向かいにあるソニーのシネコンでは、〝完売〟の表示が並んでいた。五時四十五分。八時。十時十分。くそ、こいつはヒットしてるんだろうし、ここはニューヨークだ。待つしかない。

人生ってやつはえてしてそんなものだが、十二月上旬まで再挑戦できなかった。障害になったのは昔の恋人だった。マギーがヴァーモントから、生まれてはじめてマンハッタンにクリスマスプレゼントの買いだしにやってきたのだが、ホラー映画を見るよりも観光をしたがった。だが、作家という仕事のいいところは、彼女につきあう時間があることだ。五番街とマディソン通りで買い物をし、プラネタリウムやロックフェラー・センターやメトロポリタン美術館を観光した。夕食のあとはマギーのホテルのベッドに潜りこんだ。マギーは、夫とふたりの子供のための買い物に来ているにもかかわらず、ふたりともヒッピーだったころとは比べものにもならないほど情熱的だった。

土曜の夜にマギーを空港行きのタクシーに乗せ、日曜日に映画館に向かった。今回はほとんど列ができていなかった。クリスマス向けの心温まる大作映画が強力なライバルになっていたからだ。ドアが開くのを待ちながら、ようやく手に入れた『汚眠』のチケットを握りしめていると、腰にかすかな痛みを感じた。締めつけられるような、凝《こ》りのような感覚だったので、腰を左右に動かしてほぐそうとした。列が動きだし、一歩踏みだしたとたん、腰から首や肩へと激痛が走った。二歩めで厄介なことになったのがはっきりした。

鼻にリングをつけ、耳にピアスを四つしている金髪のチケット係のもとにたどり着いたころには、痛みは右半身全体で電気ウナギがのたうちまわっているようになっていた。

女の子がコヴェラントに半券を渡してほほえんだ。「あら、あなたは……」

「くそっ《ジーザス》」とコヴェラントはあえぐようにいった。「早くすわりたいんだ」

女の子が、コヴェラントを文字どおりにイエス・キリスト《ジーザス・クライスト》だと思っていないことを願った。思われたってかまわなかったが。

通路側の席がまだひとつあいていたので、そこにすわった。ふだんならもっと前の席を選ぶ。あとで前に移動してもいいと思った。

しないかもしれないが。

すわると痛みが悪化した。

ウナギが頭のなかまで這いあがってきたかのようだった。頭のなかでふくらむと同時に首を締めつけ、首を肩に押しこもうとしているような感覚だった。やがて、押された肩が、なぜか腰のなかに潜りこみたがっているように感じた。肩の皮膚がくそったれな体に対してぴんと張りすぎている気がした。このいまいましい座席から立ちあがれるかどうかすらはっきりしなかったが、試したほうがいいのはわかっていた。このままではどうにもならなかった。両手で左右の肘掛けをつかんで体を押しあげた。右腕は子猫のように弱々しかった。

立っているほうがましだった。よ
くはなかったが、ましではあった。観客がまだ入場している最中だったので、コヴェラントは人のあいだを縫ってゆっくりと進んだ。少しでもぶつかったら転倒してしまいそうで怖かった。入口で、チケット係の女の子がまたほほえみかけてきた。

「ポップコーンはあちらです」と女の子はいった。「トイレはそちらです。ねえ、お名前はなんでしたっけ？　忘れちゃって」

女の子は真剣そうだった。どうしてそんなことを聞くのか、さっぱりわからなかった。わたしのことを知っていると思っているのだろうか？　もう〝ジーザス〟とはいうまいと思った。なにもいうつもりはなかった。ただ映画館から出たかった。

さいわい、アパートメントは通りの向かい側だ。そこまでたどり着くだけでよかった。

そうすればベッドに倒れこめる。

ドアマンからいぶかしげな目で見られた。不思議ではなかった。そのころには、コヴェラントは体をほとんどふたつに折っていたからだ。エレベーターで二十七階まで上がった。

ひとつかみのイブプロフェン錠を水なしで呑み、ベッドに横たわってからようやく思った。なんてこった、またあの映画を見逃した。かかりつけ医と神経科医にかかり、MRI検査を受診し、二カ月にわたって電気療法や超音波治療や温冷療法やさまざまな深部筋肉理学療法をはしごしたころには、『汚眠』はとうに映画館から姿を消していたが、その三カ月後にビデオで見られるようになった。〈タワービデオ〉でビデオを借りた。家に帰ってビデオをデッキに入れた。叫び声をあげている血まみれの中年男性がホテルのランドリーシュートらしきものへと脚をつかまれてひきずられていくオープニングのあと、デッキから耳ざわりな異音が響いて画面が真っ暗になった。

リモコンの取りだしボタンを押したがなにも起こらなかった。デッキ本体の取りだしボタンも押した。手でビデオ挿入口をあけ、指で押したり持ちあげようとしたりした。結局、バターナイフを使ってひきずりだした。カセットのなかでテープがぐしゃぐしゃにからまっていた。

翌日、ビデオを〈タワービデオ〉に返却し、べつのビデオに交換できないかとたずねた。店員はコンピューターで確認した。

「切れてます」と店員はいった。「金曜の夜ですからね。人気映画なんです。ＤＶＤなら在庫がありますよ」

「ＤＶＤプレーヤーを持ってないんだ」

男は、まるで児童虐待を告白されたような目つきでコヴェラントを見た。

「週末明けにまた来てください。水曜か木曜あたりがいいですね。お客さんが少ないですから」

鈍い《スローな》客は暇《スロー》な日に来いってことか、とコヴェラントは考えた。まったくだ。

帰りにスーパーマーケットの〈フード・エンポリアム〉に立ち寄った。チーズとソーセージと焼きたてのライ麦パンを買った。ぽっちゃりした小柄なスペイン系の女の子の店員は、ほとんど爪先立ちになってボローニャソーセージをはかった。笑顔がかわいかった。

「どこかでお会いしましたよね？」と店員がいった。

「会ってないと思うな」

「見覚えがあるんです」

「よく来るからじゃないかな。通りのすぐ向かいに住んでるんだ」

「ああ、そうかもしれません。では、よい一日を」

「きみもね」

週末は執筆にはげみ、火曜日にふたたび〈タワービデオ〉に行って、前回のレシートで『汚眠』を借りた。眉ピアスをしているスキンヘッドの若い店員が、眼鏡越しにコヴェラントを見上げて笑い声をあげた。

「ご自分をチェックするんですね？」

「え？」

「すばらしいと思いましたよ。小さな役だったけど、最高でした。俳優はビデオをもらえないんですか？　てっきりもらえるもんだと思ってましたよ」

「なんの話だい？」

店員はもう一度じっくりとコヴェラントを見た。

「あなたじゃないんですか？」

「なにが？」

「その映画に出てないんですか？　だって、あなたとその俳優はふたご並みにそっくりなんですよ」

「ふたごの兄弟なんかいないんだけどな」

「てっきりあなたがその映画に出てる俳優だと思ったんです。殺されるシーンがすごかった。ほんとにすばらしかった。あなたじゃないなんて信じられませんよ。すみません」

　店員はコヴェラントに黄色いビニール袋を手渡した。「いい一日を」

　コヴェラントは首を振りながら店を出た。おもしろい。これでソニーのシネコンのチケット係や〈フード・エンポリアム〉の店員の女の子の反応の説明がつくかもしれない。考えてみると、最近、ぱっとしない容姿のコヴェラントが人からじろじろ見られることが多くなっていた。

　このなかなか見られない映画に、わたしにそっくりな俳優が出てるってわけか。なるほど。

『汚眠』をデッキに入れてテレビをつけ、鑑賞する準備をととのえた。

　なにも起こらない。

　音も映像も出ない。

まったくなにも。

壁のコンセントと接続を確認したが、どちらも問題なかった。テレビの電源を抜いて差しなおした。もう一度電源を抜いて時計つきラジオを差してみた。時計は問題なく動いた。マンハッタン・ケーブルに電話をして、二十分間、保留中の音楽を聴きつづけたあと、お客さまのエリアに障害は発生しておりません、お電話ありがとうございました、といわれた。

テレビが突然壊れたのだ。くそっ！

そして、ついにコヴェラントは思った。この映画はいったいなんなんだ？

「呪われてるんじゃないかと思うんだ」とコヴェラントはあとでマギーに話した。マギーのニューヨーク旅行以来、ふたりはよく電話をするようになっていた。マギーの夫がそれをどう思っているのか、あるいは知っているのかどうか、コヴェラントは気になっていた。受話器からマギーが大麻タバコを吸う音が聞こえた。コヴェラントは何年も前にその手のものから卒業していた。

「わたしはまだ見てないわ」とマギーはいった。

「そこなんだよ。ぼくも見てない」

　マギーが息を吐く音が聞こえ、しばらく沈黙が続いた。

「夢みたいなものかもしれないわね」

「え？」

「ほら、映画は夢みたいだっていうじゃない？」

「だれが映画は夢みたいだなんていってるんだい？」

「いろんな人よ。ただし、個人の夢じゃなくて集団の夢ね。わたしたちは映画館にすわって、その……夢を一緒に見るの。で、その俳優はあなたにそっくりなのよね？　まるでふたごみたいだって」

「ああ。それで？」

「その俳優は映画のなかで死ぬんでしょう？」

「そうだな」

「でも、夢のなかで自分が死ぬところは見られないともいうじゃない？　死ぬ直前に必ず目が覚めるって。そうでなきゃいけないんだって」

　それが通説だった。

「じゃあ……」

「あなたがその映画を見られないのは、自分が死ぬところを見られないからなのよ。

つまり、その俳優は、ある意味であなた自身なのよ。ただのそっくりさんじゃなくて」

「映画に出てたらわかるはずだけどな。口座残高だって増えてるはずだ」

マギーが肩をすくめる様子が想像できたが、彼女の声にはいたずらっぽさがあった。

「天と地のあいだには、ヒエロニムス、思いもよらないことがたくさんあるのよ……」

「ねえ、マギー、きみには面倒を見なきゃならない子供がふたりいて、毎晩、旦那《だんな》さんの食事をつくってるんだろう？　またトリップしてるのかい？」

「もちろん、そんなことしてないわ。でも、うちの子たちはしてるかも。してても驚かないわ」

「ひょっとして、スティーヴン・キングの本でも読んだところとか？」

「違うわよ。ねえ、こうしましょう。ちょっと待ってて。うちから何ブロックか先に小さな貸しビデオ屋があるの。そこへ行ってその映画を借りてくるわ。いまのところわたしはだれかに似てるなんていわれてないから。なんていう映画だっけ？『夢遊病《スリープウォーク》』？」

「『汚眠《スリープダート》』だよ」

「ああ。とにかく、それを見てみる。リチャードから、頭がおかしくなったと思われるでしょうけど……」

コヴェラントは新しいテレビを買わなければならなくなった。コンシューマー・レポート誌の商品比較記事を読んでみよう、と思った。

「名案だね。頼むよ」

「明日借りてくる。明日の夜には見られるわ」

「かなりグロいらしいぞ、マギー。きみがその手の映画をどう思ってるかは知ってるよ。ぼくならヤクを控えるな」

「あなたがお酒を控えるならね。電話するわ」

そしてマギーは電話をかけてくれた。二日後の夜、電話が鳴った。受話器をとる前からマギーだとわかっていた。

「ごめんなさい。おとといの夜にリチャードと喧嘩しちゃって、いまやっと見たところなの」

「話したいことはあるかい？」

「リチャードのこと？　いいえ、もうだいじょうぶ。たぶん。でも、あの映画だけど……」

「どうだった?」

「そうね、たしかにグロかったわ」

「だろうな。悪かったね」

「いいの。覚悟してたから。だけど、その俳優? あなたに似てるっていう人? びっくりしちゃった! ほんとに瓜《うり》ふたつなの! あなただって断言できそうなくらい。声までそっくりなのよ。それに、あなたの猫背? いつもわたしが注意してるあの姿勢まで……」

「その俳優はどうやって死んだい、マギー?」コヴェラントは急に知りたくなった。

「まったく! あのシーンはひどかった。その人は……」

ブツッという音が聞こえた。

電話が切れた。

「マギー? 聞こえるか? マギー? くそっ!」

コヴェラントはいったん受話器を置いてからかけなおした。話し中だった。マギーも電話をかけようとしてるのかもしれないな、と思った。電話を切って待った。一分が過ぎた。二分が過ぎた。もう一度かけたが、やはり話し中だった。マギーは携帯電話を持つようなタイプではなかったし、メールアドレスも聞いていなかった。コヴェラントはメールが嫌いだった。いまとなっては聞いておけばよかったと後悔した。

二時間後、真夜中を過ぎていた。十数回電話をかけたが、ずっと話し中だった。とうとう、電話会社に連絡して回線に問題がないかどうか確認してもらった。担当者によれば、たんに話し中なのだそうだった。マギーはいったい、だれと話してるんだ？　もしだれかと話しているとしたら。コヴェラントは、突然の嫉妬《しっと》に駆られた夫が電話コードでマギーの首を絞めているというぞっとする想像をした。

コヴェラントはリチャードと会ったことがなかった。可能性はあった。

いや、まさか。そんなはずはない。

おまえはこの映画を見られないようになってるんだ、とコヴェラントは思った。

だがすぐに、馬鹿ばかしい、そんなわけがあるもんか、と思いなおし、決意を新たにしながらベッドに入った。

翌日、コヴェラントは——いつもより早い——九時前に起き、十時には家を出た。寒くて暗く、雪が降りそうだった。ブロードウェイでタクシーを拾った。サーキットシティ電器店でRCAの十六インチカラートラックテレビ、パナソニックのプログレッシヴスキャンDVDプレーヤー、そしてパナソニックのオムニビジョン・ビデオデッキを購入した――古いビデオデッキに問題はなさそうだったのだが。当日配達と設置のために追加で七十二ドル五十セント払った。

作業員がすべての機器を接続し、DVD技術の神秘について――かなりの時間をかけて――説明しおえると、コヴェラントはコートと帽子を着て、うっすらと積もった雪を踏みしめながら〈タワービデオ〉へと向かった。『汚眠』のレンタル用ビデオが六本あった。暇な日なんだな、と思った。すべて買い物かごに入れた。レンタル用DVDが十枚あった。それらも残らずとった。販売用DVDが二十枚、ビデオが十二本あった。ぜんぶかごに放りこんだ。レジに着いたころには、にやにやしていた。

店員の女の子がいぶかしげにコヴェラントを見た。

「わあ」と店員はいった。「この映画がすごくお好きなんですね」

「まだ見てないんだ」

店員は聞いていないようだった。

「こんなことする人、見たことありませんよ。でも、なんにでもはじめてってありますもんね」

「そのとおり」とコヴェラントはいった。「なにごとにもはじめてがあるのさ」

店員は会計をすませた。やったぞ、とコヴェラントは思いながら店を出た。

捕まえたぞ、このクソ野郎め。

通りの向こう側のバーンズ・アンド・ノーブル書店でもDVDを売っていることを思いだした。バッグは重く、腰を痛めてから重い物を運んでいなかったし、雪が顔に吹きつけていたが、念には念を入れようと、ブロードウェイの北行き車線を半分ほど渡ったところで、突然バッグが折り目から裂けて軽くなり、ビデオとDVDが古くて乾いた骨の袋でも落としたかのように道路に散乱したので、拾い集めようとしゃがんだ。

「おいおい」とリチャードがいった。「また見てるのか？　グロテスクじゃないか」

「グロテスクなのはわかってるわ」とマギーは答えた。「ホラー映画なのよ。怖くてグロテスクであたりまえじゃないの。だけど、知りあいにそっくりな人がニューヨークの市バスに頭をもぎとられるのを最後に見たのはいつ？　しかもスローモーションで。どう？」

夫は部屋から出ていった。

マギーが、ケヴィンなんとかという名前の俳優が通りの真ん中でしゃがみこむ場面でDVDのリモコンのスロー再生ボタンを押すと、フレームごとの再生に切り替わった。五、六回見ているのに、どうしてこんなにリアルなのかわからなかった。ふつうなら、最新のコンピューター技術を駆使していても、特殊効果の痕跡《こんせき》が見えるものだ。夫のいうとおり――これがわたしたちのあいだの問題のひとつね、リチャードはいつも正しいっていうことが――自分がおぞましい行為をしているのはわかっていた。だが、そこにコヴェラントがいた。コヴェラントの生き写しが。

そしてコヴェラントの頭があった。

だが次の瞬間、頭はあるべき場所から消えていた――宙を舞い、カメラのほうへ、ほとんどカメラに向かってまっすぐ飛んできた。コヴェラントの顔のぐちゃぐちゃにつぶれた血まみれのバージョンが。バスが走り去ると、少なくとも、かつて自分がベッドをともにし、あらゆる体位で交わった男の服とそっくりな服を着ている体から噴きだしている血が、雪の積もった通りにそって流れた。

マギーはコヴェラントがどうして電話を切ったのか、不思議に思った。どうして折り返し電話をくれなかったのか。どうして電話に出ないのか。

とうとう映画を見られたのかしら、とマギーは思った。

だがいまは――暗く、ほとんど罪悪感をともなうような魅力にとり憑かれて――もっぱら、いったい、どうやってこのシーンを撮影したのかしら、と考えていた。

二番エリア

Station Two

レストラン〈サントリーニ〉で事件が発生する直前の状況は以下のとおりだった。

「話してよ、ハル」とジャン・レズニックはいっていた。「話すくらいしてくれたっていいじゃないの」

ハル・リースは窓の外を、ニューヨークのまばゆい夜を見つめていた。行き交う歩行者たち、行き交うヘッドライト、ボロ自転車で逆走する配達員たちを。体をわずかにジャンのほうに向けているだけだ。脚を組んで左足を宙でいらだたしげに動かしている。左足はどこかへ行きたがっているかのようだ。右足は床をしっかりと踏みしめている。テーブルには料理が並んでいた。ハルの前にはレモンチキン、ジャンの前にはブドウの葉の詰め物。焼いた鳥と落ち葉というわけだ。

ふたりとも手をつけていなかった。

ハルはスコッチを飲んでいた。ジャンのコーヒーはもう冷めているはずだった。それにも口をつけていなかった。ジャンは、ハルが白Tシャツにタイツという服装でへッドホンをつけているかわいいブルネットの女の子を目で追っていることに気づいた。ふだんなら、ハルがブルネットの女の子を見ていても気にしなかっただろう。だがいまは、ハルのすることすべてにおびえていた。

「もう三年よ、ハル」

「十二月でね。まだ八月じゃないか」

「わたしがあなたを学校に通わせたのよ」

「金を出してくれたのはきみだ。でも、卒業できたのはおれががんばったからだ」

恐れ、悲しんでいても、ジャンは腹が立った。

「生活費をそっくり出したのよ。家賃も。なにもかも。一日じゅう立ちっぱなしで働いて。さっきあなたが魚のことでどなりつけた、あのかわいそうな男の子みたいにね」

「いっただろ。家賃の半分と生活費の半分は払う。計算はもうすんでる。金額が知りたいのか？　魚は焼きすぎだったんだ」

なにもかもにうんざりしているように聞こえる声だった。

ジャンにうんざりしているように。

それだけのように。

ほんの三十分前にこのレストランで、突然、通告されたのだった。注文がすむと、ハルはジャンに、週末に荷造りをする、と告げた。日曜の朝には出ていく、すまない、と。

すまなそうには聞こえなかった。

きのうの夜もセックスをしたじゃないの。まったくもう！

もちろん、ハルはべつの女のもとへ行くのだ。ハルにはいつだって女が必要なのだ。面倒を見てくれるだれか、母親のように世話を焼いてくれるだれか、おだててくれるだれか、そしてセックスをしてくれるだれかが。ひとりでいるのが耐えられないのだ。

ジャンは相手がだれなのかさえ知っていた。リディ・クレストという、どこの会社かは覚えていないが、べつの会社のトレーダーだ。パーティーで何度か会ったことがある。ジャンには冷たくてあたりが強かったが、すぐに水に流した。女性が証券取引所で働くのは簡単ではない。ほとんど男の世界だし、競争は苛烈《かれつ》だ。

目がかすんだ。また涙が流れはじめていた。テーブル越しに手をのばし、ハルの手の甲に触れた。

「ハル、わたしを見て。わたしを見てよ」

ジャンはハルに自分の痛みを見てほしかった。その痛みを直視してほしかった。

自分がなにをしているかを知ってほしかった。

しかし、ハルは見ようとしなかった。

「ハル、お願い。こんなことしないで」

レストランは混んでいた。自分の声ににじんでいる絶望にだれかが気づいているかもしれない、とジャンは思った。気づいて哀れんでいるかもしれないと。ジャンは懇願していた。角のテーブルをかこんでいるガラス窓を通して、通りかかった人たちに表情を見られているかもしれなかった。こんなことになるとわかっていたら、せめてもうちょっと人目につかない店を選んでいただろう。

ハルがジャンのためにそういう店を提案してくれてもよかったはずだ。

ハルは提案してくれなかった。気にかけてくれなかった。

どうしてこんなことになったのかしら？

ハルはいつも気にかけてくれていると思っていた。

結婚の話もした。子供の話も。

ハルは窓の外を見つめ、行き交う人々の顔を眺めていた。

ジャン・レズニックは涙が流れるにまかせた。

ダイアン・ファレルはバーカウンターのなかで最高の夜を過ごしているわけではなかった。

とはいえ、もっとずっとひどい夜を何度も過ごしたことがあるのもたしかだ。

数年前、リトルイタリーにあるマフィアがらみの店で働いていたころのことだ。ある夜、レジの釣り銭をとりに事務所に入ったら、オーナーがデスクのうしろの回転椅子にすわったまま、ウェイトレスにフェラチオをさせていた。ボスは金庫から小銭を出して両替してくれた。ウェイトレスは一瞬も動きを止めなかった。

おなじ夜、ろくでなしの客が自分のビールのなかにゲロを吐いた。

そういう店だった。

そしてべつの夜、店は満員で騒がしかった。ダイアンは、バーテンダーとしては使えないが、ギャングたちが兎《うさぎ》を追う猟犬のように追いかけるほどかわいいスーザンという女の子と一緒に働いていた。ダイアンがバーの端でテーブル席用のドリンクをつくっていると、突然、スーザンが悲鳴をあげた。振り向くと、ボスが〝ボーイズ〟と呼んでいた――金のチェーンを首に巻き、胸毛がのぞくほどシャツの胸元をあけ、アトランティックシティのブロンドを連れているような――連中が八人、席を立って、年若い小柄なメキシコ人の配達員を袋叩きにしていた。椅子が飛んだ。テーブルが倒れた。女たちが悲鳴をあげた。

だれかが警察を呼んだ。たちまち警官が到着したので、この店でなにかが起こるのを待ちかまえていたとしか思えなかった。〝ボーイズ〟のひとりがカウンターのなかに入ってきてうずくまり、ダイアンに拳銃《けんじゅう》を渡して、「よう、おれはトミーだ」とかなんとか挨拶《あいさつ》し、もし聞かれたら、ここで何カ月も働いてるバーテンダーだと答えろといった。ダイアンは震えが止まらなかったが、どうにか拳銃を氷のなかに隠した。

警官たちに尋問されたときは、なにも見ていない、忙しくてなにが起こったのかわからなかった、と答えた。だが、警官たちは信じてくれず、IDをとりあげられて、証拠隠蔽《いんぺい》で逮捕するぞと脅されたので、ダイアンは恐怖のあまり泣きだしてしまった。そのおかげで警官たちはひきさがり、ほかの何人かの名前を聞いただけで立ち去った。

トミーとかなんとかいう名前の男は、氷のなかから拳銃をとりだしたダイアンにキスをした。舌をダイアンの喉の奥まで突っこんできた。息はゴジラよりも臭《くさ》かった。

「ありがとよ」

アブソルートウォッカを浴びるほど飲んで、やっとその男の味を消せた。

そう、もっとひどい夜もあった。とはいえ、この夜もひどかった。

第一に、だれひとりとしてチップをくれなかった。まるで、みんなの財布がすっからかんになっているクリスマスの翌日だった。新しい部屋に引っ越して二日後のいまは、家賃ひと月分の前払い、保証金としての家賃ひと月分、さらに不動産屋への手数料として家賃ひと月分を払ったばかりだ。もちろん、電気料金も、ケーブルTVの料金も、電話料金も、引っ越し業者への支払いもあった。そして午後七時半ごろ、テキーラ・サンライズを四杯飲んだビジネスマン風の客が、ダイアンがエスプレッソマシンの前にいるあいだに飲み逃げしてしまった。つまり、あのろくでなしのせいでダイアンが二十ドル負担しなければならなくなったのだ。

ただ働きも同然じゃないの。

それに店の雰囲気もよくなかった。いつも、たいていは店長しだいで従業員の雰囲気が変わるのだが、今夜はまさにそのとおりになっていた。テオドロは五時十五分ごろに数分の遅刻で店に来たのだが、目に入る者全員に当たり散らしていた。片づけ係《バスボーイ》だろうが、ウェイターだろうが、だれもかれもに。テオはときどき、こうなった。なにもかもが気に入らないのだ。ナプキンの折りかたが間違ってる。テーブルセッティングが乱れてる。テーブルクロスにシミがある。今夜はリンジーが三番エリアのテーブルの容器に砂糖の小袋を補充し忘れた。まるでリンジーがテーブルの上に立って踊りだしたような叱りかただった。

フィルにいたっては、ほんの数分、カウンター越しにダイアンとヤンキースの試合について話しただけだった。それだけで、テオは頭から湯気が出そうなほど激怒してフィルを叱責《しっせき》した。

「さっさと担当エリアにもどれ！　さぼるな！　おしゃべりはやめろ！　仕事のために金を払ってるんだぞ。さっさと行け！」

なんなのよ！

ほんの二、三分じゃないの。なにが悪いの？

一時間ほど前には、コックのひとりまでテオの標的になった。ふつうなら、コックは例外のはずだ。ミスを装ってわざとまずい料理を出されかねないからだ。だが、今夜のテオは自制できなかった。

テオは手負いの獣のように気が立っていた。

ダイアンはみんなが、特にフィルが気の毒だった。まるで自分が雑談に応じたせいのような気がした。フィルは間違いなくダイアンに気があるようで、ことあるごとに話しかけてくる。軽薄な遊び人だが、悪気はないし、まだ早い時間だった。まだ忙しくなかった。さらに、その夜、フィルが担当していたのは二番エリアだった。二番にはふたり掛けテーブルが八つ、席が十六しかなかったし、このときに客がいるテーブルはひとつだけだった。マティーニを飲んでいる老婦人のふたり客だけだったのだ。フィルは世界一のウェイターではなかったが、最悪でもなかった。老婦人ふたりくらい、なんの問題もなく接客できたはずだ。

ところが、テオにどなりつけられて動揺していた。

八時半ごろ、フィルは——だれもが彼とデートしていることを知っていた——リンジーから聞いた話だと、客にオイルをこぼしたのだそうだ。しかも、女性客のピンクのレザージャケットに。つまり、フィルがドライクリーニング代を負担せざるをえなくなったのだ。ピンクのレザージャケット？　だれがピンクのレザーなんか着るの？

九時ごろに、フィルは野菜ラザニア《ムサカ》の皿を落としてしまった。

さいわい、だれかの上には落ちなかった。

店内に皿が割れる音が鳴り響いた。

テオがかっとなったのがわかった。だが、そのころには忙しくなっていた。しばらくのあいだ、フィルを叱る時間もなさそうだった。

客には笑顔を向けなければならなかった。

だが、今夜、フィルがダイアンにちょっかいをかけてくることはなさそうだった。

残念だった。フィルはテネシー出身で、なまりがかわいかった。やわらかい少年のようなかわいらしさがあると思っていた。ダイアンはもう若いとはいえなかった。フィルにちょっかいをかけられるのは悪い気分ではなかった。リンジーはまったく気にしていないように見えた。真剣につきあっているわけではないのかもしれなかった。

ダイアンは、カウンターの入口に近いほうにいる、サスペンダーをつけて派手なネクタイを締めているエリートビジネスマン風の若い客のひとりにアムステル・ライトの生ビールをつぎながら、この人もチップをくれないんでしょうね、と思った。そして、恋人のスティーヴが待つ自宅に帰って、アブソルートを飲み、新品のマットレスの上で一緒に横になって愛しあい、気が向いたら荷物をひとつかふたつあけるような夜を過ごせたらいいのに、と願った。

だが、夜はまだ長かった。

ジョンの肩越しに向かいあっている女性を見ているとつらくなったが、見ないでいるのも難しかった。グレッグと別れた夜のぼくもあんなふうだったんだろうな、と思った。ゲイであれストレートであれ、失恋は失恋なんだろうな、と。

女性を見れば一目瞭然《いちもくりょうぜん》だった。

テーブル越しに手をのばす彼女を見て、思わず目をそらした。

「当時は大勢いたんだ」とジョンは話していた。「ほとんどがこのあたりの十ブロック以内に住んでてね。ジェームズとぼくは高校時代から恋人同士だった。それくらい古い仲なんだ。でも、それから彼に新しい恋人ができて、ぼくにも新しい恋人ができて、彼の元の恋人もいたし、とにかく大勢の人たちと出会った。ジェームズの知りあいの演劇関係の人が多かったな——俳優とか衣装デザイナーとか演出家とか。ルイスはブロードウェイのショーでトランペットを吹いてたし、アランはオフ・オフ・ブロードウェイの劇作家だった。でも、ぼくみたいな医療関係者も多かった。言語療法士とか、理学療法士とか。そして、自分たちの職場の環境がいかにひどいかって愚痴《ぐち》をこぼしあってたんだ」

「わかるよ」とダニーはいった。「ママが亡くなる前、しばらくのあいだ、ママのための施設を探してたんだ。骨粗鬆症《こつそしょう》でひとり暮らしができなくなったんだけど、当時はフルタイムの看護師を雇う余裕はなさそうだったからね。見学した施設はどこも、クソみたいに気がめいるようなところばかりだったんだ」

汚い言葉を口にしすぎていた。気をつけよう、とダニーは反省した。ジョンとはまだ一度寝ただけで、その前にデートしたのは二度だけだった。だが、ジョン・ウォルターズがほとんど汚い言葉を口にしないことには気づいていた。たぶん、汚い言葉が好きではないのだろう。ジョンはちょっと古風だった。そこが気に入っていた。ぼくは、この男に惚《ほ》れかけてるな、とダニーは思った。言葉づかいには気をつけよう。

ジョンはうなずき、カルバン・クラインの眼鏡を直してハイネケンをひと口飲んだ。

「そうだね。でも、きみのおかあさんが住んでたのはニュージャージーだった。きみが見学した施設がひどいと思ったなら、ニューヨーク市内の施設をいくつかを見学するべきだったよ。とにかく、ある夜、仲間で話した。で、当時はだれも大金を稼げそうにないと思ってたから——医療ブームのずっと前だったんだ——引退が近くなったら、お金を出しあって田舎に大きな古い家を買おうって決めたんだ。そのころにはいろんなジャンルの医療関係者があちこちにコネをつくってるはずだから、自分たちでスタッフをそろえて。自分たちの面倒は自分たちで見ようって。共同生活ってわけだね。〈クイーンズ・エンド〉って名づけようと思ってた」

ウェイターは砂色の髪に明るい青い目、きれいな肌の若者で、酒を出すには若すぎるように見えた。ふたりが笑っているのを見て、ウェイターはほほえんだ。

「おかわりはいかがですか？」とウェイターはたずねた。

「じゃあ」とジョンは答えた。「おなじものを」

「ぼくも。ぼくはデュワーズのロック、こちらはハイネケン。ありがとう」

ウェイターは去った。

「〈クイーンズ・エンド〉か。おもしろいね。まだやるつもりなの？」（「クイーン」には同性愛での「女役の男」という意味がある）

ジョンはため息をついた。「大勢が引っ越しちゃったからね。音信も途絶えてる。ほんと、ちょっと悲しいね。すてきな仲間たちだったんだ。頭がよくて、才能があって。そうとも。実現できる可能性はあったんだ」

ふたりはまた笑った。ダニー・マルティーノにとって、ジョンの好きなところのひとつは笑いかただった。正直な響きがあった。癌になる前の父親の笑いかたのようだった。母親の骨がガラスのようにもろくなる前の。

ジョンの向こうで女性が両手で顔をおおった。肩が震えていた。

「ああ、見てるのがつらいよ」

「なにが？」

「きみのうしろの女性さ。彼だか夫だかに振られたみたいだ。さっきから気になってたんだ。泣いてる」

「なにをしてるんだい？　彼のことだけど」

「すわってるだけさ。ぼくがボディランゲージを読み違えてなければ、クソほども気にしてないみたいだ」

また汚い言葉を使ってしまった。ダニーは首を振った。

「男ってやつは」

「ああ。まったく男ってやつは」

「実現するべきだよ」

「なにを？」

「〈クイーンズ・エンド〉さ」

ジョンはほほえんだ。

こいつらには、どんなふうだったか、想像もつかないだろうな。

だが、テオに話すつもりはなかった。

故郷のティラ島ではウェイターをしていた。ここの仕事がきついと思うなら、山の斜面にある野外食堂《タベルナ》で働いてみるべきだった。夏になると観光客が、聖書に出てくるなにもかもを食いつくすイナゴの大群のように押し寄せてきた――アメリカ人はせっかちで、ドイツ人は横柄《おうへい》で、オーストラリア人はだらしない酔っ払いだった。チップは少なく、特にイギリス人はケチ野郎だった。テオがテーブルの片づけもしなければならなかった。人手不足で、勤務時間がべらぼうに長かった。

ありがたいことに、いとこのタソスがこの国に呼んでくれて、最初はウェイターの仕事を、そしていまのこの仕事をくれた——テオは家族、つまりふたりの妹と年老いた母を、いつか呼び寄せたいと願っていた。そのために貯金をしていた。飲み歩いたりはしていなかった。銀行口座の残高は着実に増えていた。しかし、この仕事には個人的な代償もあった。いとこに宛《あ》てて大変な手間をかけて書いた手紙で、自分の英語力を偽った。それがひとつの問題だった。

テオの英語力は、島の住人としては上々だった。だが、ここではかろうじて通用する程度だった。テオはそのことにすぐ気づいた。いとこも同様だった。

見上げたことに、タソスは次の便でテオを送りかえしたりしなかった。テオは勉強すると約束し、実際に勉強した。新しい言葉やフレーズを耳にするたびに注意を払った。もちろん、問題はアメリカ特有の言葉だった。ギリシャ語‐英語辞典をひいても載っていない言葉が多かったが、テオには、英語を母語とする者に、俗語の意味がわからないことを明かすつもりはなかった。

テオとタソスは、品格が大切だということに関して意見が一致していた。〈サントリーニ〉は品格あるレストランだし、それを維持しなければならなかった。経営陣も同様だ。そのため、テオは自分の能力不足に苦しみながら、読書と勉強を黙々と続けた。

自分がこの店で概して好かれていないことはわかっていた。どことなく堅苦しいからだ。原因のひとつが言葉の問題なのはわかっていた。いらだたしいことに、二十代のアメリカ人従業員たち、まだひよっこの彼らに対して劣等感を感じていた——この三十二歳の大人、テオドロ・ヴァシリアデスが。屈辱的だった。

従業員たちにしょっちゅう短気を起こしていることは自覚していた。自分が怒りっぽいこともわかっていた。今晩のように。またも地下鉄が遅延した。いつもならその可能性を考慮して早めに家を出るのだが、きょうはそれを怠《おこた》った。だから、よくないと、逆効果だとわかっていても、癇癪《かんしゃく》を爆発させてしまった。しかし、従業員たちには、生まれてすぐに世界一強力な言語を話せるようになったという有利さがあった。彼らがメニューにないギリシャ語の単語をひとつでも知っているとは思えなかったし、メニューにある単語でさえしばしば発音を間違えた。テオはすかさず訂正した。

だが、もうひとつの要因は単純に性格だった。テオはティラ島にいたころから、少年時代から内気だった。その点では父親似だった。たとえば、女性との初体験は二十五歳のときだった。そしてその体験に落胆し、次に試す気になったのは一年以上たってからだった。

内向的な性格のせいで、いつも孤独だった。

ここにはだれもいなかった。アメリカ人女性とつきあおうと必死で努力した。だが、テオはアメリカ人女性にとって魅力的ではないようだった。一回か、せいぜい二回のデートのあと、女性たちは興味を失った。たぶん、いざ話すとなると、故郷の島のことや、そこで育ったこと、日が燦々《さんさん》と降り注ぐ昼や満天の星の夜について語りすぎるからだろう。女性たちはテオをどうしようもなく野暮で、どうしようもなく感傷的な男だと思ったのかもしれない。つまり、アメリカの俗語でいうところの〝ダメ男《ルーザー》〟だと。テオは、アメリカ人男性は能天気で押しが強いことに気づいていた。その生来の楽天性とたくましさはどうしても真似《まね》できなかったので、テオはいらだった。多くの女性も似たような性格だった。全員ではなかったが、一部の女性は。

従業員のリンジーもそうだ。

テオはさっき、砂糖の小袋を切らしたことでリンジーをどなりつけた。どなるべきではなかった。

叱りとばすのは、たとえリンジーのような若い娘であっても、アメリカ人女性の心をつかむ方法ではなかった。それ以来、リンジーはテオをにらみつけていた。

リンジーは白い額にしわを寄せ、きれいな青い目をぎらつかせた。

テオは、それを見て、悲しくなると同時にかっとなった。

テオは、自分が席に案内したばかりの若い三人組の客、ふたりの男性とひとりの女性に、リンジーがメニューを手渡すところを見ていた。客たちは笑顔だった。リンジーも笑顔だった。そしてリンジーがなにかいうと、客たちは笑った。リンジーも笑った。

テオは長いあいだ、だれも笑わせていなかった。

ドアが開いてカップルが入店してきた。四十代に見えた。身なりがよくて魅力的だった。男性には成功したアメリカ人男性特有のおちつきと優雅さがあったので、テオにはどうしようもなかった――ひと目でその男性が嫌いになった。

「いらっしゃいませ」

「窓際の席はありますか?」

「かしこまりました。こちらへどうぞ」

ふたりを二番エリアに案内し、笑顔で女性客の椅子をひいた。

メニューを差しだした砂色の髪の若いウェイターの顔では、笑みとくもった表情が静かな戦いをくりひろげていた。つらい夜を過ごしてるみたいね、とイヴリン・ウォルパーは思った。

イヴリンはメニューを開いて目を通した。ブドウの葉包み《ドルマデス》。ほうれん草パイ《スパナコピタ》。タラモサラダ。ムサカ。イカフライ《カラマリ》。ウェイターが飲み物の注文を聞き、ケネスはいちばん上等なギリシャ赤ワインを頼んだ。「かしこまりました」とウェイターはいって去った。

ケネスは自分のメニューを手にとった。

「さてと」とケネスはいった。「今夜はお楽しみの予告編だね。なにからはじめる？」

イヴリンはほほえんだ。「ほんとにうれしいわ。後悔はさせないわよ。きっと気に入る」

「もちろんさ。でも、なにから注文する？」

「食べやすいものからにしましょう。まずは温かい前菜《メゼ》の盛りあわせね。分けて食べるのよ。ミートボール《ケフテデス》が気に入ると思うわ。それから、わたしならレモンチキンか肉の串焼き《スブラキ》を選ぶわね」

「スブラキは食べたことがある」

「じゃあ、レモンチキンをお勧めするわ。レモン汁とオイルとハーブを使ってグリルでじっくり焼くの。ハーブはミントとオレガノがおもね。おいしいわよ」

「きみは？」

「しばらくムサカを食べてないの。ここのはおいしいのよ。味見させてあげる。それとギリシャサラダの小かしら」

「フェタチーズ？」

「ええ、フェタよ。あなたとギリシャ料理を食べられるなんて信じられないわ」

ケネスは肩をすくめた。「肉とじゃがいもの男だからね」

「チキンにはじゃがいもがついてくるわよ」

「気がついてたよ」

ふたりはメニューを置き、イヴリンは手をのばしてケネスの手を握った。ケネスはイヴリンの手を軽く握りかえしてほほえんだ。

「二週間半。世界でいちばん好きな場所で。信じられないわ。電話も、仕事もなし。ありがとう、ケネス」

「どういたしまして、ミセス・ウォルパー」

「これって二度めの新婚旅行よね？」

「そうだね。そう考えるようになってから、きみとおなじくらいこの旅行が楽しみになってきたよ」ケネスは首を振った。「驚きだろ?」

「驚きだわ」

ウェイターが来てワインをついだ。ケネスはグラスをまわして味見をし、これでけっこうといった。ワインがつがれているあいだも、ふたりは手を離すのを忘れていた。まるで若かりしころにもどったようだった。イヴリンは、そのウェイターが自分たちを迎えたときに笑みとくもった表情の両方を浮かべていたことを思いだした。ちらりと見たが、ウェイターは無表情だった。

ワインをついでいるだけだった。

隣の若いカップルが立って店を出ていった。イヴリンは、ウェイターがテーブルに、テーブルの上のチップに目を向けてまたも表情をくもらせたことに気づいた。

ふたりは注文をすませた。ウェイターは礼を述べ、チップを拾いあげて厨房《ちゆうぼう》に向かった。

「アテネは退屈よ」とイヴリンはいった。「プラカでひと晩過ごしたらすぐに出ましょう。まずミコノス島、それからティラ島かクリティ島ね」

「クリティ島?」

「ギリシャ語ではクレタ島をそう発音するのよ」

「勉強しておかないとな」

「ええ、そうね。きっと、いつもの書類仕事からの気分転換になるわ」

ケネスはワインをひと口含んで、「そうだな。うわっ」と驚いた。「こいつはほんとに上等なワインだ」

イヴリンはまたほほえんだ。こっそりと。いい判断だった。この旅行は、倦怠《けんたい》期になりかけているが、まだ愛情が残っている結婚生活に新鮮な刺激をもたらしてくれるはずだ。イヴリンにはわかっていた。

故郷のテネシー州アセンズでは、フィルことフィリップ・オートンは怒りっぽい性格で知られてはいなかった。その反対だった。成功した薬剤師の父と尊敬される正看護師の母を持つ、ハンサムで賢い息子として、順風満帆《じゅんぷうまんぱん》な人生を送っていた――だから気さくでいられたのだ。家族に対しても、友人に対してもだが、特に女性に対してはそうだった。高校演劇ではつねに主役を演じ、しばしばヒロイン役も務めた。州立大学でもおなじだった。

私生活のごく私的な部分はおおっぴらにしていなかったが、これまでのところ、大きな変化はなかった。

ニューヨークに来てから、それが一変した。

ニューヨークでは壁にぶちあたりつづけた。いい役をもらったことも何度かあるが、劇作家と監督とキャストとスタッフのクソ家族以外はだれも見に来ないようなひどい舞台ばかりだった。プロの演劇というより内輪のお遊戯だった。ＣＭのオーディションの一次審査に受かったこともあった。そのうちのひとつは洗剤のＣＭだった。

ウェイターとして働くようになった。くそったれなウェイターとして。

ああ、きみは俳優なのか。じゃあ、どこのレストランで働いてるの？

その古いジョークに、もう笑えなくなった。まったく。

幸運にも、俳優仲間からローワーイーストサイドの部屋を又貸ししてもらえた。だが、夏の終わりにはその部屋を出なければならない。その仲間がマサチューセッツでの公演からもどってくるのだ。だから、フィルは空き時間があればなんとか負担できそうな物件を探しまわっていた。いい物件はなかなか見つからなかった。このままだと、ごみ溜《た》めのようなアヴェニューＡのボロ部屋に住むはめになりそうだった。下手をすると、尻尾を巻いて辛気臭い田舎町にもどり、父親のもとで働くはめになりかねない。

リンジーが助けてくれるかもしれない、同棲できるかもしれないと思っていた。リンジーの家はこのレストランのほんの数ブロック北にあった。歩いて通勤できた。少なくとも、通勤は楽になる。前夜、〈ワールドカフェ〉でビールを飲みながらその話を切りだした。

「いやよ」とリンジーはいった。「セックスするのはいい。だけど同棲？ あなたの部屋は知ってる。悪く思わないでほしいんだけど、あなたはだらしない。だめ。絶対に無理」

そのクソったれな言葉になんと返していいかわからなかったので、フィルは会計をすませると、リンジーを置いて店を出た。

そしてきょう一日、リンジーはフィルに冷たかった。

まるで同棲を頼んだことで侮辱でもしたかのように。

クソあまめ。

リンジーに冷たくされ、テオに——とりわけ最悪だったことに、数日前に引っ越したばかりのダイアンに、ルームメイトになってくれないかと頼もうとしかけたときに——どなり散らされたせいで、フィルはすでにすっかり頭にきていたのだが、そんなときに金髪女のピンクのレザージャケットにオリーブオイルをこぼしてしまった。ムサカを落としたときはさらに輪をかけて頭に血がのぼった。目の前の床に飛び散ったムサカを見ているうちに、頭が音叉《おんさ》のようにうなりだし、動悸《どうき》がしはじめたので、フィルは必死でおちつこうとしていた。

それは子供のころ、故郷のクソったれなテネシー州アセンズの森で目にしたものに似ていた。

なにもかもが最悪な夜だった。ナイフやフォークを盗むんじゃないかと心配しているかのように、テオはずっとフィルをちらちら見ていた。俳優であるフィルは、人に見られることには慣れているはずなのだが、おかしなことに、これは違っていた。

テオはフィルにまたしくじってほしいと願っているかのようだった。

ちくしょう、もうしくじったりするもんか。フィルはこんなケチな仕事を望んでいなかったが、いま失業するわけにはいかなかった。いやだったが、どうしようもなかった。

リンジーもテオも、くたばっちまえ。

あの脂ぎったチビのギリシャ野郎はアメリカ人ですらないんだ。

笑顔になれ、とフィルは思った。客をもてなせ。やりかたは知ってるはずだ。

いつもやってることじゃないか。
フィルはそう自分に言い聞かせながら用を足し、ジッパーを上げ、手を洗った。鏡に映っている自分を見て笑みを浮かべ、だいじょうぶ、問題ない、だれもおれがどんなに頭にきてるかに気がつかないはずだ、バレたりしないはずだと判断した。きっとチップをたんまりもらえる。店内にもどったとき、ホームレスの老婆が入ってきて、フィルの担当エリアに向かいはじめた。

カウンターにいたダイアンは、老婆が五番テーブルにすわるのを見た。そのテーブルは、ゲイカップルとしか思えないほどハンサムなふたり客のすぐ向こう側だった。老婆はぱんぱんに膨らんでいる汚いショッピングバッグをふたつ、足元に置いた。テオは四番エリアに六人グループの客を案内し、ふたつのテーブルを寄せあわせているところだったので、老婆に背を向けていた。テオは気づいていなかった。

リンジーは気づいていて、フィルが助けを必要としているかもしれないと考えていた。たしかにフィルとは別れるつもりだった。それもすぐに。フィルには、俳優だからと大目に見られないほど子供っぽくて自己中心的なところがあった。だが、仕事仲間ではあることに変わりはないのだから、老婆のせいでフィルが窮地におちいるのを見過ごすわけにはいかなかった。リンジーがためらいながら様子をうかがっていると、ふたりの男性と、ふたつ向こうのテーブルにいる東洋人カップルが、まず老婆の悪臭に気づき、次に彼女の存在そのものに気づいた。すぐ隣のテーブルの中年夫婦は赤ワインのグラスを置き、老婆を見ないようにしていた。リンジーはテーブルのあいだを縫うように進んでフィルの横にたどり着いたが、そのときフィルは、顔を赤くしながら、だがていねいな口調で、注文する料理の代金を払えるのかと老婆にたずねていた。

すると老婆は立ちあがって叫びだした。リンジーは思わずあとずさった。

「金がないと思ってんのか？　このクソ野郎！　ほかの客にも金はあるのかって聞いたのか？　ええ？」老婆は腕を振りまわして店内を示した。

「このクソったれな差別主義者のクソ食らい！　こいつらにも聞いたのか？」

そのころにはテオが急ぎ足で店内を横切っていた。フィルのへどもどしながら老婆をおちつかせようとしている声と、老婆のしゃがれた絶叫をべつにすれば、店内は針が落ちる音さえ聞こえそうなほど静まりかえっていた。全員の目がフィルと老婆に注がれていた。テオがフィルのうしろに近づき、フィルが老婆の腕をつかもうとしたとき、老婆がフィルを押した。フィルもテオも不意打ちを食らった。ふたりは六番テーブルに勢いよく倒れこんで床に滑り落ちた。そのカップルが飲んでいた赤ワインのボトルがテーブルから飛び、ゲイカップルの足元でこなごなに砕けた。女性の半分残っていたグラスの中身が彼女の膝に飛び散った。男性はグラスを手に持っていたが、思わず強く握りしめたのか、グラスの柄が折れて血が噴きだした。

ダイアンは清潔なナプキンをつかみとると、カウンターの下をくぐって男性のもとに駆けつけた。

そのころにはテオもわれに返っていた。立ちあがって、あいかわらず「このクソ野郎」と叫びつづけているものの、あまり抵抗しなくなった老婆を、ドアの外へ押しだした。フィルも立ちあがっていたが、呆然《ぼうぜん》と立ちつくしていた。リンジーは女性の世話をし、スカートについたワインのシミをぬぐっていたが、男性が出血していることに気づいていなかった。実際、ダイアンが男性のもとに駆けつけたときには、妻もちょうど気づいたところだった。

「まあ、大変！」と妻がいった。

「とりあえず、これを巻いておきますね。男性用トイレにお連れします」傷は親指と人差し指のあいだにあり、深そうだった。ダイアンはナプキンをしっかりと巻いて男性を立たせた。男性は青ざめていた。妻も立ってあとに続いた。ダイアンはリンジーのほうを向いた。

「事務所のデスクに救急箱があるの。持ってきて」

リンジーはうなずいた。

ゲイカップルのひとりが、もともとクリーム色だったズボンの裾を水で濡らしたナプキンで拭いているとき、テオが老婆の汚いショッピングバッグをとりにもどってきた。その男性は、おだやかな笑みを浮かべ、まるで「まあ、ニューヨークだからね」といわんばかりに首を振っていた。テオは、フィルがなにもせず、ぼうっと突っ立っていることに気づいた。悪臭を放っているバッグを持ちあげながらフィルをちらりと見やった。

「くそっ、フィル。あのお客さまを助けろ。炭酸水を持ってこい。モップをとってくるか、バスボーイを呼ぶかしろ。とにかくなにかしろ!」

フィルが実際にしたことに、だれもが驚いた。

ウェイターステーションのバーナーには、レギュラーとカフェインレスのふたつのガラスのコーヒーポットが載っており、どちらもほぼ満杯だった。

フィルは耳鳴りがしていた。頭のなかで血がドクンドクンと脈打っていた。だれかに押し倒された。だれかにどなられた。だれかに冷たくあしらわれた。だれかが出血していた。

泣きたかった。叫びたかった。

フィルはコーヒーポットを手にとって二番エリアにもどった。ホモ野郎のひとりはまだ腰をかがめてズボンの裾をぬぐっていたので、もうひとりの、眼鏡をかけていないほうをねらった。カフェインレスのポットを大きく振りながら、出せるかぎり大きな舞台発声で「おかわりいかがですか、みなさん？」と叫び、もうひとりのホモ野郎の顔にコーヒーを浴びせた。そいつは悲鳴をあげてワインがこぼれている床に倒れこんだ。だが、フィルがほんとうにひどい目にあわせたのは、魚について文句をつけた、いかにも傲慢《ごうまん》そうなやつとそのさえない彼女だった。ふたりとも激しく身をよじって椅子から落ち、男は窓ガラスを突き破って歩道に落ちた。ふたりがすわっていたテーブルほどの大きさがある板ガラスが、金属製の枠から滑り落ち、透明なギロチンのようにクソ野郎の首を体からほとんど切り離すところを、フィルは魅せられたように凝視した。

ほかのエリアの客たちは、奇妙な合唱のようにフィルとともに叫びながら出口に殺到したので、テオは群衆をかきわけながら進まなければならなかった。テオの顔には恐れと怒りが浮かんでいたが、それでも愚かにもフィルに向かってきた。裏口に向かおうとしているコックたちのギリシャ語とスペイン語のわめき声を聞きながら、フィルは体をくるりと回転させてレギュラーコーヒーのポットをテオの左側頭部に叩きつけたが、テオが崩れ落ちるのを待たずに、キッチンの配膳カウンターに身を乗りだした。まるでコックたちがフィルのためだけに肉切り包丁を置いていってくれたかのようだった。フィルの個人的な好みの武器だったので、男子トイレに向かうと、外の騒ぎに興味を惹《ひ》かれたリンジーが最初に出てきたので、あばよ、アバズレ、といいながら包丁を突き刺したが、テネシーで犬や猫を刺したときと違って、ひき抜くのに苦労した。倒れたリンジーの体から包丁を抜いたところで大勢が、出血している男とその妻、そしてなんとダイアンまで飛びかかってきたので、男の妻の腹を横にさっと切り裂くことしかできなかったが、深々と切り裂いたので、腸《はらわた》がこぼれだすのが見えた。そのとき、男の血まみれのこぶしが降ってきて、突然すべてが闇に包まれた。

数時間後、すべてが終わったとき、つまり救急車が去って警察が捜査を終え、バスボーイたちが血を拭きとり、ガラス屋が窓を合板でふさいで野次馬もいなくなったあと、ダイアンはカウンターにひとり残された。店のオーナーで哀れなテオのいとこであるタソスがウェストチェスターから来て被害状況を確認するのを待っていたのだ。

アブソルートのボトルがつきあってくれた。ボトルが相棒だった。ウォッカを飲みながら、二番エリアのお客さんたちのことを、望んでいた以上によく知ることになってしまったわね、とダイアンは考えた。

ミセス・ウォルパーが生きのびられるとは思えなかったが、救急隊員たちの見解は違っていた。助かりそうだと考えていた。臓器は切られていなかったからだ。とはいえ、ウォルパー夫妻はギリシャ旅行をかなり延期しなければならないだろう。ダニー・マルティーノの火傷《やけど》は深刻ではなかったし、友人のジョン・ウォルターズは、ズボンの裾を水で濡らしただけで難を逃れた。日本人カップルもうまく身をかわした。ハル・リースは動脈血で歩道を濡らしながら亡くなった。ジャン・レズニックの火傷と切り傷と打撲は驚くほど幸運にも軽傷で、すぐに癒えるだろうが、心の傷についてはさだかではなかった。彼女は恋人を失って取り乱していた。きっとふたりは深いきずなで結ばれていたんでしょうね、とダイアンは推測した。

テオは切り傷も火傷もひどかったが、命に別状はなさそうだった。

リンジーは二十二歳だった。ダイアンはリンジーが好きだった。

ダイアンはアブソルートを飲みながら、警官たちにパトカーへ連行される直前のフィルにいわれた言葉について考えていた。フィルは、おれと一緒に住もう、などという奇妙なことを口走ったのだ。

ダイアンは自分のアパートのことを考えた。家賃のこと。今夜もらえなかったチップのこと。

もう一本タバコに火をつけ、リトルイタリーのマフィアの店のことを思いだした。あそこが従業員を募集しているかどうか、知りたくなった。

――エーゲ海の人々、特にデイヴィッドとキャロリンに感謝を捧げる

八方ふさがり

Damned
If You Do

「もう、どうしたらいいかわかんなくなっちまったんです」とブルーワーはいった。

サリヴァンはこのいちばん新しい患者の背後の壁にかけてある時計を見て、五十分の診療時間のうち、もう四十分近くたっていることを確認した。

腕組みをし、脚もきつく組んでいたブルーワーが、突然、腕と脚の両方を解いた。体のなかの結び目をほどこうとしているかのようだった。顔もわずかにうつむけた。ブルーワーのこのしぐさは以前にも見たことがあったし——運命に屈したふりという——芝居であって、一時的なものだとわかっていた。ブルーワーはあっさり屈したりしない男なのだ。

「女房をどうしていいかわからないんです」

ブルーワーは首を振り、両手を握りしめた。沈黙が長びいた。

「わたしが答えを教えてくれるのを待っているんですか、ジョン？」

「ええ。いや。くそ、わからない。なにを待ってるのかもわからないんです」

「それがわたしの仕事じゃないことはわかっているはずですね」

「もちろん」

「わたしの仕事は、あなたが自分で結論を出し、自分で決断するのを手伝うことなんです」

「わかってますってば。でも、完全に行き詰まっちまってるんです。ジェニーはもう耳を貸してくれない。まるでおれなんかいないみたいなんです。部屋にすらいないみたいなんです」

「どうしてそうなったんだと思いますか？」

腕と脚がさっと元の位置にもどった。陰部を隠した。胸を隠した。男らしさがふたたび封じこめられた。ブルーワーは硬直したように椅子にすわりなおした。

「どうしていまなんだと思いますか？」

「仕事のせいかもしれません」

「仕事？」

「妻がおれの仕事を尊重しなくなったせいかも」

ごまかしだ。

「なぜそう思うんですか？　あなたは家具職人だ。うかがった値段からすると、かなりの腕前なんでしょうね」

「ええ。でも、昔みたいには売れなくなってるんです。このくそ不景気のせいですよ。この町は観光で食ってるってのに。紅葉シーズンだって、いつもの年の半分も稼げなかった」

「お金には困ってないんじゃありませんか、ジョン？　わたしの料金を払えるくらいなんだから」

それを聞いて、ブルーワーはにやりとする。

「ええ、金には困ってません。女房には必要なものをなんだって与えてる。だからたぶん、仕事や金の問題じゃないんです。おれにはわからない。でも先生、おれは昔かたぎの男なんです。おれの言葉がうちのなかじゃ絶対だった。そういう育てられかたをしたんです。そうあるべきなんです。だけど、いまじゃ……」

ブルーワーはため息をついた。

「そのことについて話しあったことは？」

「いいえ」

「どうしてですか？」

「いったじゃないですか。努力はしたんです。でも、女房は耳を貸さないんです！」

サリヴァンは、ブルーワーが診察室を見まわしたことに気づいた——簡素なオフィス家具、壁にかかった風景画、デスクのうしろの開いた窓――まるで突然、興味を持ったかのようだった。実際には、もう二カ月以上、毎週目にしているのに。

「つまり、あなたはなにかをしなければならないと感じている。あなたが行動を起こせば状況が変わるかもしれないと。そういうことですか？」

「おれがなにかをしなきゃならないんです。もしかしたら、けじめをつけるべきなのかも、女房をおれの人生からとっぱらうべきなのかもしれない。でもほんとは、女房にはいなくなってほしくないんです。少なくとも、心のどこかじゃそう思ってる。つまり、ほら、八方ふさがりってやつですよ。そういうことなんです」

「奥さんのほうに問題があると考えたことはありませんか？　あなたにではなく」

「え？」

「奥さんも悩んでいるのかもしれませんよ。奥さんにもセラピーを受けてもらうべきなのかもしれない。そういう可能性だってあるんです」

　ブルーワーは笑った。「女房にセラピーを受けさせるのは無理です。絶対に」

「どうしてですか？」

「とにかく無理なんです」

　ブルーワーは例によってかたくなだった。

ここはひいたほうがよさそうだな、とサリヴァンは判断した。きょうのところはこれくらいにしておこう。こんど、べつの角度から攻めればいい。

「夢は見ましたか、ジョン?」

夢は放置されている問題の表象であって、ひとつひとつの夢が独自の象徴言語を備えている、というのがサリヴァンの強い信念だった。ガス料金の支払い期限が過ぎていることを思いださせてくれる夢もあれば、愛する人の死に対する罪悪感を解消してくれる夢もあるはずだ、というのが。そのような表象の意味を解き明かすことによって、心のなかでもっとも重要なことの真実が明らかになり、その感情的な共鳴の本質を理解できる、というのが。夢は、やるべきことを思いださせるためにひじで脇腹を小突いてくれている、というのが。

ブルーワーはにやりとした。「先生は夢が好きですねえ。ええ、見ましたとも。おとといの夜に。いわれたとおり、メモしてきました」

ブルーワーはポケットから折りたたんだ黄色いメモ用紙をとりだした。「おれは九つか十くらいの小さい子供。もっと年下の、六つか七つくらいの男の子と一緒にうちの庭にいて、おれは斧《おの》を持ってる。で、芝生にある切り株を斧で割りはじめると、もうひとりの子はちょっと離れておれを見る。すると、切り株が飼い犬のタイガーの頭になる」

ブルーワーは顔を上げた。「タイガーってのは実際に飼ってた犬です。茶と白の雑種で、おれがそのくらいの歳のころに飼ってたんです。おかしな夢ですよね？」

「その犬に斧を叩きつけたんですか？」

「ええ、一度だけ。切り株から犬に変わるのが、斧を振りおろしてる最中なもんで。振りおろすのを止められないんですよ。で、血が一滴、犬の頭から流れて、目を通って落ちるんです」

「それだけ？　一滴だけ？」

「ええ、涙みたいな感じで。でも、犬はそれに耐えるんです。死ぬわけでもなく、ふつうの犬みたいに吠《ほ》えて逃げだすわけでもない。ただ、そこでおすわりをしておれを見てる。斧が頭に刺さったままで。そこで目が覚めたんです」

サリヴァンは、もっと早くに夢について聞けばよかったと後悔した。もうほとんど時間がなかった。次のセッションで掘りさげる必要があるだろう。だが、とりあえず、基本的な質問を三つしておこう。そのくらいの時間はある。

「おとといはどんな日でしたか？」

ブルーワーは肩をすくめた。「ごくふつうの日でしたよ。ほとんどの時間、セバルド家の奥さんに頼まれた戸棚をつくってました。〈デュラスズ・デリ〉へ行って昼めしを食って、仕事にもどって、四時半か五時くらいまで仕事をしてました」

「仕事は順調でしたか?」

「ごくふつうの戸棚ですからね。いまじゃ目をつぶってたってつくれますよ」

「薪《まき》割りの腕前は?」

「おなじことです」

「夢のなかでどんな気持ちになりましたか? 思いだせますか?」

「そうだな、最初は楽しんでたと思います。あの子供に見せびらかしてるみたいな感じで。でも、タイガーのところでは……わからないな。怖かった? ショックだった?」

「ほかには? たとえば罪悪感とかは?」

「ないですね。覚えてるかぎりじゃ」

「なるほど。タイガーはあなたにとってなにをあらわしていますか?」

「犬です。子供のころに飼ってた犬です」

「では、犬はなにをあらわしていると思いますか?」

「さあ。犬は信頼できる。慕ってくれる。どこにでもついてくる」

「無償の愛？」

「まあ、そんなところですね」

「知っているだれかに似ていませんか？　それとも、知っていると思っていただれかに」

ブルーワーはにやりとした。「ああ、そうか。ジェニーにちょっと似てますね」

しばし考えこんだ。

「じゃあ、おれはジェニーの頭に斧を叩きつけたのか」

「そうなりますね」

サリヴァンは、最後にもうひとつ質問をした。

「斧を叩きつけたとき、タイガーはどんな反応をしましたか？」

「なにも。なんの反応もしませんでしたね。おれを見てただけです」

「タイガーの感情を感じましたか？　表情からなにかを読みとれましたか？」

「なにも。犬らしい反応をしただけですよ。あの大きな悲しそうな目でこっちを見てた。それでもまだ期待してるような感じってところかな。次はなに？　なにをしたってかまわないよ、みたいな」

許しを求めてるんだろうな、とサリヴァンは思った。

犬はなんでも許してくれる。

ジェニーもなんでも許してくれる。

でも、もうそうじゃなくなったってわけだ。

次回はもっと深く掘りさげよう。

サリヴァンはデスクのうしろで立った。

「ふだん、助言はしないんですよ、ジョン。そのことはわかっていますよね？　でも、今回は例外として、ひとつだけ忠告させてください。これから一週間、後悔しそうなことはしないでください。なにもするなといっているわけじゃありません。やるべきことはやってください。ただし、その前によくよく考えてください。いいですね？」

「はい」

ブルーワーが帰ったあと、サリヴァンは自分がなぜあんなことをいったのか不思議に思った。自分らしくなかった。患者はなによりもみずからの過ちから学ぶものだ。なのに、やるべきことはやるようにとはいったものの、事実上、一週間、なにもしないようブルーワーに命じた理由がわからなかった。

あの夢の触れなかった部分――近くで観察している少年――と関係があるのかもしれない。なぜか、その少年に不安を覚えた。

あと五分で次の患者が来る。今晩よく考えてみよう。妻に話してもいいかもな。

エラは聞き上手だ。

まさに八方ふさがりってやつだ。

サリヴァンにいわれたことがすべて筋が通っているように思えても——夢の意味さえある程度理解できたとしても——そこに行き着く。とにかく、にっちもさっちも行かない。ジェニーを手放さなくても、きれいさっぱり捨てちまっても、結局、どうにかなっちまいかねない。どっちを選んでも、いい結果にはなりそうにない。

よくよく考えろ、とサリヴァンはいった。そうだな、それならできる。

幸せだったころに自分で増築した頑丈な木造ポーチに上がって鍵をまわした。この静かな住宅街ではだれも戸締りなどしなかった時代を、だれもが安全だと感じていたころを思いだす。

リビングを抜け、右手のだれもいないキッチンを通り、狭い廊下を進んで寝室のドアをあけると、そこにジェニーが横たわっていた。

息づかいが聞こえそうだった——それほど安らかな表情だった。首に巻かれた結束ワイヤーが見えなくなるほどふくれあがっているのに、どうしてこんなにも安らかな顔をしているのか、不思議でならなかった。

ブルーワーは呼びかけた。昔のように愛情をこめて。

ジェニーは答えなかった。答えは期待していなかった。

聞いてねえんだ。

怒りがまた湧《わ》きあがり、そしておさまった。

ベッドの長さとぴったりおなじ長さの、節くれだった松の箱の出来栄えに一瞬、満足を覚えた。ふと、年下の——夢のなかで自分がすることを眺めていた——少年のことを思いだした。そして、少年の顔を見ていない、あるいは覚えていないことに気づいた。どうだっていいことに思えた。

捨てちまうべきなんだろうか、それともこのままにしておいたほうがいいんだろうか、とブルーワーは迷った。

サリヴァンとの次のセッションまで待つこともできたが、わからなかった。確信が持てなかった。

ジェニーはひどく臭《にお》うようになりはじめていた。

運のつき

Luck

月のない夜に響いている音は、パチパチという焚き火の音、男たちのあいだを行き来している安ウイスキーが揺れるタプタプという音、ファロ・ビル・ブロディが手巻《ブル・》きタバコ《ダラム》を深々と吸う音、チャンク・ハーバートのうめき声と荒い息づかい、馬のいななきとひづめの音、それに男たちの声だけだった。話題は運のあるなしに移っていた。きょうはまったく運がなかった、というのが男たちの総意だった。なにしろ、ターナーズ・クロッシングを走っている馬車に保安官と武装した市民がぎっしり乗っていて、しかも背後の見えないところに保安官が集めた民兵隊がいるなんて、だれに想像できただろう。なにしろ男たちは三週連続で、おなじ場所でおなじ時間におなじ馬車を強盗していたのに、これまで問題はなかったのだ。

いま、チャンク・ハーバートはジュニパーの木にもたれていた。頭蓋骨《ずがいこつ》が一ドル銀貨ほどの大きさで欠けていて、脳みそはカナリア・ジョー・ハリハンのシャツの埃《ほこり》っぽい左腕で押さえられている。カナリア・ジョー自身は撃たれずにすんだ。ジョーにいわせれば、ファロ・ビル・ブロディも撃たれなかったが、ファロ・ビルは帽子のつばの右側にぎざぎざの穴がふたつあいたことをしきりにこぼしていた。しかし、高潔な人にちなんだ名前ではなく、フランスのカード賭博《とばく》ファロに――バネ仕掛けの箱から配られるカードを使った賭博にちなんだ名前を持つ男になにが期待できる？　キッド・アープはふくらはぎに弾を受けたので、しばらくは足をひきずることになりそうだった。

「それでも、ほかの連中に比べたら、おれたちにはツキがあったと考えなきゃならねえな」とジョーがいった。

「チャンクはべつだがな」

「もっとずっとツキのねえやつらの話を知ってるぞ」

「まったくだな」とキッドがいった。キッドは子供《キッド》ではなかった。だれもキッドが子供だったころを覚えていなかったし、かの有名なアープ兄弟とも血縁関係はなかった。だがキッドは、そのことについて口を濁すことを好んでいた。

おれの血筋なんかどうでもいいだろ、といって。

「おめえら、シンプルリグのイカサマがあんなうめえやつはいなかった。やつが望まねえかぎり、シンプルリグ・ジャックを覚えてるか？　クルミとエンドウ豆を使ったまる一日かけたって三つのクルミのどれの下にエンドウ豆があるかをあてられねえのさ。ガラガラヘビが襲いかかるよりも手つきが速えんだからな。それに人好きがするんだ。全財産をだましとった相手に、楽しかったたって感謝させちまうような野郎だった。そいつのところに、そのインディアンがやってきたんだ」

「どのインディアンなんだ？」とファロ・ビルがたずねた。

「ユート族の混血の大男で、ジム・マーフィーって名前だった。ある朝、そいつが女房を連れて町に来たんだ。ジャックは〈ノッツ〉っていう雑貨屋の前に置いた樽《たる》の天板の上にゲームの準備をしてた。ジャックはインディアンの女房を呼び止めて肩に手をかけたんだ。ゲームを見せたかったんだろうな。ところが、このインディアンもすばやかった。ビッグ・ジム・マーフィーは、あっというまにジャックの手をつかんで樽の天板に叩きつけ、ボウイナイフを抜いて指を切り刻みはじめたんだ」

ほかの男たちは考えこんだ。

「それはツキじゃねえな」とファロ・ビルがいった。「用心が足りなかったんだ」

「そうか？　たいていのインディアンは逆らったりしねえぜ。間違ったインディアンを相手にしちまっただけさ。たいていのインディアンはこずるいだけの臆病者《おくびょうもの》だ」

男たちは酒瓶をまわし、火を見つめた。背後でチャンクがうめいた。

「なんかいったか、チャンク？」とキッドがいった。

「馬鹿いうな」とカナリア・ジョー。

「なんかいったと思ったんだがな」

「おれもそう思った」とファロ・ビル。「〝リリー〟か〝リディ〟って聞こえた」

「なにもいってねえさ」とカナリア・ジョー。

「とにかく、おれはもっとひでえツキの話を聞いたことがある」とファロ・ビル。「何年も前に、トマス・カリーっていうくそったれの年寄りの山男《マウンテンマン》から聞いたんだ」

「マウンテンマンを知ってたのか、ビル？」とキッド。

「ああ、知ってた。ジョンストン・シティの〈血のバケツ酒場《バケット・オブ・ブラッド・サルーン》〉で会ったんだ。賭《か》けごとが好きで、勝つことのほうが多かった。変わった連中だったな、あの昔かたぎの連中は。なにをいってるのか、さっぱりわからなかった。エースのペアが来ると、いきなりこんな話をしはじめるのさ。〝そうさな！　バッファローはべらんぼうにんめぇがよ、犬よかちっとでもんめぇ肉なんぞあるもんか、あたりきしゃりきよ！〟」

「どういう意味なんだ、ビル？」とキッド。

「〝バッファローはうめえが、犬よりちょっとでもうめえ肉なんかねえに決まってる〟って意味さ。おかしなじいさんだった。なあ、キッド、〝ロスト・ダッチ・マイヤーズの金鉱〟の話を聞いたことがあるか？　ダッチはモンタナのほうで金探しをしてた男だが、ビッグホーン川ぞいのどこかで何人かの仲間と金を掘りあてて、川で作業するために小屋を建てたんだ。ある朝、スー族が襲ってきて、煙が晴れたときに生きのびてたのはダッチだけだった。ダッチは、頭の皮を剝《は》がれねえように南へ逃げた。町にたどり着くと、かなりの量の金塊を売って、金を掘りあてたことを吹聴《ふいちょう》した。それがおおいにまずかった。話を聞いた連中のひとりにボブ・ヘックっていう野郎がいてな。そいつがダッチを背中から撃ち殺して金を探しにいったんだ。だが、金は見つからなかった。そのころにはスー族が小屋を焼き払っちまってて、場所を示すものがなにひとつ残ってなかったからだ。ボブ・ヘックは吊るし首になり、だれも金を手に入れられなかった。どっちも、まったくツキのねえやつだったぜ」

「スー族が焼いたってどうしてわかったんだ？」

「なんだって？」

「だれも小屋を見つけられなかったんなら、どうしてそのトマス・カリーってやつはスー族が焼き払ったってわかったんだ？」

ファロ・ビルは肩をすくめた。「マウンテンマンってのは、とにかくわかるんだろうよ」

「もっとツキのねえ話なら、おれが教えてやれるぜ」とカナリア・ジョー。「ただし、信じないだろうがな」

「いいから話してみろよ」とキッド。「時間はたっぷりあるんだしな」

「火をもっと大きくしようぜ」とカナリア・ジョー。「消えかかってきたし、チャンクにはぬくもりが必要だしな」

「チャンクに必要なのはくそ牧師さ」とファロ・ビル。

　カナリア・ジョーはそれを無視して、夜ふかしには年をとりすぎたな、と思いながらぎこちなく立ちあがった。灌木《かんぼく》と乾いた枝を見つけられるかぎり集めようと、馬を四頭つないであるところの先の濃い闇のなかへと歩いていった。ほかの男たちはウイスキーでぼうっとなりながら火を眺めていた。キッドがひと口飲んでからファロ・ビルに瓶を渡した。ビルもひと口飲んでから瓶を返した。キッドは小枝を焚き火に蹴《け》り入れ、パチパチと音をたてて燃えはじめたその枝を見つめた。

「あとどのくらいもつかな？」とキッドがたずねた。

「チャンクか？　魂が抜けるまでさ。くそ、わかるもんか」

「チャンクはおれたちの話を聞いてると思うか？」

「さあな」

「チャンクがいつ死ぬかを話してるのを聞かれてるかもしれねえと思うとぞっとする

ぜ」

「なら、話すのをやめろ」

「そうだな。やめるよ」

男たちは酒瓶をまわし、しばらくのあいだ、蹴られた犬のようにむっつりと黙りこんでいたが、やがてカナリア・ジョーが焚き火にもどってきた。片方の脇に長期間日にさらされて骨のように白くなった太い枝を何本かかかえ、もう片方の手で枝の茂った一本の灌木を、乾いてカチカチになった地面にひきずりながら運んできた。ジョーはまず灌木を、次に枝を地面に落とした。枝は、テンピン・ボウリングのピンのような音を立てた。ジョーはチャンクのほうを向いた。

「なにかいったか、チャンク？」

「こんどはあんたが聞いたのか」とキッドがいった。「おれにはなんにも聞こえなかったぜ」

「いや、聞こえたような気がしたんだ」

「おれには馬鹿いうなといったくせに」

「おめえは馬鹿だ。おれが会ったなかでいちばんの馬鹿だ」

「だれがこのくそったれな強盗を計画したんだ？　だれのせいでおれたちみんなが撃

たれるはめになったんだ？　おれじゃねえし、ファロ・ビルでもねえ。チャンクでもねえぜ」

「紳士諸君」とファロ・ビルがいった。「これで解決しようじゃねえか。表が出たらチャンクはなにかいった。裏ならなにもいってねえ」そして、こすれて模様が消えかけている古い一ドル銀貨をとりだした。

「ファロ・ビル」とジョーがいった。「さっきの言葉は撤回してキッドに謝りてえな。おめえこそおれが会ったなかでいちばんの馬鹿だ。間違いねえ。風向きに賭けるようなもんじゃねえか」

「それだってやったことがあるぜ」

「だろうな」

ジョーは灌木の枝を折って火にくべ、しゃがんでさらに枝を折った。

「ツキについておれが知ってる話を聞きてえか？　まじもんのツキのなさについての話をよ」

「ああ」ファロ・ビルがジョーに酒瓶を渡した。ジョーは瓶をほとんど空にしてからあぐらをかいてすわり、キッドに瓶をまわした。

「何年も前のことだ。おれがまだガキで、西部に来たばっかりだったころだった。ある夜、おれはカンザスのニュートンにある〈タトルズ・サルーン〉ですわってた。もちろん、博打《ばくち》をうってたさ。一緒にいたやつらのことはよく知らなかった。町に来たばっかりで、牛追いの仕事を探してたんだが、まだそんなに必死じゃなかった。前の日に着いたばかりだったからな。だが、いい連中だったよ。四人で遊んでたんだ。よく笑った。真剣にはやってなかった。蛇の頭ウイスキーを飲んだのを覚えてる。飲んだことあるか？」

「覚えちゃいねえな」とファロ・ビルがいった。

「樽に六匹のガラガラヘビの頭を入れてつくるんだ。悪魔が自分のブーツで掻きまわしたみてえな味がする。とにかく、おれたちは博打をうってて、おれは負けてた。そこへあのひでえ格好の汚らしい小男が入ってきたんだ。シャツに噛み煙草の汁がべっとりついてて、腰にコルトを下げて、熊《くま》にかじられたみてえなカウボーイハットをかぶってた。そいつは、ありがてえことにおれの正面のカウンターまで歩いてくと、一杯注文して飲み、もう一杯飲んでから振り返って店内を見まわした。

おれが一緒に賭けてた連中は、カードに夢中でその男に気づいてないようだった。おれが気づいたのは、そいつと向かいあってたからだ。だから、そいつが三杯めを注文して飲み干したとき、そいつがなにをしようとしてるか、ぴんと来たのはおれだけだった。そいつが銃を抜いて構えるずっと前から目つきではっきりわかってたから、そいつがおれたちのテーブルをねらって撃ちはじめたとき、おれはもうテーブルの下にもぐりこんでた。腰の拳銃を抜こうとしたが、おれはまだガキで、まだガンマンになってなかった。やっと銃を抜いたときにはそいつはもう、賭けてた連中のうちふたりを撃ち殺してたし、三人めは椅子もろとも倒れて、出入口のほうへ這って逃げようとしてた。

そいつと目があったので、おれはもうおしまいだと観念した。テーブルをひっくり返して盾にする暇もなかった。そいつは撃とうとしかけてたが、おれはテーブルの下でまだもたもたしてたから、おれが命拾いしたのは、バーテンダーとカウンターの裏のショットガンのおかげだった。ショットガンは小男を店の反対側まで吹っ飛ばした。おれの髪にそいつの肉のかけらがいくつもへばりついた。いまでもあいつの臭いをはっきり思いだせる」

ジョーは枝を三本、火にくべた。木はすぐに煙をあげはじめた。

「これじゃあ、堅木《かたぎ》の名折れだな」とジョーはいった。

「わからねえな」とビル。「それがツキとどう関係あるんだ？」

「いまから話そうとしてたんだ。騒ぎがおちついてから、おれたちはそいつのところまで歩いていって見おろした。歩けるやつらはな。そいつはおれのテーブルにいたやつらのうちふたりを撃ち殺したが、なんでだかわからなかった。とにかく、ブロシアスって名前のバーテンダーがそいつをひっくり返すと、胸に風穴があいてた。するとだれかが、こいつはリトル・ディック・ウェストだといった。するとべつのやつが、違う、リトル・ディック・ウェストは一年以上前にウィチタで撃ち殺されたはずだといった。だが、最初のやつは、リトル・ディックとは顔見知りだ、と譲らなかった。こいつはどこへ行っても災いをもたらすから、おれはいつもこいつを、アビリーンでも、ダッジでも、トゥームストーンでも避けてたんだ、と。男は、トゥームストーンの通りでこいつが男を野良犬みてえに撃ち殺すところを見たことがあるそうだった。だが、もうひとりのやつはひきさがらなかった。リトル・ディック・ウェストは一年以上前にウィチタの売春宿で撃たれたんだ、とそいつはいった。間違いないと言い張ってるうちに、酒場にいたほかのやつらも、そういえばそんな話を聞いたことがあるといいだした。リトル・ディックはウィチタで胸を二発撃たれたはずだってな。リトル・ディックを撃った男の名前を知ってるやつまでいた。撃ったのはマクラフリンとかいう農夫だった。そいつの家はひと月後に焼け落ちて、マクラフリンは妻と子供たちもろとも焼け死んだんだそうだ。

当時は、その言い争いに決着をつけられなかった。だがとにかく、リトル・ディックを殺したのはバーテンダーのブロシアスだった。だから、ブロシアスは、保安官と死体を通りにひきずってって葬儀屋を待つことになった。死体は思ったより重いもんだし、ブロシアスは小太りだったから、死体を外に出したときには息を切らしてた。で、〈タトルズ・サルーン〉には、ポーチから通りまで三段の階段があった。たった三段だぜ。なのにブロシアスは二段めを踏みはずしてばったりと階段に倒れた。足は東を向いてて、西を向いてる頭はねじれてた」

「死んだのか？」とキッド。

「ああ、死んだ」とジョー。

「たしかに、ひでえツキのなさだな」とファロ・ビル。

「それで終わりじゃねえんだ。それから二年後、ある晩、おれはアビリーンに向かって馬を走らせてた。当然、〈タトルズ・サルーン〉であったことなんかすっかり忘れてて、サークルP牧場から町までの道中で安酒を何口か飲んでぼうっとしてたから、通りにはおれと、二十メートルくらい離れて向きあってるふたりの男しかいないことに気がついたのは、柵《さく》に馬をつないでる最中だった。身を隠す間もなく、ふたりは銃を抜き、弾がなくなるまで撃ちあったので、おれのいるところまで火薬の匂いが漂ってきた。そしてひとりだけが立ってた。

町の住人たちが、燃えてる納屋から逃げだすネズミのように飛びだしてきて、通りに立ってる大柄な男に群がった。男はおちつきはらって拳銃に弾をこめなおしてた。絶好の的なのに、かすり傷ひとつ負ってなかった。もうひとりの小柄な男は、砂にまみれて血を流しながら押《お》っ死《ち》んでた。野次馬のひとりが、〝おっと！ こいつはリトル・ディック・ウェストじゃねえか！〟といった。するとべつのやつが〝いや、見下げはてた腹黒野郎のリトル・ディック・ウェストは何年か前にウィチタで葬《ほうむ》られたはずだ〟と言い返した。聞きおぼえのある押し問答がはじまって……おい、チャンク、なんかいったか？」

「こんどはおれにも聞こえたぞ」とファロ・ビルがいった。

「おれも聞いた」とキッド。「だが、馬がいびきをかいただけかもしれねえ」

「馬なもんか、馬鹿いうな」とカナリア・ジョー。「〝イ、イル〟って聞こえたぜ」

「きっとそうだ」とキッド。

「話を続けろよ」とファロ・ビル。

「その安酒をもうちょっと飲ませてくれ、キッド」

「残念、もう空っぽだ、ジョー」

「おめえの鞍袋《くらぶくろ》にもう一本入ってるじゃねえか。入れるところを見たぞ」

「ちくしょうめ、ジョー。あれは道中用なんだ」

「その瓶をとってこねえと、その道中がなくなるぞ」

キッドは焚き火越しに、冗談か本気か見極めようとしているかのようにジョーをじっと見つめてから、ふらふらと立ちあがって闇のなかへと消えた。寝ているところを邪魔された馬たちがひづめで地面をひっかく音が聞こえてきた。カナリア・ジョーは灌木と残っていた三本の枝を火にくべ、立ちのぼる煙を手で払った。ファロ・ビル・ブロディはダラムを巻いてタバコをつくり、火をつけた。キッドはもどってくると、瓶の栓《せん》をあけ、長く、挑戦的にひと口飲んでから、またすわった。キッドは瓶をジョーに渡して腰をおちつけた。

「で、さっきいったように、おれも見にいったんだ」

「リトル・ディックだったのか？」とキッドがたずねた。

「そのときはよくわからなかったんだ、キッド。だが、あとになってからじっくり考えた。シャツについてる嚙み煙草の汁のしみはあってた。かじられたみてえな帽子もあってた。背の高さも体重もだいたいあってた。問題は、右目と、そのちょっと下の頰に弾を食らってて、色男ぶりがぐしゃぐしゃになってたことだ。だが、道に倒れる前から汚れてた。それはたしかだった。

とにかく、野次馬たちはまだ、あいつかどうか言い争ってたが、おれは一杯ひっかけたくなった。だれだってそうなるさ。なにしろ、カンザスのニュートンでリトル・ディック・ウェストが撃ち殺されるのを見たのかもしれねえし、いまさっき、またあいつが撃たれるのを見たのかもしれねえんだ。そんなことがあったら、だれだってビビるってもんだ。だからおれは酒場に向かった。両開きのドアを通り抜けようとしたとき、また銃声が響いたので振り返ると、野次馬が、静かな池に小石を投げ入れたときの波みてえにあとずさりしてた。その中心にいた、大柄なガンマンが膝をついてた。そしてそいつはうつむけに倒れて地面でもがきだしたんだ」

ジョーは瓶からふたたびひと口飲んでファロ・ビルに渡した。

「で、なにがあったんだ?」とキッドがたずねた。

「そいつは自分の金玉を吹っ飛ばしちまったんだ」とカナリア・ジョーが答えた。「レミントンをホルスターにおさめようとしたときにな。どうやってそんなことになったのかはわからねえが、とにかくやっちまったんだ。酒場での噂《うわさ》じゃ、そいつは何時間かで出血多量で死んだんだそうだ」

「なんてこった」とキッド。「とんでもねえ話だな。その酒瓶、おれにもまわしてくれよ、ビル」

「話はそれで終わりじゃねえんだ」とジョー。「あとちょっとある。それから六、七カ月後、おれはウィチタにいた。これといったあてもなく、ただぶらぶらしてたんだ。モンタナにはおれを吊るし首にしたがってるやつらがいたが、気にしちゃいなかった。おれはラウディー・ジョー・ロウのダンスホールで、酒を飲みながら女を物色してた。夜のお楽しみにはいくらかかるだろうと考えながら。さて、覚えてるか、リトル・ディック・ウェストはウィチタで撃ち殺されたはずだってことを」

「最初にな」とキッド。

「おれたちの知るかぎりではな」とファロ・ビル。

「農夫に撃たれたんだが、その農夫の家はひと月後に火事になって、農夫も一緒に焼け死んだんだ。この話の続きがわかるか?」とカナリア・ジョー。

「わかるような気がする」とファロ・ビル。「おめえが女を物色してるときに入ってきたのは……」

「リトル・ディック・ウェストだったんだ。そうとも。なにくわぬ顔でカウンターのおれのすぐ横に立ってウイスキーを注文しやがった。こんどは間違いなかった。賭けたっていい。こんどは頬にも目玉にも弾を食らってなかった。近かったから、臭いまでわかった。ひでえ臭いだったぜ。おなじくそったれな帽子をかぶって、おなじくそったれな嚙み煙草の汁だらけのシャツを着てて、ニュートンで抜いたのとおなじくそったれなコルトを下げてた。

ウィチタの連中は、この手のことには物覚えが悪いらしく、だれひとり目をぱちくりしてなかった。バーテンダーは酒を出したし、飲んでた連中は飲みつづけてた――女たちの何人かは、まあ、いいんじゃないって感じでやつを見てた。だがおれは、つい最近やつを見たばっかりだったから、記憶がちょっとばかり新しかった。だから最後の一杯の金を払うと、その店からさっさと逃げだした。なんたって、リトル・ディック・ウエストは、この世でいちばんツキのねえ男だってことをはっきり知ってたからな。それは間違いねえ」

西風が吹きはじめた。夜明けまであと数時間のいま、夜はさらに冷えこんでいたので、男たちは黙って順番にひと口ずつ酒を飲むと、火で手を温めた。キッドは、首を振りながら、運とリトル・ディック・ウエストについて考えていた。ファロ・ビルはまた紙でダラムを巻き、燃えている小枝でタバコに火をつけた。馬たちは寒いなか、いびきをかきながら眠っていた。

「少し寝たほうがいいぞ、みんな」とカナリア・ジョーがいった。「明日も長いこと馬に乗らなきゃならねえんだ。おれはくそったれな薪《まき》をもう少し集めてくる。朝までもたせなきゃならねえからな」

ジョーは立ちあがると、待ちかまえている闇のなかへゆっくりと歩きだした。

「リ、ト、ル・デ、ィ、ッ、ク・ウ、ェ、ス、ト、に気、を、つ、け、ろ、よ」とファロ・ビルが笑いながら声をかけた。そのとき、ジュニパーの木にもたれて死にかけていたチャンク・ハーバートの口から、ビルの言葉のこだまが聞こえた。こんどははっきりしていて、間違いようがなかった。〝イ・イル〟でも〝リリー〟でもなく、「リ・トル・ディック・ウェスト、おれはカンザスのダッジシティでリトル・ディック・ウェストを撃ったんだ」といった。そしてその直後に起こった、おそらく四方八方からの一斉射撃によって、チャンクの運も、ほかの男たちの運も、永遠につきたのだった。

暴虐

Bully

いまや堰《せき》を切ったようにどんどんあふれだしている。話題が次から次へと飛び、まとまりがない。天気と世間話をすませたわたしは、彼が二十年以上ためこんでいた記憶を解き放ったらしい。わたしがウイスキーを一杯飲むあいだに三杯飲んだせいかもしれないが、それ以上に深い理由がありそうだ。自分が何者で、どうしてそうなったかを語りだしたのだろう。

「いまだに馬に乗れないんだ。近づきたくもない」それがなぜ六十代はじめのニューヨーク大学法学教授を悩ませているのか不思議だ。たしかに農場育ちらしいけど、でも、たしか、実家は酪農家だったはずよね。彼は説明しないまま、次の話題に移る。

「父がどんな男だったかを教えよう。氷山の一角だがね。見えていた部分はこうだった。母は大家族の出身で、兄弟姉妹が十人もいた。だから、特に夏になると大勢のいとこたちが遊びにきた。当時のサセックス郡は美しかった。なだらかな丘陵と広々とした農地が広がってて、夏にはすべてが緑に包まれた。父のジョンはいつも子供たち、つまりいとこたちを出迎えた。それがお決まりだったんだ。

男の子とは、大きなたこだらけの手で握手をした。握りつぶして相手の指関節に激痛をもたらす握手を。女の子たちは、ぎゅっと抱きしめて地面から持ちあげた――父は百八十センチを超えてたんだよ。それに、週に二回しか剃《そ》らないので、二、三日分のびているひげを子供たちの頰にこすりつけた。楽しい遊びをしてるみたいに、にやにや笑いながら、子供の手を握りつぶしたり、ひげをこすりつけたりしたんだ。なのに、親が文句をいうのを聞いたことはない。ただの一度も。ジョンじゃしょうがないってことになってたんだ」

彼はグラスを手にふかふかな縞《しま》模様のソファにもたれ、脚を広げてちらりと天井を見上げる。天井は低いし、ワンルームのアパートメントは狭いが、狭さは感じない。壁にスペースが多くて開放感があるからだ。リビングに飾られているのは二枚の複製画だけだ。一枚は怒った男ににらまれてうずくまる芸者が描かれている日本の版画で、もう一枚は干し草の季節のイギリスの田園風景だ。

しかし、彼は幼少期を過ごした農場を忘れたわけではない。古いブリキの洗濯板とふたりで挽《ひ》く大きなノコギリとチェッカー盤とふるいも壁にかかっている。家具はほとんどが初期植民地時代風の素朴な感じのもので、わたしがすわっている揺り椅子と彼がすわっているソファを除くと使い勝手が悪そうに見える。めったに人を招かないのだろう。

わたしは広い家に慣れている。広すぎたのかもしれない。メアリが大学に行き、母が亡くなってからは、サラソタのメゾネット・コンドミニアムが、蝶《ちょう》が抜けだしたあとの空っぽの繭《まゆ》のように感じられることがある。

彼のグラスはほとんど空になっている。わたしのはまだ半分残っている。彼はもう一杯飲むつもりなんだろうかとわたしは考える。

「兄の話をしよう」と彼がいう。

彼の兄のスティーヴは三年前に癌で亡くなった。

「兄は22口径のライフルが、それに弓矢も、ものすごくうまかった。でも、狩りはからきし下手だった。父がいうには、獲物の動きを先読みできなかったんだ。ウサギやキジを撃つには、動きを予測しなきゃならない。スティーヴにはそれができなかった。でも、わたしはずっと、兄はわざとはずしてたんじゃないかと疑っていた。

ある夜、父は、ビルおじさんとジャッキー・ワーツとカル・ハンプシャーとアライグマ狩りをすることにした。カルが犬たちを連れてきた。兄のスティーヴはまだ十三歳で、夜の狩りは初めてだったから、父に誘われて大喜びだった。兄によれば、満月に近い星空の下、四人の大人と一緒に、前方で吠えまくる犬たちを追って森のなかを歩くのはすごく楽しかったんだそうだ。わくわくしたらしい。だが、もちろん、アライグマは木に追いあげられた。

小さな空き地に出ると、四、五メートル上の枝でアライグマがうずくまっていて、六匹の犬がうなりながら飛びつこうとしていた。父はスティーヴに22口径のライフルを渡し、撃てと命じた。兄にとって簡単な一発だった。でも、兄は撃ちたがらなかった。ひとつには、簡単すぎてつまらないからだ。だが、じつのところ、兄はまだ一度も生き物を殺したことがなかったし、これから先も殺したくなかったんだ。まして、月明かりに照らされている、おびえきった気の毒なかわいいアライグマを撃ちたくなんかなかった。

兄は父にライフルを返そうとした。だが、父は肩をすくめて、おまえが頭を撃ち抜いて即死させるか、おれが肩を撃って犬に与えるかだ、といった。好きなほうを選べ、おまえしだいだ、と。

兄は撃った。それ以来、二度と狩りには行かなかった」

彼はグラスを揺らして氷を回転させると、立ってキッチンのほうに歩きだす。もう一杯飲むつもりだ。途中で振りかえって、わたしに向かってグラスを軽く上げる。

「すまない」と彼はいう。「頭のなかがごちゃごちゃだ。きみはどうだね?」

「ありがとうございます。だいじょうぶです」

ほんとうはだいじょうぶではない。動揺している。彼の話のせいだけでなく、ジョン・マクフィーについてすでに知っていたことのせいでもある。これまでの話はそれを裏づけるばかりだ。

彼はスコッチを持ってもどり、わたしはスカートのしわをのばす。緊張しているときの癖だ。わたしは、まだおたがいをよく知らないことを思いだす。彼はわたしの遠い親戚だ。顔をあわせるのは今夜がはじめて。電話で話したことはある。だが、そのときも、昔のことはほんのちょっとしか話さなかった。

「馬のことを話しかけていましたよね」

彼は笑う。

「父の乗馬の教えかたのせいだったんだ。というか、乗れなくする方法かな。父も母も馬を飼っていた。一緒に乗ることはめったになかったが、ふたりとも馬に乗るのが好きだった。仕事には使わなかった。純粋な趣味だったんだ。で、六歳か七歳のとき、わたしは、馬に乗りたいと父にせがんだ。ある日、父はチェスターという名前の自分の馬に鞍《くら》を置いてわたしを乗せた。だが、鐙《あぶみ》を調整してくれなかった。足が全然届かなかった。そう訴えると、父は気にするなといった。そして馬のケツを——下品な言葉で失礼——平手打ちした。チェスターは走りだし、わたしは反対方向に転げ落ちた」

通りからサイレンが聞こえ、わたしは彼の背後の開いた窓に目を向ける。彼はそれに気づく。

「近頃は聞こえないこともあるんだ」と彼はいう。「消防署が南に二ブロックのところにある。聞こえるときもあれば、聞こえないときもあるのさ。毎日、だれかが緊急事態に見舞われて、だれかが災難にあっていると考えるようにしてるんだ。そう考えると気が楽になるような気がしないかい？」

「井戸のことを話してください」とわたしは頼む。

彼は目をぱちくりしてからわたしをじっと見つめる。話の腰を折ったのはわかっているが、わたしはこの話を聞くためにここへ来たのだ。

彼はウィンストンの箱を手にとり、一本出して火をつける。

「残酷さにも段階があると思う」と話しだす。「わかるかな？　だれかがすごくひどいことをしても、もっとひどいことがある。このあいだこんな話を聞いた。ある男がブルーミングデールズ百貨店の毛皮売り場に入っていく。六人の女性がミンクとかセーブルとかの毛皮を試着している。そこへその男が毛皮のロングコートを着てあらわれる。だが、ただの毛皮じゃない。犬の皮をパッチワークにした毛皮なんだ。プードル、チャウチャウ、ハスキー、ウィペット、長毛、短毛、なんでもありだ。

『みなさんは犬を飼われていますか』と男が問う。『そのコートを着て犬の散歩をするんじゃありませんか？　ほら、わたしはいま、まさに犬の散歩をしてるんですよ！　いかがですか？』

男はその女性たちにひどいことをしたといえるよね？　挑発して困惑させたんだから。残酷だとはいえるだろう。でも、どっちがよりひどいんだろう？　犬の皮を着た男だろうか、それとも女性たちだろうか？」

「ブルーミングデールズのほうがもっとひどいと思いますね」

彼がなにをいわんとしているのかわからない。

「なにをいわんとしているのかわかりません」とわたしは告げる。

彼はひと口飲んで、「ああ、くそ」という。「わたしにもわからないんだ」

わたしは待ち、スコッチを飲み干す。スコッチは、残りわずかになって氷が溶け、味がまろやかでクリーミーにならないと、あまり好きではない。いまは悪くない。

「きみが見なかったことを話そう。だれも見なかったことを。家族以外はだれも。スティーヴとわたし以外は」

彼はまだ井戸の話をはじめない。わたしは、まあいいか、彼のペースで話してもらおう、と考える。

「父と母のあいだでなにが起きていたかは、だれも見ていなかった。ところで、どうしてきみにこの話をすることになったんだっけ?」

すでに電話で話したのだが、彼は覚えていないようだ。

「母が亡くなったあと、アルバムを整理していたのです。写真を小さな三角コーナーで固定するタイプのものです。日付が書かれている写真もあれば、そうでないものもありました。裏に母の筆跡で人物の名前が書かれているものもあれば、そうでないものもありました。わたしはほとんどの人を知っていました。おば、おじ、いとこたち。そして母の〝女友達たち〟の写真もありました。でも、一枚の写真が気になったんです。その写真には、柵に寄りかかっている女性が写っていました――具体的には、柵のいちばん下の横木に片足を乗せて、まっすぐにカメラを見つめている女性が。その人はきれいで、すてきな笑顔をしていただけでなく、すごく……強そうに見えました。強くて……誠実そうに。

そう表現するのがしっくりきます。強くて誠実。そんな印象を受けたのです」

彼は真剣な面持《おもも》ちでうなずく。

「そうだね。母にはどっちもあてはまったよ」

わたしは敬意をこめて間《ま》を置く。

「それで、アルバムからその写真を出して裏を見たのです。でも、母はなぜか、その写真にはなにも書いていませんでした。名前も日付もなかったのです。ただ、その人が着ているシンプルなプリントドレスから判断すると、一九二〇年代後半か三〇年代はじめに撮られたものだと思いました——そのドレスには大恐慌時代の雰囲気があったからです。ウォーカー・エヴァンズが撮った女性たちのほとんどよりもずっときれいでした。あなたのお母さまは、エヴァンズの写真のような感じだったのですが——あなたがおびえたり思い悩んだりしている様子もありませんでした。でも、撮影時点ではまだ二十代だったんじゃないかとも思いました。それを考えると、その人の……印象がますます驚くべきものに思えたのです。つまり、こんなに若い女性なのに、と。

とにかく、その週末にケイトおばさんが母の遺品を整理しに来ることになっていたので、おばさんならこの女の人がだれかを知っているかもしれないと思いました。それで、忘れずに聞けるように、キッチンカウンターのコーヒーポットの横に写真を置いておいたのです。たんなる好奇心からでした。すると、コーヒーを飲みながらすわっているとき、おばさんがその写真に気づいて、『あら、いとこのルイーズじゃないの。ジョンの奥さんの』といったのです。最初はうれしい驚きという感じでしたが、すぐにひどく悲しげな表情になりました。

　おばさんは知っていることを話してくれました。あなたのお母さまが三十歳で井戸に落ちて首の骨を折って亡くなったこと。捜査がおこなわれたこと。事故死と判断されたこと。あなたのお母さまは夜、ランタンや懐中電灯を持たずに外に出て井戸に落ちたということになったのだそうですね。ちょっと待って、そんなのおかしい、とわたしは思いました。自分の農場の、自宅の敷地内の井戸に落ちるなんてことがある？　おばさんにたずねましたが、答えてもらえませんでした。でも、ケイトおばさんは気持ちが顔に出やすいのです。なにかを隠しているのが明らかでした。

　それで、何カ月ものあいだ、ときどきそのことを思いだしてはもやもやした気持ちになっていました。気になってしかたなかったんです。わたしの親戚が。あの強そうに見えた女性が。どうしてそんなことが起こったのかしら？　そう、靴のなかに小石が入っているような感じだったのです。そして、ついに勇気を奮《ふる》い起こしてあなたに電話したのです」

　彼はうなずく。そして、まるでわたしの話をほとんど聞いていなかったかのように、話の続きをはじめる。

「だれも見ていなかったのは、父が母をどう扱っていたかだ。父は怒りっぽかった。どうしてかは、わたしにはわからない。戦争のせいだったのかもしれない。それとも祖父から受け継いだのかもしれない――血のせいだったのかもしれない。結局のところ、それは重要じゃない。なぜなら、父は、酔っていなくても、ちょっとしたきっかけで激怒したからだ。ただ、ビールは好きだったがね。

問題は、母がいつもわたしたちのために耐えていたことだ――わたしたちふたりのために。自分のためだけじゃなく、わたしとスティーヴのために。あの男は、絶対に子供を嫌っていた。間違いなく、息子たちを憎んでいた。でも、母はいつも盾になってくれた。ほとんどすべてを母が受け止めてくれた。わたしたちが手を出されることはほとんどなかった。まあ、〝ほとんど〟という部分は強調しなきゃならないだろうがね。それでも、公平な分担とはいえないほど、母が受け止めてくれたんだ。

母が反撃したときがいちばんひどかった。母はたいてい、父の気がすむまでやらせていた。だれも知らなかった。父は母の顔には手を出さなかったからだ。決して。体だけだった。そういうところには頭がまわった。人目につかないところだけをねらったんだ。でも、何度か肋骨を、それも何本も折ったことは事実だ。わたしは、少なくとも三度、父が母の肩を脱臼《だっきゅう》させて、それから元にもどすところを見た。父はそれが好きらしかった。とんでもない激痛だっただろうが、あとに残るのは青あざだけだった。母の悲鳴を聞いているときのわたしの気持ちは、きみには想像もつかないだろう。父は母を殴った。蹴った。全身を。文字どおりに全身を。それなのにわたしは……」

そして、おそらく避けがたかったことが起こる。

彼は声を押し殺して泣きだす。体を震わせて。

どうしてわたしはこんなことをしてるの、とわたしは自問する。この人からなにを得ようとしてるの？

なんのためにここに来たのかしら？

「母はすべてに耐えた」と彼は静かに続ける。「すべてに。わたしたちのために」

「ごめんなさい、ジェフ。わたしが……」

「いや、気にしなくていい。きみのせいじゃない。このことはいつも考えてるんだ、信じてくれ。でも、たぶん母に似て、話しはしないがね。母はあんなにも勇敢だった！　どうして、あんなに勇敢じゃなければならなかったんだろう？」

わたしは我慢できなくなる。手をのばして彼の手をとる。それはわたしたちふたりにとってよいことだと思う。しばらくすると、彼のすすり泣きが少しおさまる。

「やっぱり、もう一杯いただきます」とわたしは彼に頼む。

ふたりともスコッチを飲みつづけている。彼は五杯めだが、問題はない。たいして酔っているようには見えない。話をすることによってアルコールが覚めているのかもしれない。

またも話題がそれている。とりあえず、これはこれでいいのかもしれない。わたしは彼に、メアリのこと、離婚後にフロリダで娘を女手ひとつで育てたこと、母が癌で亡くなったことを話した。彼の兄のスティーヴとおなじ癌だった。スティーヴは腫瘍《しゅよう》専門医になり、皮肉にも自分の病気を自分で診断するという珍しい経験をしたのだぞうだ。腫瘍専門医。法学教授。ジャージーの農場育ちの兄弟が、たいした出世をしたものだわ、とわたしは思う。

「あの最後の夜」と彼はいう。「母はポーチの下にいた」

「ポーチの下？」

「争う物音がしていたあいだ、スティーヴとわたしはずっと部屋にいた。いつも以上にひどい母の悲鳴、父の怒鳴り声、平手打ちの音、うめき声、家具にぶつかる音が聞こえていた。しばらくして静かになった。だが、どうなっているかわからなかったから、わたしたちはしばらく様子をうかがっていた。ようやくスティーヴがドアをあけて廊下を進んだ。わたしもついていった——このとき、父は酔っぱらっていたんだと思う。ソファでいびきをかいて寝ていたからだ。あたりにビールの空き缶が散乱していた。

だが、母が見つからなかった。キッチン、寝室、浴室を探した。外のポーチまで行った。暖かい夜だったから、階段かポーチのブランコにいるかもしれないと思ったんだ。だが、そこにもいなかった。家のまわりを歩いて探した。スティーヴが、父を起こさないように小声で母を呼び、納屋まで行ったが、返事はなかったし、母の姿はどこにもなかった。

そのころには、わたしたちはかなりおびえていた。母があの残忍な男にとうとう愛想をつかして逃げだしたのかもしれないと思ったからだ。そうだったとしても、わたしたちは母を責めなかっただろう。だれが責められる？ そういう可能性まで考えていたんだ。だが、そうなるとわたしたちが父の元に残されてしまうので、母がそんなことをするとも思えなかった。わたしたちを置き去りにするなんて、母らしくなかった。そういうわけで、わたしたちは、それなら、父が母を殺してしまったのかもしれない、と考えはじめた。父がかっとなってそこまでしてしまったんじゃないかと。

だから、そのあとは、正確には、わたしたちが探しているのは母じゃなかった。自分たちは母の死体を探してるのかもしれないと思っていたんだ」

「なんてことなの」

「スティーヴが納屋から懐中電灯を持ちだした。第二次世界大戦中のやつさ。知ってるかい？　ベークライト製で、逆L字型のやつだよ。まず納屋を探し、それから納屋の裏、家の裏、道路、その両側の野原を探した。影も形もなかった。結局、たんに疲れはててしまったんだと思う。完全に力尽きたんだと。だから家にもどった。そのときスティーヴが、まだ探していない場所があることに気づいた。ポーチの下だ」

「そこで見つけたんですね？」

彼はうなずく。「そう、そこで見つけたんだ。罠《わな》にかかった動物みたいに、ゴミ箱をあさっているところを見つかったアライグマみたいにうずくまっていた。母がわたしたちになんていったと思う？　パパには黙っててね、だ」

彼のグラスにはスコッチがまだ残っている。彼は飲む。わたしも飲む。

「だが、このときはいつもと違っていた」

「どう違っていたんですか？」

「顔がめちゃくちゃだったんだ。このときは顔を殴られていた。ひょっとしたら顔を蹴られたのかもしれない。そのくらいひどかった。片目は完全にふさがっていたし、もう片方もほとんどふさがっていた。唇は裂け、顎の片側が青く腫《は》れあがっていた。かわいそうに！」

彼はいま、その顔を見ているのだ。間違いない。

十歳の子供にもどって、最後に見たときの母親を見ているのだ。無惨《むざん》なありさまの母親を。

「父はそれまで、そんなことは一度もしなかった。あのろくでなしは、いつも用心深かったんだ」

また、サイレンの音が聞こえている。複数のサイレンが。大都会は今夜も大騒ぎらしい。

聞こえるときもあれば、聞こえないときもある、と彼はいった。今回は聞こえていないらしい。

「母は、わたしたちにもう寝なさいといった。何事もなかったかのようにふるまいなさいと。明日も、わたしの顔がふだんどおりであるかのようにふるまいなさいと。だから、いわれたとおりにした。兄とほとんど言葉を交わすこともなく、服を脱いで寝たんじゃないかな。兄にもわたしにもいろいろな思いがあったと思う。だが、朝になっても芝居をする必要はなかった。

父は、夜が明けるとすぐに母の失踪《しっそう》を届け出た。わたしたちが起きると、保安官事務所から来たふたりの副保安官が、キッチンでコーヒーを飲みながら父と話をしていた。電話で話したから、そのあとのことは知っているはずだね」

知っている。捜索隊のこと。長い間干上がっていた深い古井戸のこと。そのあとの捜査のことは。捜査と呼べるものだったかどうかは疑問だが。

「ただ、あのときに話さなかったことがひとつある」と彼はいう。「わたしたちは父のことを警察に訴えたんだ」

「え？」

「ダウニー保安官に、父は母を殴っていたとね。わたしたちはもう、検死解剖のことを知っていた。だから検死解剖してほしいと頼んだ。レントゲンを撮って、父が長年にわたって母の骨を何本も折ったことを明らかにしてもらいたかった。保安官は話を聞いてくれた。検討する、報告書に明記すると約束してくれた。

だが、父とダウニー保安官は狩り仲間だった。ふたりとも在郷軍人会の会員だったし、エルクス・クラブの会員でもあった。だから、結局、検死解剖はおこなわれなかった。でも保安官は、父にわたしたちに手をあげるなと警告してくれたんだと思う。

脅したのかもしれない。というのも、それ以来、父は二度とわたしたちを殴ろうとしなかったからだ。怒っても、酔いつぶれるまで飲むだけになった。まるで、スティーヴとわたしを怖がっているみたいだった。もう一杯どうだね？」

わたしは無意識にグラスの氷をまわしていることに気づく。

「ええ、お願いします」

運転する必要はない。近くのホテルの部屋をとってある。二、三杯は飲んだのだから、タクシーを拾ってもいい。彼が飲み物をつくってもどってくるが、このときは腰をおろすときにわずかにふらつく。

「わたしはこう考えている。父はその夜か早朝に目を覚まし、母を探しに行って、ポーチの下で見つけたんだろう。そして、今回はだれかに気づかれるとさとったんだ。わたしたちの家を訪ねてくる人はめったにいなかったが、当時は近所の人がひょっこり立ち寄ることもあった。なにかを借りに来たり、ただおしゃべりをしに来たりしたんだ。そして、母の顔の怪我《けが》はごまかしがきかないほどひどかった。病院に行かなきゃならないほどだったんだ。

父は証拠を隠滅したんだろう。母の首を折って、井戸に遺体を捨てたんだ」

「まあ、なんてこと」

電話でもおなじことをいった。だが、繰り返す価値があるように思える。

「じつは、きみが電話してくれてよかったと感謝しているんだ」と彼はいう。ほとんど聞きとれないほど小さな声で。

「そうなんですか?」

どうして彼が感謝しているのか、見当がつかない。初対面の相手に過去を詮索《せんさく》されているのに。

「心のどこかで、ずっとあそこにもどりたいと願っていた。長いあいだ、ずっと。きみの電話をきっかけに、やっと実行したんだ」

「お父さまと会ったんですか?」

彼の父は八十代だ。いまもおなじ農場に住んでいる。確認ずみだ。

「スティーヴの葬式以来、会っていなかった。そのときが、たぶん二十年ぶりかそこらだった。兄の葬式では、だれも父のとなりに立とうとしなかった。だれひとり。そして父は、式が終わるとすぐに帰ってしまった。筋肉がすっかり落ちていた。記憶よりずっと小さく見えた。体重は五十キロもなかったんじゃないかな。だが、ああ、会ったよ。最後に一度、農場で。もう二度ともどるつもりはないがね。

スティーヴとわたしは心から検死解剖を望んでいた。だまされた気分だったんだ、わかるかい？　まるで世界じゅうにだまされたような気分だった。父と保安官事務所にだけじゃなく、みんなにね。だって、母には聞いてもらえる権利があったはずなんだ。あの井戸から、あの墓から世界に向かって叫び、父を告発する権利があったはずなんだ。

だから、わたしが——今回——行きたかったのは井戸だった。家に行く前に井戸に行った。まず、井戸に行った。そこで耳を澄ました。静かないい日だった」

彼はグラスを上げる。飲もうか飲むまいか迷っているようだ。飲まずに置く。またサイレンが鳴る。

「母がいわなければならなかった言葉が聞こえた。それから家に行くと、父がいた。椅子にすわっていて、わたしを見てひどく驚いた。そして、そのあともう一度井戸に行ったとき、わたしはひとりじゃなかった」

三十人の集い

Group
Of Thirty

ランチタイムの直前に電話が鳴った。パソコンの前に義務的にすわってはいたものの、仕事をしているわけでは、執筆しているわけではなかった。事務連絡のメールを書いているのですらなかった。ウェブサイトに二週間分たまっていたファンメールを読み、かつてないほどインチキをしているような気分になっていた。ファンへの返事を書く気力すらなかった。

電話に出る気にもなれなかった。

留守番電話がきちんと作動した。

そして声が聞こえてきた。「もしもし、ダニエルズ先生。ええと、はじめてご連絡させていただいています。ウィル・ハリスと申します。リヴィングストン――ニュージャージーの町です――のエセックス郡SF同好会の者です。お願いがあってお電話させていただきました。ええと……わたしどもの会員の何人かは長年、先生の作品を愛読しているので、月例会で先生に講演をしていただけないかと思いまして。もっと早くお電話をさしあげればよかったのですが、スティーヴン・キングさんが先生のご本名を明かし、マンハッタンにお住まいだと書かれている『隣人たち』の限定版を見つけたばかりでして。マンハッタンの電話番号案内に電話したら、この番号が登録されていて、教えてもらえたのです！　ＳＦはあまりお書きにならないことは存じておりますが、わたしどもはファンタジーとホラーにも関心があるのでかまいません。ハロウィンが近いこともあって、今回はホラー作家をお招きできたら最高だということになったのです。もちろん、経費は当方で負担させていただきますし、お食事もご用意させていただきます。それから……」

留守番電話が切れた。声の主を想像しながら、男がもう一度電話をかけてくるのを待った。若い。〝最高だ〟のいいかたでわかる。二十代か、ひょっとしたら三十代かもしれない。白人で中産階級だろう。電話をかけ慣れてはいる。だが、プロというほどでもない。ブローカーではなさそうだ。

セールスマンかもしれないな。

電話がまた鳴った。留守番電話が作動した。

そして、「申しわけありませんでした、ダニエルズ先生。とにかく、経費とお食事は当方で負担させていただきます。サインして販売するための本をお持ちいただいてもけっこうです。参加者は約三十名で、みな熱心な読者です。もしご興味がおありでしたら——そうであることを願っておりますが——十四日土曜日ではいかがでしょうか？　ただし、二十一日のほうがご都合がよろしければ、そちらでもかまいません。あらためまして自己紹介させていただきますが、ウィル・ハリスと申します。連絡先は２０１‐９９２‐６７０９です。繰り返します。２０１‐９９２‐６７０９です。お返事をお待ちしております。ありがとうございました。失礼いたします」

彼はすわったまま、パソコンの画面に表示されているメッセージのリストを見つめた。

わたしの愛読者たちだ。わたしはこの人たちにどんな借りがあるんだろう？　借りはあるんだろうか？　あるような気がした。なにしろ、わたしは本を通じて世界に手を差しのべ、世界——少なくともその一部——はそれに応えてくれているのだ。ファンの反応などどうだってよかった。はじめのころはそうだった。だが、現実には気にせざるをえない。

最初のうちは楽しかった。コンベンション、朗読会。二十も年下の若者たちがわたしのサインを求めて列をなす。わたしとひと言話そうとして。なにしろ、彼らにとって、わたしはヒーローなのだ。この恐ろしい、ホラー作家は。若者の多くが作家志望だった。二十も年下の女性も多く、わたしとベッドをともにしたがる者までいた。

何度か賞を受賞した。大勢と握手をした。手指消毒液の最初はべたつくがやがてなめらかになる感触にも慣れ、ファンを不快にさせないよう、さりげなく塗るコツを身につけた。ペンネームの崩したサインをすばやく書けるようにした。

だが、それをもう三十年以上続けてきたのだ。

まだ彼らに借りがあるのだろうか？

あるような気がした。

それなのにいま、無為にすわっていた。

自分のためにもなるんだ、と彼は思った。名声を高めるためじゃない。わたしの場合はちょっとした悪名だが。関係を持とうとする女性たちのためでもない。メッセージに返信し、会議やサイン会や大会に顔を出すことで、読者とのつながりを固めてるんだ。わたしがいなくなったあとも読者が長く読み継いでくれることを願って遺産を差しだしてるんだ。

すべては本のためだ。わたしの唯一の子孫だ。

だが、差しだせる時間はそんなに長く残っていない。

まだ何年かはあるだろう。だが、せいぜいその程度だ。

彼は肺気腫をわずらっていた。骨髄《こつずい》線維症も。いまのところ、どっちも重症ではない。どっちも慢性だ。じわじわと進行する。徐々にエネルギーを奪っていく。肺と骨髄のどっちが先に彼を殺すかを競っているようなものだ。

彼はいまもタバコを一日一箱吸っていた。

骨髄に賭けたほうがよさそうだな、と彼は思った。

とはいえ、まだほかの可能性も残っている。酔っ払って、それともしらふで不注意な行動をして落命するかもしれない。

六十を過ぎると、しょっちゅう腰が痛む。保湿しても肌が乾燥する。背が縮む。筋肉が落ちる。

まるで輸送中にひどく傷ついた荷物のようだ。

メッセージページを閉じ、ウェブサイトを離れて保存してあるメールを開いた。スクロールダウンする。ずっと下まで。それは十八カ月近く前のメールだった。

「心の底からあなたとやっていけたらと思う。でも、あなたとわたしは望んでいるのが違うの。おなじだったらいいのに。あなたは子供をほしがってないけど、わたしは望んでる。あなたはニューヨークに住みたがってるけど、わたしはニューヨークにうんざりしてる。わたしはもう三十四歳よ。前に進まなきゃならない。メールでこんなことを伝えるのは心苦しいけど、いまは直接話す勇気がないの。ごめんなさい」

そして、「愛をこめて、ケイト」

馬鹿げてる、と彼は思った。これをまた読みかえすなんて。削除するべきだ。消去するべきだ。ケイトの痕跡を完全に抹消するべきだ。

なのに、彼はケイトのメールをすべて保存している。酒を飲みすぎる夜もたびたびあるし、テレビも気をまぎらわす役に立たない。そういう特別につらい夜には、NetflixのレンタルDVDを見る気にもならない。借りてあるDVDの選択も間違っている。音楽は論外だ。音楽は本質的に幸せなものだからだ。悲しい曲でさえ。音楽は楽観主義だ。作曲し、編曲し、演奏するというのは楽観主義だ。ケイトがニューヨークにうんざりしているように、彼は楽観主義にうんざりしている。

創作の喜び。執筆意欲。この一年、彼はどちらもほとんど感じていない。いっこうに筆が乗らないのだ。朝、目が覚めると、頭のなかに、〈16トン〉や〈9時から5時まで〉のような労働のつらさがテーマになっているヒット曲が鳴り響く。「ねえ、勘定係さん、おいらが運んだバナナを勘定しておくれ」という〈バナナ・ボート〉の一節が。

そんなつらい夜には、彼はメールを読みかえす。一通一通、最初から最後まで。そんなメールが何十通もあった。

情けない《パセティック》、と彼は思った。〝パセティック〟という単語の語源になった古代ギリシャ語の〝パトス〟は、〝苦しみ〟と〝経験〟の両方を意味していた。古代ギリシャ人はジョークがわかっていたのだ。

先月、友人――最近の三冊のためにすばらしくも力強い表紙をつくってくれた画家兼デザイナー――の家でちょっとしたパーティーがあったので、酒屋に行ってシングルモルトを物色した。そして自分用にグレンモーランジを四十ドルで、パーティー用にグレンゴインを三十二ドルで買った。グレンゴインを買ったことはなかったが、安かったからだ。

パーティーで飲んだグレンゴインのほうが明らかにうまいと思ったので、数日後、またその酒屋に行って二本買った。一本を手に持ち、もう一本を脇に抱えて、曲がりくねった細い階段をおりてレジに向かった。なぜか、二階の店員がすぐうしろからついてきた。その店員は彼を空いているレジに案内してくれた。レジの女性に支払いをすませて帰宅し、VISAのレシートを見て驚いた。一本一一九・九九ドル。税込みで二六一・九八ドルだった。その二本は十八年物のハイランド・シングルモルト・スコッチウイスキーで、前に買ったのは手頃な十年物だったのだ。店員の親切な対応の理由がわかった。

三十秒ほど考えて、くそったれ、飲んでやる、と開きなおった。

じつにうまかった。だが、なぜか十年物のほうが好みだった。

パーティーで飲んだからかもしれないな、と彼は思った。出席者のほとんどは知りあいだったし、みな気さくで、楽しい時間を過ごせた。だからウイスキーをうまく感じたのかもしれない。

最近はほとんど外出してないな。

カレンダーを見た。十四日は予定がない。

ウィル・ハリスに電話をかけた。

予想はあたっていた。セールスマンだった。

ハリスは四十分かけて市内まで車で迎えに来て、帰りも送ると申し出たが、それだと往復するあいだハリスと一緒にいなければならなくなるし、ハリスが好感の持てる人物かどうかはまだわからなかった。ハリスに、たまには運転を楽しみたいと伝え、レンタカーの費用を出してもらえないかとたずねると快諾してくれた。

そのあと、エセックス郡ＳＦ同好会のことをすっかり忘れていたが、十一日の朝、エレノア・ブラッドリーという人物から、会場までの道案内つきの陽気な確認メールが届いた。壁掛けカレンダーで確認すると、たしかに講演は三日後に迫っていた。ハーツに電話してレンタカーを予約した。

十四日の朝、ソフトカバーの単行本を十二冊、旅行かばんに詰めてタクシーでアップタウンへ向かい、レンタカー会社のカウンターで書類に必要事項を記入した。十時半には西へ向かうリンカーントンネルを通過していた。ハリスにいったことは冗談ではなく、ほんとうに運転が好きなのだ。それにこの中途半端な時間帯なら交通量もかなり少ない。ニュージャージーはイメージが悪いが、ターンパイクを抜ければ二八〇号線は快適だった。

サウスリヴィングストン・アヴェニュー出口で降りると、すぐにルーテル教会が見つかった。一時間近く早く着いたので、そのまま通り過ぎて小さなデリを見つけた。うまい目玉焼きサンドイッチと悪くないコーヒーを注文し、車のなかで食べた。車内なら人目を気にせずにすむ。ほんのときたま、本の著者近影や映画のカメオ出演のせいで気づかれることがある。めったにないが、ありうる。いまは気づかれたくなかった。

食べおえると、日があたっている道路をもどり、教会脇の駐車場に車を停めた。

ウィル・ハリスが通用口で待っていた。寒いなか、どれくらい待ってたんだろう、と思った。ハリスは満面に笑みを浮かべて力強く握手をしてきた。髪は短く刈りこまれ、背筋はビリヤードのキューのようにまっすぐだ。元海兵隊にしては小柄すぎるので、海軍かもしれない。

ハリスの笑顔に応えながら、ダニエルズ先生はやめてくれと伝えた。ジョナサンでいいと。

ハリスは彼のかばんを持って階段をおりていった。下から興奮した話し声が聞こえてきた。

「ここは日曜学校の教室なんです」とハリスがいった。

日曜学校なら知っていた。子供のころに通わされたことがある。

「空気を悪くしないように気をつけますよ」と彼はいった。

教会そのものを通らなくてすんでほっとした。最後に教会に足を踏み入れたのはビル・スターの葬儀のときで、しぶしぶ参列したのだった。スターはいわゆる〝静かなホラー〟を書いていた。ミステリーにおけるコージーに相当するサブジャンルだ。たしかに奇妙だ。たしかに不気味だ。だが、血は流れない。ダニエルズの作品よりはるかにおだやかな作風だった。それでも、ビルがカトリックだったと知ったときはショックを受けた。この手の小説を書く人間はみんな自分とおなじだと思っていた。神を信じない異教徒だと。葬儀には腹が立った。イエスがどうのこうのばかりだったからだ。善良な男の死を利用して、くそったれな主を宣伝しているのを聞いて頭に来た。

ハリスがドアをあけると、片側に机が付属している学校用の椅子が並んでいる部屋で立っている出席者たちが、紙コップのコーヒーを飲んだり、ドーナツをほおばったりしながら歓談していた。

「みなさん、ベン・キャサディことジョナサン・ダニエルズさんです」

出席者が笑顔になって拍手する。五十歳くらいの、小柄でふくよかなブロンド女性が進みでて手を差しだした。わずかに足をひきずっていた。

「ダニエルズ先生？　エレノアと申します。エレノア・ブラッドリーです。メールを送らせていただいた者です」

「ああ。ジョナサンと呼んでください」

「ジョナサン。お越しいただき光栄です」

「エレノアは頼もしいリーダーなんです」とハリスがいった。

「幹事よ、ウィル」とエレノアは訂正した。

紹介が続いた。参加者のほとんどが中年以上なのは少し残念だった。ほしいのは若い読者なのだ。これから何年も本を読み、買いつづけてくれる読者なのだ。出席者を勘定すると、ぴったり三十人だった。三十歳未満に見えるのは三人だけだ。姉妹とおぼしいふたりのよく似た女性と、がっしりした体格でひげづらの若い男性だ。

これまでに何人の作家が招かれて講演したのだろうと考えずにはいられなかった。というのも、参加者たちから珍獣を見る目で見られている気がしたからだ。彼らにとって、わたしはまさしく珍獣なのだろう。

コーヒーを勧められたが断り、ペットボトルの水を受けとった。かばんをあけて机の上に本を並べた。六冊の長編を二部ずつ。

ハリスが彼を紹介し、彼が話しはじめると、机つきの椅子にすわっている聴衆は熱心に耳を傾けた。エレノア・ブラッドリーからメールで、ホラー小説の現状について語ってほしいと頼まれていたので、退屈なテーマではあるが、話しはじめた。ただし、そもそもからはじめることにした。入門編として、ポーとラヴクラフトとブラックウッドの略歴から、四〇年代、五〇年代のブラッドベリ、ブロック、スタージョンへと進み、すべてのモダンホラーの基礎となる七〇年代のブロックバスター、キングやストラウヴやブラッティやV・C・アンドリュースなどへと話を展開し、最後に自分の作品と年下の同時代作家たちの作品に触れた。

堅苦しくならないように努めた。ときおり笑いもとれた。特に反応がよかったのは、

「わたしは未来を描こうとしているのではなく、こうなるのを防ごうとしているのです」という、ブラッドベリの『華氏４５１度』についての発言だった。つまるところ、聴衆はＳＦファンなのだ。

納得だった。

最後に、ホラーとサスペンスやミステリーやSFやティーン向けロマンスとのあいだで起きている交配について話し、「わたしはホラーの未来を見た。それはそこらじゅうに転がっている」という、キングがクライヴ・バーカーに捧げた有名な賛辞のもじりで締めくくった（キングは、クライヴ・バーカーのデビュー作『血の本』に、「わたしはホラーの未来を見た。その名はクライヴ・バーカーだ」という賛辞を寄せた）。イマイチだが、よしとしよう。

そのあと、質問をつのった。

いつもの質問をされた。アイデアはどこから得るのか？　長篇を書くのにどのくらい時間がかかるのか？　どうしてそういうたぐいの小説を書くのか？

最後の質問は、ウィル・ハリスと並んで最前列にすわっているエレノア・ブラッドリーからで、口調にとげがあった。

ミズ・ブラッドリーは完全には承服していないらしい。彼はほほえんだ。

「読者を楽しませながらよい戦いをしようとしてるんです。だから、怒りをかきたてられるテーマを選ぶ傾向がありますね。小児虐待、動物虐待、スリル殺人、法制度などです」

「宗教は？」ひげづらの若い男性がたずねた。

「それも含まれますね。『侵入する異種』で一撃を加えました。『中絶』も同様です。どんな熱狂的な信者も、わたしにとって非常に恐ろしい存在です」

「でも、わたしたちはみんなそうなんじゃありませんか？」ハリスがいった。「信者っていうことです。人はみんな、なにかしらの信者なんじゃありませんか？　あなたは本を信じていますよね？」

「イエスでもノーでもありますね。本の力と価値は認めつつ、徹底的に疑うこともできるんです。ヒトラーの『わが闘争』を思いだしてください。サイエントロジーの教祖L・ロン・ハバード『ダイアネティックス』もそうです。『ラグナーの自作武器と簡易爆発物大全』なんてのもあります。有益な本ですよね」

「でも、自分の作品は信じてるんですよね？」ひげづらの男性がいった。

「もちろんです。わたしはおおむね、警鐘を鳴らすために小説を書いています。なんらかの形で役に立つことを願っています。ただ、第一の目的は楽しみを提供することです」

「楽しみ？」

姉妹とおぼしいふたりの若い女性の片方が眉をひそめながらいった。「若い女の子のレイプや拷問《ごうもん》が楽しみなんですか？」

『隣人たち』のことだ。

「もちろんそうではありません。あの作品は実際の出来事に、恐ろしい犯罪に基づいています。そこに楽しいところはまったくありません」

後方にいた髪の薄い男が立ちあがってフォルダーを振りかざした。「でも、あなたはそうだといってますよ！」

男はフォルダーを開いて読みあげた。

「ホラー専門誌『セメタリー・ダンス』八十一号のインタビューからです。『なかには書くのが難しい作品もあります。『隠蔽』のように、多くの調査が必要な場合もあります。執筆にとりかかる前にまる一年、下調べをしました。一方で、まるで口述筆記のようにすらすら書ける作品もあります。頭のなかですっかり完成していたかのように。『ホワイティ』や『隣人たち』がそうでした。テーマはたしかに深刻ですが、書くのは仕事とは思えませんでしたね。まるで魔法のようだったんです。すばらしい体験でした！』」

男はフォルダーを閉じた。

「わたしには楽しそうに聞こえますよ、先生」

なんだと？

ざわめきが起きていた。ふたりの若い女性がすわったまま振り向き、男にうなずいて賛意を示した。

「すばらしい体験といったのは実際の執筆作業についてです。テーマについてではありません。インタビューを読めばそれは明白じゃありませんか？」

「そうでしょうか？　あなたはこれを……この陵辱を想像して楽しんでたんです。満喫してたんです。若い女の子の苦痛と無垢《むく》を食い物にして！」

男はまたもフォルダーを振りまわしていた。赤狩りのときのマッカーシー上院議員の姿が頭に浮かんだ。吹きだしそうになった。『ここにある名簿によれば……』

男は激怒していた。

「電話でも申しあげたとおり、ダニエルズさん」とハリスがいった。「わたしたちはあなたの作品を読んでいます。ここにいる三十人で、あなたの作品のほとんどを読破したのです。あなたが犠牲者になにをするのか、殺す前になにをするかのリストをつくりました。エレノア？」

ミズ・ブラッドリーもフォルダーを持っていた。気づいていなかった。

「殴打、鞭打《むちう》ち、火あぶり、焼印、切断、レイプ、性器切除、去勢、顔面損傷、飢餓、噛みつき――たくさんの噛みつき――近親相姦《そうかん》、鋭利な物での突き刺し……」

「わかりました」と彼はいった。「たしかにわたしの本では多くの暴力行為が描かれています。だから？　この分野の作家なら、だれにでもおなじことがいえるんじゃありませんか」

「それは言い訳になりませんよ。わたしたちはこの分野の作家一般について話しているのではありません。あなたについて話しているんです」

こいつらはいったい何者なんだ、と彼は考えた。そしてたずねた。

「あなたたちは何者なんですか？　わけがわかりません。わたしになにをいってほしいんですか？　弁解しろとでも？　そんなことはしません。ただ、いえるのは、わたしが書いたことは、どこかでだれかが実際にやったということです」

「ええ、そうです」とエレノアはいった。「それこそがまさにわたしたちのいいたいことです。リンダ・デルーカ殺人事件をご存じですよね？」

「もちろんです」

「では、犯人たちが『隣人たち』をほとんどそっくり模倣したこともご存じのはずですね」

「それは小説のせいでもわたしのせいでもありませんよ。小説は小説です。だれかを殺すつもりになったら、方法は見つかるものです。犯人たちはべつの小説を参考にできたし、小説なしでも実行できたはずです。たまたまわたしの小説を選んだにすぎません。そしてわたしの小説は実在の事件であるジャクソン殺人事件に基づいています。それは知ってますよね？」

「ええ。では、整理しましょう。あなたは具体的にはなにをしたのでしょうか？　いまではそれほど多くの人が覚えていない——なにしろ一九八一年に起きた事件ですからね——実在の殺人事件をとりあげて一般向けの小説を書きました。そしてその小説がこんどはべつの殺人を引き起こしました。あなたは最初の殺人を永続化させたのです、ダニエルズさん！　おわかりですか？　でも、すみません、あなたの質問に答えていませんでしたね」

「え？　なんの質問ですか？」

「わたしたちが何者なのか知りたいとおっしゃいましたよね」

彼は待った。エレノアはファイルを机に置いた。

「ちょっとした嘘をついたんですよ。じつは、わたしたちはＳＦ同好会じゃないんです、ダニエルズさん。わたしたちのほとんどはSFに興味はありません。そして、実際にニュージャージーを拠点にしているわけでもありません。大半はニューヨーク州北部かインディアナ州から来ているんです。なぜなら、エリザベス・ジャクソンはインディアナポリスで殺され、リンダ・デルーカはピークスキルで殺されたからです。わたしたちはそのどちらかの住人だったのです！　ふたつのおそろしい出来事が起きた場所の！　わたしたちは何カ月ものあいだやりとりをしてきました。インターネットとあなたがわたしたちを結びつけたのです」

年のせいで油断したな、と彼は思った。この連中の素性をたしかめておくべきだったんだ。もうここを出よう。そしてその思いが顔に出たに違いない。体格のいいひげづらの男が立ってドアをふさぎ、腕を組んだ。古臭い陳腐な動作だ。だが、効果的だった。

「このなかにご遺族がいらっしゃるんですか？」

「いいえ」とエレノアが答えた。「わたしたちは憂慮する市民です」

憂慮する市民？

彼はため息をついた。「わかりました。で、どういう計画なんですか？　わたしにどうしろというんですか？」

　ハリスが立ちあがった。ほかの何人かも立った。姉妹。うしろの老夫婦。

「あなたを傷つけたいんですよ、ダニエルズさん」とハリスがいった。「エリザベスが傷つけられたように、リンダが傷つけられたように。リンダはわたしの家の二ブロック先に住んでいました。妹も同然でした。彼女はかわいくてやさしい女の子でした。そしてあなたは彼女を殺すのを手伝った。わたしたちはあなたが気に入らないだろう場所に連れていって、ひどく傷つけるつもりなんです」

　彼は笑いだしそうになった。にやりとした。

「申しわけないが、無理ですね」と彼はいった。

「もちろん、無理じゃありませんよ。大声で叫んでもだれにも聞こえません。きょうは土曜日です。用務員には多少の金を渡して休んでもらっています」

「なるほど。それでも無理なんです」

「どうして無理なのか説明してもらえますか？」

「いいでしょう。わたしは先天性無痛症です」と彼はいった。「わたしを傷つけることはできますが、苦痛を与えることはできません。わかりますか？　痛みを感じないんです。一度も感じたことがないんです」

「馬鹿げてる」とエレノア・ブラッドリーがいった。彼女も立って、彼の顔を見上げてにらみつけていた。

「まったくです。食事中に舌を嚙み切らないか、よく心配したものです。転んだら、脚が折れたかどうかわからないんですから」

「嘘よ」

「いいえ、嘘じゃありません。ほら、これを」

彼はポケットからライターを出してエレノアに渡した。左手を、てのひらを上にして差しだした。

「火をつけて、わたしの手の甲をあぶってください。充分に傷つけたと思ったら教えてください。じっとしてますから」

これがはじめての二度熱傷ではない。この問題にはずっと向きあってきた。

エレノアは躊躇《ちゅうちょ》した。そしてBICライターをつけた。

エレノアの手は震えていた。彼の手が焼かれた。臭いがした。毛が焼ける臭いは腐った卵の臭いにちょっと似てるな、と彼は思った。なにも感じなかった。

「なんてこと！」とエレノアはいい、ライターから親指をはずした。首を振った。

「わけがわからないわ」とエレノアはいった。「痛みを感じないのに、どうして痛みについて書けるの？」

「想像力ですよ」と彼はいった。「あなたたちには欠けているらしいものです。それに、勉強もしました。ところで、うかがいたいことがあります。わたしを殺すつもりだったんですか？　もしもそうなら、考えが足りませんね。わたしを殺せば、わたしの本はすべて大々的に再版されますよ。これも含めて」

彼は『隣人たち』をかかげた。

「それに、捕まる可能性も高い」

「捕まりませんよ」とハリスがいった。「手配はすべて匿名《とくめい》でおこないました。偽名を使い、使い捨て電話を、一時的な電話番号を使ったのです」彼はため息をついた。「でも、殺すつもりはありませんでした。あなたを教育し、理解させるという計画だったのです。わたしたちは殺人者ではありません。わたしたちは……キリスト者なのです！　ただし、あそこにいるロシュタインを除いて。わたしたちは……」

「馬鹿げてるのはあなたたちですよ。聞いてください、あなたたちが自分たちの喪失だと思っていることについては残念に思います。でも、わたしにはなんの関係もありません」

彼は自分がきびしい言葉を浴びせていることはわかっていた。部屋にいる全員が意気消沈した表情になっていた。

彼は玄関に向かった。

「失礼」と声をかけた。

ひげづらの男は一瞬ためらったが、脇によけた。

車に乗ってから、本と旅行かばんを置いてきてしまったことに気づいたが、くそったれ、本を燃やしたければ燃やせばいい、と思った。それくらいは許してやろう。そして、数カ月ぶりに気分がよくなっていることにも気づいた。

前回の朗読会に長い黒髪の女性が来ていた。彼に関心を持ったようだった。その女性から電話番号をもらっていた。

ハンドルを握っている、火傷をした左手を見た。抗菌薬の軟膏《なんこう》をたっぷり塗って包帯を巻かなければならないだろう。

だが、これをネタに小説を書くつもりだった。彼らには感謝しなければならない。

彼はスランプを脱したのだ。

歳月

Seconds

八月下旬のある好天の午後、愛を交わしたあと、ミリアムはコリンに向き直っていった。「話しあう必要があるの。あなたとわたしで」

コリンはほほえんだ。いつも言葉づかいが正しい。ぼくなら〝あなたとわたしで〟なんていわない。

さすが教授だな。〝あなたとわたしで〟か。

細部にまでこだわる几帳面《きちようめん》さ。この部屋に、このベッドに、ほかにだれがいるんだ？

〝あなたとわたしで〟

「いいよ。話そう」とコリンはいった。

あけ放った窓から差しこんでいる陽光が、コリンの癖毛をきらめかせ、腕のやわらかなうぶ毛をなでた。コリンに話せるかしら？　何度も伝えようと思い、伝えたいと願ってきたことを。恋に落ちるというのは恐ろしいことだ。秘密が自分だけのものではなくなる。共有せずにはいられなくなる。

コリンは顎を手で支え、肘でベッドをへこませながら横たわっていた。唇に笑みを浮かべ、ミリアムを見つめ、待っている。太陽の熱よりもしっとりした、生きた温もりが伝わってきた。

「どれくらいたったかしら」とミリアムはいった。

問いかえす必要はなかった。わたしたちがつきあいはじめてからどれくらいたったか、という意味なのはすぐにわかった。

コリンは笑った。「ほぼ四カ月だね。学期終了のころだった。ぼくが卒業した翌週だ。もう忘れたの？」

「あなたはわたしのことをどれだけ知ったのかしら？　これまでのあいだに」

コリンは手がかりを探すように部屋を見渡した。シンプルなアンティークの家具――クルミ材のワードローブ、ローズウッドのナイトスタンド、きちんと整理されている三面鏡つきドレッサー。四柱式ベッド。

壁にはミリアムの絵がかかっている。コリンはそれらをすばらしいと思っていた。絵は寝室だけに飾られている。廃墟《はいきょ》と化した都市の歩道で寝ている老人、下向きに傾けて空にしたブリキのコップを持っている手。上から見おろした構図の、暗闇のなかで明かりの灯《とも》った三階の窓に近づいている男と、窓の向こうのカーテンを片手で持ちあげている女性のシルエット。冬空を背景に、すっかり葉の落ちた枝を天に向かってのばしているさまが哀調を帯びているオークの老木。

「手だ」とコリンはいった。「きみは手が好きだね」

ミリアムはコリンの手をとって、「そうね」といった。「ほかには?」

「表現主義」

ミリアムはうなずいた。「ほかには?」

「きみはすばらしい教師だ。ベッドでも信じられないほどすごい。ぼくが触れたなかでもっともやわらかい肌をしてる。そしてぼくは、きみに愛されてると確信してる。間違ってないよね?」

若いわね、とミリアムは思った。もう何度も、いろいろな形で伝えてるのに、まだ聞きたがってる。公園の街灯の下、見たこともないほど明るい月の下、静かな声でいったこともある。彼もおなじことをいってくれた。

「ええ」とミリアムはいった。「そうよ。愛しているわ」

まだ二度めだ。これまでの歳月で。

身を乗りだしてキスをした。コリンの唇に触れた自分の唇がやわらかくなるのを感じた。決意が揺らぎはじめた。反射した陽光のひと筋が窓を貫いてミリアムの裸の太腿を切り裂いた。ミリアムは顔をそむけた。

「ほかには？　ほかにはなにを知ってるの？」

コリンは調子をあわせてため息をついた。「そうだな。一度結婚したことがある。たしか、六年間だったっていってたよね。六年であってる？　田舎育ちでニューヨークに出てきた。おとうさんはバーを経営してた。ひとりっ子だ。シャルドネとドラフトビール、それにソフトシェルクラブとイタリア料理が好き。ただし、好きなのは北イタリア料理じゃなく、トマトソース。本物のブロンドだ。それから……」

「コリン、わたしはいくつだと思う？」

「年齢？」コリンは笑った。「まあ、ぼくよりは上だね」

「まじめに聞いてるのよ。いくつだと思う？」

ミリアムは、考えこんだコリンを見つめた。

「そうだな。六年間結婚してて。いまの大学に勤めはじめてから何年？　十年？　そして旦那さんは……その前に……いなくなってた。修士号を持ってるから大学は六年通ったはずだ。正直、頻繁じゃないけど、何歳だろうと思って計算したときは、四十代なかばなのかなってずっと思ってた。四十五歳くらいかなって。そのあたりだろうって。でも、見た目はずっと若く見えるよ。それはきみも知ってるだろうけど」

ミリアムの胸にずっしりとした重みがかかった。心臓が早鐘を打った。てのひらが汗ばんだ。ほぼ確実にコリンを失うだろう、という冷えびえとした確信が湧いた。だれかに愛情をいだいたのはひさしぶりだった。通りで車のクラクションが三回立て続けに鳴り、そしてやんだ。ガラスの破片の上を車が行き交っているような音が聞こえた。

「わたしは一九三九年十一月十日生まれなの。午前零時五分だった。大統領はフランクリン・デラノ・ルーズベルトだった。ナチスがワルシャワでユダヤ人を虐殺しようとしてた。その年のアカデミー賞は『風と共に去りぬ』だった。三カ月後には七十六歳になる。七十六歳よ」

コリンはまた笑った。こんどは短く、困惑したような笑いだった。

「なんだって？」

いいや、そんなの馬鹿げてる、とコリンは思った。ミリアムの顔を探るように見つめた。冗談の兆候を探して。

そんなものはなかった。

どうしてないんだ？

そのかわり、緊張の色が見てとれた。目に不安げな光が宿っていた。恐れが。

「笑えないよ、ミリアム」

「年をとらなくなったの」とミリアムはいった。

「トッドが死んだときに。夫が死んだときに。たぶんその日だった。たんに年をとらなくなったのよ。ぴたりと。一九七四年九月八日に。三十四歳だった」

ミリアムはコリンの目を見つめた。

コリンは信じてない。おかしくなったと思ってるんだわ。

「おかしくなったわけじゃないわ」

コリンは手を離した。

「おいおい、そんなこといってないじゃないか。これって冗談だよね？　妙な冗談だけど、冗談なんだよね？」

「冗談じゃないわ。トッドが死んだのは、フォードがニクソンを恩赦した日だった」

これは正気の沙汰《さた》じゃない、とコリンは思った。そのときぼくは一歳だった。ミリアムはなにをしようとしてるんだ？

「怒ってるのね」

「いや、怒ってなんかないさ」

「顔に出てるわ」

「どうしてこんなことを……」

「少し話をさせて。お願い。しばらく我慢して聞いてくれる?」

もちろんだった。コリンは四年生のときにとったミリアムの〈アクリル画上級――静物から抽象まで〉の授業がはじまって半月で彼女に恋をした。一気に、激しく。絵をあきらめずにすんだのはミリアムのおかげだった。というか、デジタルデザインを三年間学んだあとで絵にもどることができたのは。コリンはすでに三回、記憶を頼りにミリアムの絵を描いていた。まだミリアムに見せてはいない。

どう考えてもこれは正気の沙汰ではないが、聞くことにした。

「父は一九〇八年生まれよ。禁酒法時代には自家製の密造ウイスキーをつくって、奥の部屋に賭博場のあるもぐり酒場を三十一号線ぞいで経営してた。そして禁酒法が廃止されると、その店をバー兼肉料理屋に変えたの。でも、スロットマシンは置いたままだったから、両親がバーを切り盛りしてるあいだ、わたしは友達と、一日じゅうスロットマシンにゲーム用コインを入れて遊んでたわ。

母は裏庭で鶏を飼ってて、ときどき殺した。頭を落とすところをはじめて見たときのことを覚えてるわ。傷だらけで染みのついた古い切り株に肉切り包丁が打ちおろされる音、頭がくちばしをパクパクし、まばたきしてる一方で、頭をなくした体が庭を走りまわった。母は笑ってたけど、わたしは怖くなって裏口に逃げこみ、トイレのそばでうずくまった。

だけど、そのバーはわたしにとってありがたい存在だった。おかげで大学に行けたんだから。大学に進学したのは一族ではじめてだった。ほとんど風景画だったわたしの水彩画を料理屋の壁じゅうに飾ってたのに、両親は芸術を専攻することに反対した。わたしの絵は、たんなる安上がりな装飾だったんでしょうね。そんなにうまくもなかったし。両親は、しかたなく、副専攻を教育にするように強要した。当時の女性は、働きたかったら、教師か看護師か秘書になるしかなかったのよ。

教育学の修士課程に進んだとき、両親は驚いた。高校の先生になるんだと思ってたみたいね。でもわたしは、教師になるなら大学がいいと考えてた。あいかわらず、いちばん大切なのは絵を描くことだった。とにかく絵を描きたかった。ときどき、展覧会も開いた。地元のちょっとした展覧会ばっかりだったけど。でも、作品を発表してたの。そのころには油とアクリルで描くようになってたし、描くものも変わってた。風景画も静物画も描かなくなってた。物語のある絵を描くようになってたの。そのころに読んでた——ヘミングウェイ、スタインベック、デュ・モーリア、ネヴィル・シュート、ジョン・オハラとかの——小説の場面を。それとも雑誌や新聞の記事を絵にしてた。ライフ誌やルック誌の写真を元に描いたりもした。あつかましくパクってたの。模写したのは映画スターじゃなく、ふつうの人たちだった。本物の人たちだった。街角の風景や古い朝鮮戦争や家族の写真だった。それらの写真をできるかぎり精密に模写してたの。

出入口をテーマにした連作を描いたわ。花屋に入る女性。非常階段をおりる消防士。メイシーズ百貨店の回転ドアを押しあいへしあい通り抜ける人々。そしてバーテンダーが——もちろん——裏口から路地にゴミを運びだすところ。そんな感じね。一九六七年だったわ。コミュニティセンターの展示会に、たしか、その連作から十二点と、それ以外の古い作品を何点か出品したと思う。

自分のテーブルで待機してたの。午後もなかばすぎだった。だれにも見向きされなかったし、買う人なんていなかった。そこにトッド・マーバートがやってきたの。ドクター・トッド・マーバートが。タバコを一本くれる?」

ベッドサイドテーブルの上の箱はほとんど空になっていた。買っとかなきゃな、とコリンは思った。奇妙な関連性があるような気がした。この話がどんなに奇妙で信じがたくても、タバコは必要だった。一本振りだしてミリアムに渡し、自分用にもう一本出した。ミリアムのタバコに火をつけ、次に自分のタバコにも火をつけた。枕《まくら》にもたれ、煙が開いた窓の向こうの自由へと漂っていくさまを眺めた。

「トッドは絵を一枚買ってくれた。選んだのは、映画館のぴかぴかに磨かれたガラス張りのチケット売り場にすわってる中年女性の絵だった。頭上の看板には〝リリック座　午前四時まで営業〟、その下に〝入場料一ドル〟と書いてあった。カウンターには背の高いグラジオラスが生けてあった。右側にはぶ厚い透明なガラスでできてる両開きのドアがふたつあった。女性のうしろの壁もガラス製だった。ガラス越しにロビーの天井の電球の列が見えてた」

「昔ながらの映画館だね」

「そうよ。その女性は無表情で、笑顔ひとつなく、ぱりっとした白いブラウスを着て、髪をきっちりしたおだんごにしてて、軍人みたいに背筋をまっすぐにのばしてた」

「仕事に真剣に取り組んでる女性だね」

「まさにそう。映画館で。昔の豪華な映画館で。どんな映画をやってたのか、よく考えたものよ。その絵はライフ誌の写真を元に描いたの。映画館の看板は見えてなかった。でも、その皮肉が気に入ったの。いかにもまじめそうな女性が、ガラスに囲まれ、光に包まれながら、本質的にはとるに足りないものを売ってるところが。

それに、トッドは母親を思いだしたのかもしれないって、よく考えたわ」

「母親？」

「〝結婚する前に相手の母親をよく調べておけ〟っていう古い言葉を知ってる？　わたしはそれを怠った」

ミリアムは半分になったタバコを灰皿に押しつけた。火が消えた。

「よかった時期のことは省略するわね。いい思い出もたくさんあった。さもなきゃ結婚しなかったわ。トッドには長所があった。博識で、美術史にもかなりくわしかった。頭がよくて、パーティーでは楽しかった。それに、なんと、料理が上手だったの！　ベッドのなかでは、そうね、積極的だったわ。当時のわたしはそこが好きだった。トッドは必ず避妊をした。子供はほしがらなかったの。五歳年上で、成功した脳神経外科医だった。脊椎《せきつい》手術が専門だった。

だけど、あとになってわかったんだけど、トッドは怪物でもあったの」

ミリアムは吸い殻に手をのばした。コリンはライターを渡した。ミリアムはタバコに火をつけた。ベッドシーツに落ちた灰を払った。

「わたしだけじゃなかった。わたしがそのひとりになったのは、しばらくたってからだった。診療所はもちろんニューヨークにあったから、わたしは結婚する何カ月か前から同居をはじめて、アート・スチューデンツ・リーグで週に三日、アクリル画を教える仕事を見つけた。最初の何年かは幸せだった。リーグは大学じゃなかったけど、ちゃんとした美術学校で――トッドの稼ぎがあれば必要はなかったんだけど――少しは収入になったし、自分の制作の時間もたっぷりとれた。トッドは忙しかった。市内の複数の病院に勤務してたのよ。少なくとも、悪事が明るみに出はじめるまではね」

ミリアムはふたたびタバコを揉み消した。コリンがこれをどう受け止めているのか気になった。たしかめるすべはなかった。コリンは耳を傾けてくれていた。とりあえず、それで充分ね、とミリアムは思った。

「トッドは患者を傷つけてたの。わざと」

「わ、わざと？」

「ええ。故意に手術を失敗させてたの。すべてが明らかになったとき、トッドの同僚のひとりが、自分の目で見なきゃ信じられなかっただろうといってた。正しいやりかたを知ってなきゃ間違ったことはできない。だけど、トッドは一貫して間違ったことをしてたんだそうよ。

ふたりの女性が手術中に亡くなった。そのうちひとりは出血多量で。ほかにふたりが、手術後、脚が不随になった。ある男性の体内にはスポンジを、べつの男性のなかには鉗子《かんし》を置き忘れた。ある男性は四肢が麻痺《まひ》した。

わたしはなにも知らなかった。病院同士で症例を照合し、夫の免許を停止するまでに一年以上かかった。六人もの医師や弁護士が、夫は危険な人物だと訴えてたのに。わかってたのは、結婚生活の最後の二年間、こうした出来事が起きてたあいだ、夫がわたしを怖がらせてたということだけ。

トッドは最初、夕食後に一杯か二杯飲む程度だった。なのに、そのころは毎晩、高級ウォッカのグレイグースを一本空けるようになって、朝にはリビングのコーヒーテーブルにコカインのかすが落ちてるようになった――片づけておこうともしなかったのよ。わたしと口をきかなくなった。問いただすと、激怒して、仕事のストレスだとかなんとかぶつぶついって部屋を出ていくこともあったし、おまえには関係ないとどなって、おせっかいな雌犬め、おまえなんかわたしにはふさわしくない、結婚なんかするんじゃなかった、と叫ぶことも多かった。最初はびっくりしたわ。でもそのうちに慣れてしまった。

怖かったけど、殴られたことはなかった。もし殴られてたら、別れてた。トッドもたぶんそれがわかってたんでしょうね。たいていの場合、おなじアパートメントのなかですれ違うだけ。夫婦らしいことはもうなにもしてなかった――そんな生活が二年も続いたの。どうして耐えてたのかわからない。どうやって耐えられたのかも。ひどく落ちこんでた。息ができないこともあった。体重がどんどん落ちて、四十五キロくらいまでになった。服の半分が着られなくなった。教師は続けてたけど、学生たちに迷惑をかけてたと思う。絵も描きつづけた。だけど、描いては自己嫌悪におちいって、ゴミみたいに捨ててた。たぶんゴミじゃなかったんでしょうけど。描いた絵のなかにわたしを見出《みいだ》せなくなってたの、わかる？　まるでわたしがそこにいないみたいだったの。もう一枚も残ってないわ。あのころの作品は。

それでもトッドを愛してた。毎晩、泣きながら眠りについてたのに。助けたかった。セックスはしなくなってた。まったく。コカインとアルコールのせいでなにもかもが台無しになってた。それでもときどき、トッドを抱きしめようとした。わたしに話して、わたしを信頼して、助けさせてと伝えようとした。

殺されそうになるまでは。

その夜、トッドはコカインをやってた。わたしはそれを知りながら、並んで横になってた。薬臭かったのを覚えてる。ひどい臭いだった。どんな薬を呑んでたのかは見当もつかない。わたしは声をかけてた。なんていってたかは覚えてないけど、なだめようとしてた。そうしたらトッドがわたしのほうを向いて、わたしの首に手をかけながらいったの。〝わかってないようだな。わたしは人を殺してるんだ。〟人を殺すのが好きなんだ。それがわたしさ。わかるか？　人殺しなんだ。おまえにはわからないよな？　そうだろう？〟

トッドは、雌犬め、馬鹿女めとののしりながら、わたしの首を絞めはじめた。息ができなくなって怖くなった。ベッドの脇に陶器のランプがあったので、それに手をのばしてコンセントからひき抜いた。重い台座がついてたから、それでトッドの頭を殴った。何回かは覚えてないけど、ふたりとも血まみれになった。トッドは立ちあがってよろよろと寝室から出ていった。次に聞こえたのは玄関のドアが閉まる音だった。トッドはいなくなってた。

ランプは割れてなかった。そのランプは、そのあと長いあいだ持ってたわ。

トッドは街の東側にある〈マクレーンズ〉っていうバーに行った。警察があとで、トッドに酒を出した罪でバーテンダーを訴えたいかって聞いてきた。吹きだしそうになったわ。そのころには、もう泣き疲れてたの。でも、笑いはしなかった。トッドは千鳥足でバーを出てすぐに劇場帰りの車の流れに飛びこんだ。トッドをはねたのは赤いインフィニティSUVだった。ドライバーとその妻は郊外からミュージカルを見にきてた。ドライバーは歯医者だった。

そしてすべてが明るみに出た。トッドのやったことが洗いざらい。そして、わたしは年をとらなくなった」

「そんなことは……ありえない」

「そう思う？　ブロードウェイの南北車線の中央分離帯にベンチがあるんだけど、翌日、わたしはアパートメントの向かいのベンチにすわってタバコを吸った。九月にしては暖かかった。通りの両側をせわしなく行き交ってる人たちを眺めてた。片足にギプスをしてる女性、二頭のゴールデン・レトリバーを散歩させてる男性、短パン姿の人、制服の人、Tシャツの人、ネクタイにジャケット姿の人、歩行器を使って黄色信号に果敢に挑んでる老婦人。そしてわたしは、もうトッドを愛してなかった。まったく。わたしはわたし自身を愛してた。わたしという人間を。そういった人々のひとりとして。そしてなにかが……ふっと消え去ったのを感じたの」

　コリンが手をのばした。ミリアムは指先が頬をそっとなでるのを感じた。涙の跡をなぞるように、顎から首筋へと線を描いていく。

「きみは……きみの顔、肌は……」

「証明できるわ、コリン。それ以来、五人の医者に診てもらったの。わたしは不死身じゃない。不老不死でもない。病気にもなる。インフルエンザにもかかる。腰がときどき痛むのは知ってるわよね？　このいまいましい足の親指だって二回も骨折したわ。

ほら、ちょっと変形してる」

ミリアムは足の親指を動かして見せた。

「診療記録はすべてとっておいてあるの。医者は変えなきゃならなかった。理由はわかるわよね？　いま持ってくるわ」

ミリアムがベッドから出ると、その体がすべて嘘だと物語った。嘘に決まってた。書斎でファイルキャビネットを開閉する音、廊下を歩くかすかな足音が聞こえ、そしてコリンは、またベッドに並んですわったミリアムから、ぶ厚くて重いファイルを渡された。

「日付を確認してから」とミリアムはいった。「読んでちょうだい」

コリンはそうした。ミリアムは静かにすわったまま、自分の鼓動を感じ、コリンを愛することの重みを感じながら見守った。部屋の静寂を破るのはページをめくる音だけだった。ミリアムは、自分の人生が薄っぺらな紙となって自分の手を離れ、コリンの手のなかにあるように感じた。

三十分ほどだったろうか？　もっと長かっただろうか？　コリンはファイルを閉じた。

「すべて話してくれ」とコリンはいった。「きみがしてきたこと、きみの人生をすべて」

時がたつのはほんとに早いものね、とミリアムは思った。パロス島、ナクソス島、アマルフィ海岸、セント・バーツ島、セント・ジョン島。コリンはいつも光に包まれていた。この窓の向こうのパティオで、夏の陽を浴びながらスケッチをした。夏の日差しのなか、ふたりで一緒にスケッチをした。芝生で、四年前に死んだゴールデン・レトリバーのルーファスにボールを投げた。朝の光のなか、ふたりでベッドに寝そべった。

このベッドに。

いま、コリンはそのベッドに寝ている。

顔色が悪い。きれいな巻き毛は消えうせている。ドーム状の白い頭蓋骨が、青い血管が浮いている薄い皮膚を突き破ろうとしているかのようだ。目の下の隈《くま》がどんどん大きくなっている。

「コリン？ 起きられる？ いまちょっと起きられる？」

コリンはまぶたをぴくぴく動かして目をあける。

「まだ逝《い》ってなかったのね」

「もちろんさ」

コリンは唇をなめた。

「だと思った」とミリアムはいった。水が入っているコップに差してあるストローを傾けてコリンにくわえさせた。コリンは少し飲んだ。

「ありが…とう」

「どういたしまして」

ミリアムはコリンの顔を、顎をなでた。

「ひげを剃らなきゃね。そうでしょ?」

コリンはほほえんだ。目の光がちらつく。

まったくだ。どうぞ。剃ってくれ、とコリンは思った。かまわないよ。ミリアムは手を離し、コリンの胸にそっと置いた。癌がその下にあった。まるで手でその癌の進行を止められるかのように。

「なにか食べられそう?」

「いいや」と答えて「ごめん」と謝った。

ミリアムは、手に息の乱れを感じた。息づかいが荒い。コリンが両手を脇で握りしめた。

「コリン？」

ホスピスの看護師のマギーを呼んだほうがいいのだろうか。昼食のためにキッチンに行ってもらったところだった。コリンがミリアムの心を読んだかのようだった。

「だい…じょうぶだ」とコリンがいった。

たしかにだいじょうぶだった。痛みはなかった。モルヒネのおかげだ。息の乱れは気にならなかった。呼吸する必要はなかった。どうして手を握りしめたのかはわからなかった。こぶしは自然にゆるんだのでほっとした。それで問題はなかった。実際、コリンはいま、じつに気分がよかった。気分上々だった。また眠れたし、それは単純だが歓迎すべきことだった。だが、ミリアムは起きていてほしがっていた。そしてコリンも、ミリアムを見ていたかった。まさにいましているように、ミリアムが髪を耳にかけるしぐさを見ていたかった。

すごくきれいだった。三十六年前に出会ったときとおなじだった。すばらしい歳月だった。壁に掛かっているふたりの絵がそれを証明していた。おたがいがおたがいを証明していた。ミリアムを見ていると、一種の陶酔感を、正しさの、バランスの感覚を覚えた。ミリアムはしばらく手を握ってくれていた。

「準備ができたよ」とコリンはいった。

「ほんとに？」

「ああ」

わたしはどうかしら？　確信がなかった。

だが、確信が持てた。

「じゃあ、逝っていいわよ、愛しい人」とミリアムはいった。

コリンは目を閉じた。ほどなくして、ミリアムは自分の手を握っているコリンの手から力が抜けていくのを感じたが、それでも彼の手を握りつづけ、上下する胸を、おだやかになった呼吸を見守った。おそらく一時間後、あるいはもっとたってから呼吸が止まり、コリンが亡くなったことをさとった。自分の骨がきしんで痛み、肌にしわが寄り、手が痩せ、目がかすんだのでそれがわかり、自分も解放されるのを感じた。翳《かげ》りゆく秋の日差しのなかで散る葉のようにさりげなく、ふたりはともにひらひらと地面に落ちていった。

――ケヴィン・コヴェラントに感謝を捧げる

母と娘

Mother
and Daughter

父が家出したとき、母はうちじゅうの鏡をおおってしまった。

父はジャズピアニストで、腕はよかった。たぶんよすぎたのだ。

「あの人は聞こえすぎるのよ」と、母がぼくたちにいったことがある。「そのせいで頭がおかしくなりそうになるの」

それを知っているのは母だけだった。

だが、それは事実だった。父にはすべてが聞こえていた。混んでいるレストランの反対側でかわされている会話を正確に聞きとれた。高速道路を走っていても、車の走行音が響いていて、母が運転につべこべ口出ししていても、木々を渡る風の音が聞こえた。たいていの人は夜、小雨が降っていても眠れる。だが、父は眠れなかった。絶対音感の持ち主である父は、カモメやクロウタドリの鳴き声を、打楽器であるはずのピアノで、ぼくと姉にどっちがどっちの鳥なのかがはっきりわかるほどの出来ばえで再現できた。片手で映画『ピクニック』のテーマ曲を弾きながら、もう片方の手で『風と共に去りぬ』のテーマ曲を弾くことができた。

父の才能は呪いでもあった。

都会にはとうてい耐えられなかった。ニューヨークにかぎらず、どんな都会にも――それがミュージシャンとしてのキャリアの足かせとなり、ほとんど、ニュージャージー州沿岸地域にある小さなクラブでの演奏しかできなかった。観光シーズンになると、のどかな古い町であるケープメイにいてさえ、父は不機嫌になった。そして、スコッチでその不機嫌をまぎらわした。六月から九月まで、そしておもだったホリデーシーズンにも、父はつねに酩酊《めいてい》状態で日常を過ごしていた。ぼくたちはそれをあたりまえだと思っていた。

予想外だったのは、父がぼくたちを置いて出ていってしまったことだ。二月のある晴れて冷えこんだ夜、家族が寝ているあいだに、父は起きだして車で走り去った。

母は鏡をおおった。

ぼくはまだ十一歳だったが、姉のルイーズは十六歳だった。ぼくにとってはただの馬鹿げていて奇妙な大人の不便にすぎなかったが、姉にとっては災難だった。

「気はたしかなの?」と姉は母にいった。

母は――少なくとも気はたしかではなくなりかけていた。いまならわかる。でも、ぼくたちの家庭は『ビーバーちゃん』（一九五七年から一九六三年にかけてアメリカで放送された、理想的な中流家庭を描いたコメディドラマ）のような家庭ではなかった。鏡をおおうことも、ぼくには、特に奇妙だとは思えなかった。

「どうしてわたしをこんなつらい目にあわせるの？」

母にそんなつもりはなかった。自分のためにやったことだった。母は自分の容姿に、父が誇りを持っていたのとおなじくらいうぬぼれをいだいていたので、鏡をおおうことによって、父がもどってくる日まであの目、あの肌、あの野性的な髪を守ろうとしたのだ。自分の顔に刻まれる時の流れを見たくなかったのだ。

父はもどってくると母は信じていた。望みなどないのに、ぼくたちは母から何度もそう聞かされた。母との言い争いと母の絶え間ない口うるささが、父の家出の最終的な原因になったのだろうに。

「友達をうちに呼べないじゃないの」

姉にそんなことはできなかった。恥ずかしすぎた。

「みんな友達をうちに呼んでるのよ。このせいでわたしの生活がどうなってるかわかる？」

姉は社交生活のことをいっていた。それは破綻《はたん》しかけていた。でも、それは姉自身の責任でもあった。

姉は恥じていた。

そのせいで、わが家の商売もほとんど破綻しかけた。ぼくたちは母が姉から相続した六部屋あるビクトリア朝風のかわいくて古風な家で、つつましくベッド・アンド・ブレックファストを営んでいたのだが、鏡がローラ・アシュレイの花柄の布でおおわれていることを宿泊客に説明するのはほとんど不可能だった。母は説明しようとすらしなかった。その代わりに母は工夫した――大きな楕円《だえん》形のダイニングルームの鏡をとりはずしてニール・マクフィーターズの海景画を飾り、限定メニューの朝食とディナーを提供するレストランに転業したのだ。母は料理上手だったが、小麦粉でとろみをつけたソースを多用しがちだった。それでも、十六席しかない親密な雰囲気のレストランは繁盛《はんじょう》した。

ぼくたちは生きのびた。ぼくは難なく生きのびた。姉のルイーズは苦労した。姉は恥じていた。恥じていることに罪悪感をいだいていた。

それは姉が最期を迎えるまで続いた。

母の場合、苦い真実を受け入れるまでに何年もかかった。希望をこめた口癖――おとうさんがこれを乗り越えたら――もむなしく、最終的に父がもどってこないことをさとったに違いない。両親の結婚写真はリビングの暖炉の上の飾り棚に置かれたままだったが、母の目を惹く力をしだいに失っていった。どうしてその写真もおおないのか、ぼくは不思議に思うようになった。オレゴンやコロラドやヴァーモントやメインから、父の小さな几帳面な字で署名されたクリスマスカードやバースデーカードが届いた。差出人住所はなかった。ときどき、母に新品の百ドル札が届いた。手紙は一度も入っていなかった。

そして父は姉の二十一歳の誕生日を忘れ、数カ月後のぼくの十六歳の誕生日も忘れた。百ドル札も来なくなった。

姉とぼくは、父は死んだのだろうと思った。

母は決してそのことを口にしなかった。

姉とぼくは、何度もそのことを話しあった。姉とふたりでよく行く場所があった。〈セント・メアリ・バイ・ザ・シー〉という修道女会の修養所のはずれにある〝突端《ポイント》〟だ。そこで修道女を見かけることはめったになく、いるのは漁師ばかりだった。ぼくたちは古いボードウォークを歩いて砂丘を越え、大きな板状の花崗岩《かこうがん》を杭で固定し、小石まじりのコンクリートで固めてある長い防波堤におりていった。長年にわたる潮と打ち寄せる波の作用で、コンクリートが崩れてきらめく白い塊《かたまり》となり、三十メートルほど沖合いの岩と岩のあいだに積もっていた。さらに六十メートルほど続いている黒ずんででこぼこになっている防波堤には、緑色の海藻類《かいそう》がへばりついていて滑りやすくなっていた。

防波堤の片側には荒々しい大西洋が広がり、反対側にはおだやかなデラウェア湾の入口があった。

コントラストがくっきりしているそこは、すわって物思いにふけるのにうってつけの場所だった。

暖かい九月の午後に大西洋側の砂浜に寝そべっているとき、なぜ家を出ないのかと姉にたずねたことを覚えている。どうしてほかの子たちのように大学に行かなかったのか、と。姉は充分に成績優秀だったのに。

「おかあさんにはわたしが必要なの」と姉はいった。「わたしがいなきゃ、どうやってレストランを切り盛りするの？」

「でも、おかあさんはおねえちゃんにどなるじゃないか」

「だれだって、ときどきどなるものよ」

「おとうさんはどならなかった」

「そうね。でもおとうさんは家出した。どなられるほうがましだわ。そうでしょ?」

「おとうさんは死んだんだと思う?」

「どうかしら」

ぼくはお気に入りだった明るいオレンジ色の海パンをはき、姉は控えめな花柄のワンピースの水着をつけていて、おなかの余分な肉を少し気にしているらしかったのを覚えている。

「おとうさんは死んだんだと思うな」とぼくはいった。「昔は、ときどき、ほんのときたま、おとうさんを感じることがあったんだ。どこかにいるって、なんとなくわかるような気がした。近くじゃないけど、どこかにいるって。でも、もうずっとそんな感じがしない。変だと思わない?」

「ううん」

「おとうさんになにがあったのか、いつかわかると思う?」

「いいえ。いままでわからなかったんだもの」

「おねえちゃんは出ていくべきだと思うな。大学に行くべきなんだ。レストランなら、ほかのだれかを雇えるはずだ」

そして、それからだいぶたった真夏のある日のことだった。姉とぼくは岩の上に立って、干潮時にあらわれる明るい色の濡れた海藻類のあいだを這いまわっているハマトビムシの群れを眺めていた。

「行くべきだったわね」と姉はいった。「おかあさんはほとんどわたしに話しかけてこない。それとも、えんえんとひとりごとをいいつづけるんだけど、なにをいってるのかわからないことも多い。行くべきだったのよ、あーあ。もう行けない」

「行けるよ。いまからだって行けるさ」

ぼくは秋に出発する予定だった――大学に通うために実家を離れるのだ。しばらくもどってくるつもりはなかった。

「でも、それじゃ逃げだすみたいじゃないの」と姉はいった。「おとうさんとおなじになっちゃう」

「そんなことないよ」

「スティーヴン、おかあさんをここにひとりで置いていけるわけないでしょ？　きのうの夜、おかあさんは奥のコンロの火を消し忘れたの。もしわたしが気づかなかったら、火事になってたかもしれない」

「まったくもう」

「あなたにいうつもりはなかったの」

「どうして？」

姉は肩をすくめた。「あなたは家を出ていくからよ」

ぼくはボストンに向かって出発した。姉がニューアーク空港まで車で送ってくれ、ぼくが搭乗するまで待っていてくれた。ゲートから手を振っている姉の姿が見えた。ジーンズとワークシャツを着た、地味だが魅力的でないわけではないその若い女性は、二十三年の生涯で三人の恋人としかつきあったことがなく、いずれの交際もごく短期間で終わった。姉がもう処女ではないのかどうかさえ、ぼくは知らなかった。

飛行機のなかで母のことを考えた。

すでにそのころには、口のまわりにくっきりとしたしわが刻まれ、頬がこけていた。腰がやや曲がりはじめていた。髪はつやを失い、薄くなっていた。くぼんでいた目が、沈んでいく石のようになぜかますます深く落ちこんでいた。全身が内側に向かってゆっくりとしぼんでいるかのようだった——父が現実に生きているかいないかはべつとして、まるで父が母の体内で生きつづけていて、母を内側からむしばんでいるかのようだった。

自覚はしていなかったのかもしれないが、姉とぼくの目の前で、母は年老いていた。

鏡はまだおおわれていた。

うちの家族の男は出ていくんだ、とぼくは思った。女は残る。

ぼくが大学の最終学年だったとき、母は骨粗鬆症《こつそしょう》になった。

ぼくは二十二歳だった。二十七歳になっていた姉が、感謝祭の数週間前に電話をかけてきて、母が腰をキッチンのテーブルにぶつけたといった。腰の骨を折って転倒したのだそうだった。転んだ拍子に手首も二カ所骨折した。腰の骨折が最大の問題だった。最低でも一週間は入院しなければならなかった。姉に、帰省してしばらく手伝おうかと申しでた。

「ひとりでどうにかなるわ」と姉はいった。

「ほんとに？」

「ほんとよ」

ぼくは姉の言葉を信じた。ケンブリッジに、やわらかい赤毛でおなかが引き締まっているすばらしい女の子がいて、ぼくはその子とのセックスにふける日々を送っていた。入院中の母に二度、電話をした。声に力がなかったが、それ以外はびっくりするほど元気そうだった。医者と便通と病院食のまずさについての話しかしなかった。典型的な入院患者の話題ばかりで、雑談はしなかった。しばらくして、姉から電話がかかってきて、母が退院したことを知らされた。母は眠っていると姉がいったので、起こさないでほしいと答えた。

ぼくは自分なりの感謝祭を過ごすためにケンブリッジへ行き、クリスマスにだけ帰省した。姉が空港まで迎えに来てくれた。夏に会ったときと比べて、姉がひどく瘦せていたので、ぼくは衝撃を受けた。ジーンズを通して腰骨が浮きでているのがわかった。胸もほとんど平らになっていた。もう少し太ったほうがいいとぼくがいうと、姉は笑った。

「わかってる」と姉はいった。「おかあさんにひっぱられちゃうのよね」

家に着くと、姉の言葉の意味がわかった。家のなかはいつものようにきちんと掃除が行き届いていたが、掃除をしたのは母ではなかった。母は寝こんでいた。ほんの一週間前、ベッドからおりようとして床につけた左足をねじって、足の指まで骨折してしまったのだ。そのことはぼくに知らされていなかった。

ベッドの脇に足を滑らせないための敷物が置いてあった。遅ればせながら。

母は、もろくなった骨から肉がたるんでぶらさがっているように見えた。ハグすると、人間大の雀《すずめ》を抱いているかのようだった。

母は一月で六十五歳だった。八十歳に見えた。

おかあさんが寝こんでるなら、おかあさんの部屋以外の鏡のおおいをとってもいいじゃないか、とぼくは提案した。

姉は首を振った。「やめておくわ。最近はわたしも鏡を見るのが好きじゃなくなってるの。このままにしておく」

母は眠ったり目覚めたりを繰り返していた。鎮痛剤のせいだった。起きているときはたいてい正気で、身辺整理をしたがった。遺言書や保険証書や家の権利証書がどこにあるかを、数えきれないほど何度もぼくたちに教えた。翌日に死ぬと思っているかのようだった。ときどき、まだ入院していると思いこんでいるようなことをいった。医師や看護師や食事について愚痴をこぼした。寝ぼけているときもあり、そういうときこそほんとうに支離滅裂な話をしはじめた。

「お金は持った？　じゃあ、マーフィーの店に行ってビールを買って、バケツに入れてもらってきてちょうだい。おつりをちゃんともらうんだよ。あのマーフィーは信用ならないからね。お金は持ったのね？　じゃあ……お願い……」

これについて、姉とぼくは、母は亡くなった弟のロイドに——ただし母自身の母親になったつもりで——話しかけているのだろう、という結論に達した。間違いなかった。母は一九三〇年代末のニューアークにもどっていたのだ。

母の弟のロイドは第二次世界大戦中にフィリピンのバターンで戦死した。

クリスマスは、姉とふたりでおまるを洗ったり、母が床ずれになっていないかどうかを確認したり、母の顎を拭いたりしているうちに過ぎた。それにレストランの仕事もあった。クリスマスイブとクリスマス当日はレストランを閉めたが、たいしてすることがなかった。ツリーを出さず、飾りつけもしなかったし、クリスマスの朝のプレゼント交換も十分ほどで終わった。母へのプレゼントは、ぼくがケンブリッジの骨董《こっとう》品《ひん》店で見つけた銀のブレスレットだった。買ったときは知るよしもなかったが、そのプレゼントは失敗だった。そのブレスレットをつけると、母の手首は実際以上に細く見えた。文学専攻の学生であるぼくへのプレゼントは、立派な箱入りの、ソフォクレスとエウリピデスとアイスキュロスの悲劇集だった。ぼくたちはテレビの前にすわった。ぼくは本をぱらぱらとめくった。

「ポイントに行ってもいいわね」と姉がいった。

「ポイントに行くには寒すぎるよ。それに、おかあさんはどうするの?」

「しばらくならだいじょうぶよ」

ぼくは考えこんだ。

「やっぱりやめましょう。気にしないで。ただの思いつきだから」

骨粗鬆症は痛みをともなう。そして痛みは心臓に負担をかける。

予想に反して、母は翌年四月まで生きながらえた。ぼくは教師の仕事の合間をぬって可能なかぎり頻繁に見舞いに行き、母とおなじように姉が徐々に衰弱していくさまを見守った。ただし姉の場合、身体的な病気という問題――あるいは言い訳――はなかった。これでやっと終わったのだから、姉がふつうに近い生活をとりもどせることを願うばかりだった。姉にはそれがなかったのだから。

葬儀で会った姉は喪服がだぶだぶになるほど痩せていた。ぼくは駆けつけたばかりだった。ローガン空港発の便が遅れ、どうにかぎりぎりでまにあったのだ。

「おかあさんは火葬を希望してたの」と姉が教えてくれた。

「そうなの？　いつから？」

ぼくたちは参列者に挨拶をした。意外に大勢が来てくれたが、ぼくが知っている人はほとんどいなかった。父がミュージシャンだったころからの知りあいもいるようだった。姉とぼくは前列にすわり、低く響くオルガンの音を聞きながら、右側に安置されている蓋の閉じられた松材の棺《ひつぎ》を見つめていた。牧師の言葉を待っていた。

「わたしも驚いたわ。おかあさんはおかしなことをいったのよ、スティーヴン。おかあさんらしくないことを。やっとここから出られるって」

「祈りを捧げましょう」と牧師がいった。

ぼくたちは頭《こうべ》を垂れた。

「おかあさんを責める気にはなれない」と姉がささやいた。「わたしだってそう思うもの」

それは、姉へのぼくの願いでもあった。その日の午前に、ぼくは葬儀場でそれを祈った。亡くなった母の魂のために祈ったのではなかった。

姉がついに母の呪縛《じゅばく》から解放されますようにと祈ったのだ。

母を火葬した日、ぼくたちは遺灰を直接、ポイントに持っていった。

姉の発案だった。

「おかあさんはここから離れたがってたのよ」と姉はいった。「風と水。これ以上のやりかたは思いつかないわ」

嵐が近づいていて、空は鉛色だった。ぼくとしては延期したかった――いまにも雨が降りだしそうだったからだ。だが、姉は気にしなかった。小さくて重い、白い段ボール箱を持って車を降りると、砂丘に向かうボードウォークを歩きだした。ぼくが聖ヨゼフ修道女会の看板を通り過ぎたころには、姉はもう砂丘の中腹までのぼっていた。防波堤を二十メートルほど歩いて、コンクリートにひびが入ったり割れ目ができはじめたりしているあたりで姉に追いついた。右側の入江では、安定した南西の風がおだやかなさざ波を立てていた。海側では白波が平らな黒い岩に打ちつけ、ザーッという音をたてていた。ぼくは姉の腕をつかんだ。大声で叫ばないと声が聞こえなかった。

「ここで充分だよ！」

「え？」

「ここでやろうっていったんだ！　ここでいいって！」

「もう少し先まで行きましょうよ。ちゃんとやりたいの。わたしたちには、おかあさんにそれくらいの義理はあるわ、スティーヴン！」

「ぼくたちにはなんの義理もないよ。おかあさんはもういないんだ」

ほんとうは、おねえちゃんにはなんの義理もない、といいたかったが、いわなかった。

「もう少しだけ行きましょう」

姉は先に進んだ。ぼくはすぐうしろを歩いていたが、それ以上止めようとしなかった。岩場は波しぶきで濡れていて、コンクリートが少なくなっているところでは滑りやすくなっていたので、足元に気をつけなければならなかった。そしてコンクリートがまったくなくなった。歩くのが危険になった。

防波堤のなかばまで来ていた。岸からは四十メートルほど離れていた。あたりには冷たい波しぶきがたちこめていた。

「おねえちゃん!」なあ、おねえちゃん、もう充分だよ、とぼくは思った。

姉が立ち止まったのでほっとした。姉は振り返ってほほえむと、しゃがんで、母の遺骨と遺灰が入っている厚手のビニール袋をとりだすために段ボール箱をあけはじめた。ぼくが一歩前に出たとき、突然、姉の左側で波が盛りあがるのが見えた。叫ぼうとしたが、そんな暇はなかった。姉が箱から袋を出した瞬間、突然の大波が巨大な灰色と白の猫の手のように姉を襲い、岩場から持ちあげて海中へとひきずりこんだ。ぼくは足を滑らせながら姉がいたあたりまで走ったが、泡が岩場からひいていくなか、見えたのは海面から突きだしている二本の白く細い手だけだった。支えのない水のなかをかきわけようとしていた二本の手は、やがて闇のなかへとひきこまれていった。

姉に違いない黒い影が防波堤からかなりの速さで流されていって岩場にぶつかり、

さらにもう一度、防波堤の端付近で岩にぶつかるのが見えた。そして一度だけ、たった一度だけ、波の上に密封されたビニール袋がぽっかりと浮かんだ。灰というメッセージが入っているプラスチック製の瓶のように。そしてまたひとつ、波がぼくの目の前で激しく砕け、雨が降りだした。ぼくはあとずさった。

ぼくはすべてからあとずさった。

振り返って砂丘のほうへ、電話がある修道女会の修養所のほうへと歩いていった。

警察の手続きが終わり、報告書が正式に作成されると、ぼくは警官の親切な申し出を断り、自分で車を運転して帰宅した。そして父がそうしていたように、タンブラーについだスコッチをストレートで飲み、ぼくの一家のために泣いた。そして夜明け前に起きだして、すべての鏡のおおいを取り払った。

永遠《とわ》に

Forever

何年も前のことだった。たぶんアルマデンの白ワインと大麻を少々たしなみすぎたせいだったのだろう。妻のリタ——元気だったころのわたしの妻を覚えてるだろう？——がわたしにいった。リタによれば、人生のほんとうの目標は単純で、まさに生きることそのもの、瞬間を、日々を、そして歳月を積み重ねてより長い人生を送り、永遠へと続く長く曲がりくねった道を歩むことだった。究極の目標は、明らかに永遠に生きることだった。リタは、いつかそれが可能になると信じており、だが、それはわたしたちの世代ではなさそうだということに、少々おかんむりだった。

リタは、わたしたちの寿命が着実にのびていること、健康で活力に満ちた年月が長くなっていることを例にあげた。わたしたちは、その方向へ一歩、また一歩と進んでいるのだと主張した。中世では三十歳まで生きられれば御《おん》の字だった。わたしたちの両親の時代、寿命は七十年だった。それに、子孫を残そうとする衝動もある。単一の生物が永遠をめざす闘いにとって、かなり貧弱な代替品だが、いまのわたしたちにとってはいちばんましな手段だ。なぜなら、少なくともそれで遺伝子プールを前進させ、種として時間が稼げるからだ。永遠に生きることを可能にするための時間が。

わたしは永遠に生きたくないといった。退屈するだろうと。

いいえ、退屈なんかしないわ、とリタは反論した。学ぶべきことがたくさんある。読める本も、会える人も、旅行できる場所も。月や惑星にだって行ける。唯一の制限は、あなた自身の想像力なのよ。

ぐうの音《ね》も出なかった。くそ、わたしは自分の想像力を誇りにしてたんだ。若き作家志望者ならだれだってそうだろう?

ちょっと待ってくれ、とわたしはいった。つまり、だれも死なないってことなのかい?

もちろん死ぬわ。事故で死ぬこともあるし、天災だってある。

でも、それ以外は、みんな永遠に生きるんだろ? あの右翼のろくでなしどもだっているんだぞ? キッシンジャーとかニクソンみたいな連中だって。

わたしには欠陥があるように思えた。

たしか、そのときリタは、ため息をつくと、馬鹿ね、あなたはわかってないのよ、というようにほほえんで、時間のことをいいだした。時間が味方になってくれるのだと。だって、永遠に生きられるなら、どうして富や名声や土地や地位を求めてあがくの？ すべて、身を守るためなんじゃない？ どうして他人に憎しみや怒りを感じるの？ その問題は時間があれば解決する。恐れがなくなるからよ。人を突き動かしているのは恐れなの。貧困を恐れるのは、どうすれば貧困から抜けだせるかを考える時間がないから。自分にはなにもなしとげられないと恐れるのは、人生があまりにも短く、日々の暮らしに追われて自分にはなにができるのかを見つけられないから。健康を害することへの恐れも、無菌病棟で見知らぬ人たちに囲まれ、管や線につながれたまま、醜く苦しい死を迎えることへの恐れもなくなる。

時間に制限がなくなれば争いもなくなる。世界規模の戦争も、個人的な争いも。時間があれば、富は分配される。時間があれば、病院は空っぽになる。

リタはかなり情熱的だったと思う。

あのころはみんなそうだった。

あのころのみんなが懐かしい。

それにリタの情熱も懐かしい。

最近まで、わたしはよく散歩をしていた。リタとわたしは、ニューハンプシャー州ホワイト山地のふもとにある、築百五十年の、寝室がふたつしかない小さな家に住んでいた。ふたりとも、心根はあくまで頑固なヒッピーのままだったが、大豆やもやしや玄米はとうにあきらめていた。わたしたちの四千平方メートルの土地は、片側を州立公園に接し、もう片側は一九六〇年代に税金対策として買ったというニューヨーク在住のカルツァス兄弟が所有する四万平方メートルの森に囲まれていた。兄弟には建物を建てる気など、はなからなかった。だから、ぶらつく場所はたっぷりあった。

カルツァス兄弟の所有地に、わたしがよく足を運ぶ場所があった。とくに夏場は。小道をのぼってその、むきだしの岩が張りだしている岩棚にたどり着くと、九メートルほど下を流れている渓流を見おろせる。

だが、東側の斜面をのぼれば、坂はゆるやかで楽だ。そこの西側には滝がある。滝は岩場を流れ落ち、少し雨が降れば腰まで浸《つ》かれるだけの深さがある淵《ふち》をつくっている。その水は飲める。冷たくて清らかだ。渓流の向こうには、夏でもひんやりと涼しい深い森が広がっている。東を向けば、背の高いオークやカバノキの森の先、ゆるやかに傾斜している広大な草原のはるか彼方《かなた》に山並みが見える。草原には茂みも灌木《かんぼく》もなく、ただ丈の高い草がそよいでいる。山のふもとの森との境で、そのおだやかな行進は止まる。

晴れた暑い日にそこに立っていると、頭上の木陰と風と冷たい渓流が、まるで天然のエアコンのようだ。

匂いがすばらしい。

濡れた岩と堆積物《たいせき》。草と木々。

それにバラ。

東の草原から野生のバラが岩場を這いのぼっている。どうやってそこまでたどりついたのかはわからない。バラは、このあたりでは道ばたのほうがよく見かける。だが、バラはたくましい。ほとんどどこにでも生える。そして生えつづける。根こそぎにするのは困難だ。

特別な日に母に贈るようなバラではない。まず、トゲがヤマアラシのようだ。花も花屋に並んでいるバラよりずっと小さく、咲かないことも多い。だが、さっきもいったように、バラはたくましい植物で、つねにわたしのお気に入りの岩棚を、岩場をわがものにしたがっているかのようだった。水の匂いにひかれているのかもしれない。岩場を越えて滝や渓流まで行きたがっているのかもしれない。わからない。だが、そよ風に乗ってそこに漂ってくる匂いは、店で買うバラのほとんどをはるかにしのいでいる。

バラは愛と美の女神、アフロディーテの花だ。

リタの体調が悪くなりはじめたとき、わたしはよくそこへ行った。

床ずれも咲く。中心部から外へと開いていく。医者は褥瘡《じょくそう》と呼ぶ。とくに体の骨ばっている部分——背骨、骨盤、かかと——に生じ、最初は擦り傷のようだが、やがて白い水ぶくれになり、クレーターができる。クレーターは、最初は浅いが徐々に深くなる。クレーターは排膿《はいのう》してガーゼを詰めなければならないのだが、壊死《えし》したりしかけている皮膚とともに健康な皮膚まで剝がれ落ち、湿った赤い花が体に咲き、悪臭がするようになる。生理食塩水で傷を洗浄し、コーンスターチで保湿して潰瘍《かいよう》を湿らせ、周囲の皮膚を乾燥させるように努める。それでも、床ずれは広がっていく。

リタのような骨肉腫患者は床ずれに悩まされることが多い。わたしのように突然、介護することになった者は、ガーゼパッドや使い捨てゴム手袋、湿潤療法用包帯、体圧分散マットレスなどなどを使うことになる——細菌と重力による強い圧迫というふたつの敵と戦うために。ときには勝つこともある。患者が寛解し、ふたたび立って歩けるようになることもある。床ずれは、さほどひどくなく、ていねいに手当てをしつづければ、時間とともに消えていく。花は色あせてしぼみ、しわの寄った傷跡が肌に残る。

あのはじめてのころ、夜中でも、リタが眠っているときでも、二時間おきに寝返りを打たせたことをほとんど覚えている。朝、看護師が来てくれてから、やっと自分も眠れたことを。寝具を取り替え、今回はそれほどひどくなかったなと思いながら傷の手当てをし、温かい湯で体を拭き、パサパサになった抜け毛を、リタが見ていないときに枕から拾い集めたことを。

日が積み重なって週になった。週が積み重なって月になった。プリマスで吐き気止めとして大麻を入手した。すこしばかり年をとりすぎているような気もしたが、意を決して大麻を買ったのだ。化学療法を受けるために救急車で市内に向かうリタに付き添った。治療がようやく功を奏しはじめ、ある程度、昔のリタがもどってきた。青白い顔の勇敢な妻は、歩行器の助けを借りて、またしばらくたつと杖《つえ》をついて歩けるようになり、そのころにはわたしがかなりうまくやれるようになっていたにもかかわらず、料理と簡単な家事をすると言い張った。

わたしは——ごくたまに客が来たとき以外は使わない予備の寝室でもある——書斎で執筆していた。ジャック・ペイスを主人公とするミステリー・シリーズの新作だった。リタが三年生の子供たちを教えられなくなったいま、それが唯一の収入源だった。

また一冊、薄いペーパーバックを書けば、うまくすると一万五千ドルの稼ぎになる。海外でさらに一万五千ドル稼げるかもしれない。そのとき、リビングでエレクトロラックス社製掃除機の音が響いた。リタが片手で歩行器につかまりながら、もう片方の手で絨毯《じゅうたん》に掃除機をかけはじめたのだ。止められなかった。リタと言い争いになるのは、わたしがリタを止めようとしたときだけだった。

リタが転ぶのではないかと心配だった。不安はつきなかった。だが、リタは転ばなかった。それに、運動と、役に立っているというなじみ深い感覚がよかったらしく、リタはよくなっていった。杖に切り替えてからは、一緒に散歩に出かけるようになり、徐々に遠くまで行けるようになった。あるよく晴れた暑い八月の朝、リタに、カルツァス兄弟の土地にある岩場まで連れていってほしいと頼まれた。あの岩場を覚えてるでしょ、とリタはいった。もちろん覚えていた。リタが病気になって以来、わたしは、踏み分け道ができるほど頻繁にそこに通っていた。あの岩棚はいつもわたしを慰めてくれた。

「のぼれる自信はあるのかい？」

「ないわ」とリタはほほえんだ。「だけど、渓流ぞいからなら行けると思う。淵に足を浸けるだけでも気持ちいいし。さあ、たどり着けるかどうか試してみましょうよ」

リタはジーンズに色あせたデニムのワークシャツを着て、頭に赤いスカーフを巻いていた。髪は期待していたほどには生えてこなかった。顔はまだやつれ、口や目のまわりのしわが深かった。わたしはリタを美しいと思った。四十七歳のヒッピーの恋人を。

「先を歩いてくれ」とわたしはリタにいった。

リタは間違っていなかった。ゆっくりとではあったが、たいした支障もなく上流へ進み、一時間ほどたった午前十時ごろ、わたしたちは淵にたどり着いた。

「疲れたわ」とリタはいった。「少しすわりましょう」

「まだ上まで行きたいかい？」

「ええ。しばらく休んでからね」

わたしたちは淵のほとりに腰をおろし、リタはキャンバス地のUSケッズ——わたしたちはナイキもアディダスも履かなかった——を脱いでジーンズをまくりあげ、足を水に浸けた。リタはほほえんだ。

「あああああ」

「冷たいか？」

「ちょっとね。でも、気持ちいいわ」

わたしもリタにならった。水は最初、氷のように冷たかったが、すぐに慣れた。わたしたちは水面で足をバタつかせ、両肘をついてあおむけになり、朝の木漏れ日を浴びながら水面でたわむれる光を見つめた。わたしは新作について話した。プロットに問題があったのだが、リタはいつものように適切なアドバイスをくれた。ジャック・ペイスを最新の窮地からどうにかもっともらしく脱出させられたと納得したころ、リタが身を起こしてからいった。「ねえ、わたし、水に入る」

「本気かい？」

「ええ」

「凍え死ぬぞ」

リタはほほえみながらシャツのボタンをはずしはじめた。「死んだりしないわよ」肩からシャツを滑り落とした。古い習慣はなかなか変わらない。あいからずブラジャーはつけていなかった。ジーンズのジッパーをおろした。

「くそ、きみが入るならぼくも入るよ」

「そうこなくちゃ」

リタは杖をつかんで立ちあがると、バランスをとりながら、片方ずつ脚をジーンズから抜き、まだ体重がもどっていなくて骨ばったままの腰からパンティをおろした。肋骨を数えられそうだったし、背骨にそってピンク色の傷跡が数本あった。わたしも服を脱ぐと、リタは杖を手に水に入り、笑顔でわたしのほうを向いた。そして、ふと見上げてからいった。「ねえ」

「なんだい？」

「あれを見て」

リタが指さすほうを見ると、頭上の岩棚――わたしのお気に入りの岩棚――に小さな白猫がすわり、大きな目でこっちを見おろしていた。興味しんしんの様子だ。冷たい水に浸かってわざわざ凍え死にそうになっている裸の人間がふたり。これはいったいなんなんだろう？　わたしは笑った。

「リリーだよ」とわたしはいった。

「え？」

「リリー。リズ・ジャクソンの猫さ。リズがキャセロールを持ってきてくれた日に一緒に連れてきたんだ。覚えてるかい？」

「ええと……」

「そうか。朦朧《もうろう》としてたんだろうね。猫がきみのベッドに飛び乗って、きみはしばらくなでてやってた。猫は喉を鳴らしてたよ。それからきみは眠っちゃったんだ」

「わたし、そんなことしたの？」

「したよ」

「きれいな猫ね」

「ただの雑種さ。リズが保護施設からひきとったんだ。でも、たしかにきれいな猫だね」

そして、高い岩のふちにちょこんとすわっている白猫は、まるで生きているエジプトの石像のようだった。小柄で短毛の白猫は、優雅でスリムで美しかった。わたしを見たり、リタを見たりしている目以外はまったく動かず、下でわたしたちがいったいなにをしているのか、警戒しているようだった。

わたしは水に入った。リタがしゃがみ、水面が胸骨まで上がったので、わたしもおなじようにした。わたしたちは笑い、震えた。そして、この突然の冷たさのなかで唯一理にかなったことをした――ひしと抱きあって体温を交換しあっているうちに、ようやく温度が耐えられる程度になった。わたしはリタにキスをして背中をさすり、リタもわたしの背中をさすった。わたしたちは岩場を流れ落ちる渓流の音を聞いた。

「わたしのこと、愛してる？」とリタがたずねた。

「うん。きみは？」

「ええ」

わたしたちはまたキスをした。リタの味は昔と変わらなかった。骨肉腫と化学療法のせいでしばらくは違っていたのに。

「なんてすてきな日なの」とリタがいった。

「そうだね」

「あの子、ずっといると思う？」

「だれ？　ああ、リリーか。さあ、わからないな。もしかしたらね」

「ちゃんと会えたらいいわね。つまり、意識がはっきりしてるときに」

リタが向きを変えたので、わたしは腕を彼女の腰にまわし、水中で一緒に浮いたり沈んだりした。リリーをちらりと見上げると、腰をおろして頭上のなにかをじっと見つめているようだった。

「まだ永遠に生きたいと思ってる？」とわたしは聞いた。

なぜそのときにそのことを思いだしたのかはわからない。ごくおだやかにたずねた。祈りにも似た口調だったかもしれない。

リタはうなずいた。「ええ、きょうはそう思ってる」

わたしたちはひなたで体を乾かし、服を着て、岩棚までのぼった。リタに手を貸さなければならなくなったのは二度だけだった。岩棚に着いたとき、リリーの姿はどこにもなかった。

わたしたちは腰をおろし、バラの香りを嗅いだ。

五カ月ほど、リタは元気だったが、またはじまった。看護師、治療、以前よりもさらに激しく咲き誇る床ずれ。こんどの敵はステージ4の潰瘍だった。糜爛《びらん》は皮膚と皮下組織を突き抜け、皮下組織と筋肉や骨や腱《けん》の構造のあいだにある線維状のネットワーク、筋膜を自家製の酸のように焼く。そして最後には骨や筋肉や腱そのものにまで達する。わたしはリタに寝返りを打たせ、体を洗い、ベッドを汚したときには清拭《せいしき》して乾燥させた。リタがプラスチックの豆型容器に朝食を吐くとき、頭を支えてやった。リタは懸命に闘ったし、わたしも闘った。そしてまたしても窮地を脱した。二月までには、リタは歩行器を使って自力で歩けるようになった。

だが、今回はなにかが違っていた。

以前のようには回復しなかった。二月が三月に、三月が四月になっても、リタが料理や掃除や洗濯をしようとすることはめったになかったし、掃除機はわたしにまかせきりだった——少なくとも最初のうちはほっとしていた。リタが転倒する心配をしなくてよかったからだ。

だが、リタは突然、金《かね》にとり憑かれたようになった。

わたしたちにはない金に。

たしかに、ジャック・ペイスはあいかわらず着実に売れている。一定の読者はいる。だが、奇跡でも起こらないかぎり、あの男がわたしたちを金持ちにすることがないのは明らかだった。純文学作品の冒頭部分と梗概《こうがい》を書いてみたが、エージェントは売ることができなかった。その原稿はいまも引き出しのなかにあり、二カ月の無駄な骨折りのあかしとなっている。そのあいだも、リタは金のことばかり話していた。最高の医者、最高の設備の病院、最先端の治療法を受けられないから、骨肉腫を完全に打ち負かせないのだと思いこんでいた。

担当医たちは可能なかぎりやさしく、そんなことはないと説明した。この段階の骨肉腫に勝つことはできない。骨肉腫のほうが勝つのだと。時間の問題だと。

「信じないわ」とリタはいった。「医者たちは保身をしてるだけよ」

「前は信じてたじゃないか。どうしていまは信じないんだい？」

「ただ信じられないの。それだけ。あなたは信じてるの?」

「うん。ねえ、リタ、ふたりでこの病気のことを勉強したじゃないか。知るべきことは知ってるんだ。そうだろう?」

「本だけじゃないの! 本と雑誌で読んだだけじゃだめなの! 死にかけてるのはあなたじゃない」

リタはすぐに謝った。わたしに罪悪感をいだかせたいわけではないと。

だが、わたしは罪悪感をいだいた。

罪悪感、悲しみ、欲求不満、恐れ。リタの恐れは、まるで花を手渡すかのようにあっさりとわたしに伝わった。

何カ月ものあいだ、わたしはリタが無気力と一種の静謐《せいひつ》さに沈んでいくのを見守った。その静謐さが絶望以外のなにものでもないことはわかっていた。ほかに言葉はなかった。リタは世界をあきらめつつあり、自分でもそれを知っていた。世界がリタを置き去りにしようとしていた。

わたしたちはめったに会話をしなくなった。散歩はたいてい短く、ほとんど無言だった。

まるで、ふたりとも、次の災厄が降りかかるのを、手をこまねいて待っているかのようだった。

ある夜遅く、リタの隣で眠れずにいたとき、はるか昔、アルマデンの白ワインを飲み、大麻を吸いながらリタがいったことを思いだした。人を突き動かすのは恐れだと。時間に制限がなくなれば、その恐れをとりのぞけるのだと。時間が味方なら、金や自衛手段を求めてあがく必要はないのだと。

時間があれば、病院は空っぽになるのだと。

その夜、わたしは泣きながら眠りについた。なぜなら、わたしたちに足りないのは時間だったからだ。時間も、金も、どんな種類の自衛手段もなかった。

恐れをとりのぞけるものはなにひとつなかった。リタの恐れも、わたしの恐れも。またはじまるだろうという恐れ。そして次はもっとひどくなるだろうという恐れ。はるかにひどくなるだろうという恐れ。当然だ――それがこの病気の本質だからだ。そして運がよければ、それとも運が悪ければ、四度めか五度めには、床ずれが道路の穴ほど深くなり、骨がチョークの粉のようになり、慈悲深くもリタはあえぎを漏らして息絶えるだろう。

リタはそのすべてから、その長くゆるやかな下り坂からの自衛手段を求めていたのだ。金の話はすべてそのためだった。そう、すべては自衛手段だったのだ。わたしにはそれを与えられなかった。

だが、不思議なことに、昼間や、夜、眠れずに寝返りばかり打っているときには解決できない問題を、なぜか、夜の深い闇のなかだと解決できる――あるいは夢がわたしたちに代わって答えを見つけてくれることがある。朝起きると、ときとして、どうすればいいかがわかっているのだ。

その朝、わたしは答えを見いだしていた。

その答えに、わたしは恐れ、悲しみ、そして神よ助けたまえ、安堵もした。まったく予想外のことだったが、結局のところ、ジャック・ペイスがわたしたちを助けてくれるかもしれなかった。

わたしは慎重に書類を偽造した。

それほど難しくはなかった。必要なのはコピー機とワープロだけだった。ファイルから、ジャック・ペイス・シリーズの第三作、『ワイルド・サイド』の印税報告書を同封していることを知らせるエージェントからのどうでもいい手紙と、同作のドラマ化企画却下を伝えるＡＢＣテレビからの手紙をとりだした。両方の手紙の本文に白紙を貼り、レターヘッドと署名だけを残した。プリマスまで行ってビジネスコンビニ〈メールボックスETC〉で、それらをやや質感の異なる二種類の上質紙にコピーした。家に持ち帰って作業を開始した。

約一時間でエージェントからの手紙ができあがった。電話で話したように、これこれの長篇を原作とするテレビドラマ・シリーズの契約が、莫大《ばくだい》な金額で成立したから、契約内容を記したABCの重役からの手紙を同封するという内容だった。それを引き出しのなかのほかの書類の下に隠し、時を待った。

長く待つ必要はなかった。七月四日の独立記念日を含む週末が終わったあとの朝のことだった。たいていの人と同様、留守番電話で選別しないかぎり、わたしたちのうちにもそれなりの数の勧誘電話がかかってくる。一週間ほど、わたしはわざと留守設定のボタンを押し忘れた。

電話をかけてきた女性がなにを売ろうとしていたのかはわからないが、さぞかし困惑したことだろう。無料お試しと返金保証の話をはじめたとたん、わたしは受話器に向かって、まさか！　信じられない！　いくらだって？　と叫びだしたからだ。タイミングはぴったりだった。リタがコーヒーを前にキッチンテーブルにすわり、わたしの芝居じみた様子を見ていたからだ。受話器を置くと、わたしは唖然《あぜん》としたふりをして首を振った。そのころには、興味を惹かれたリタが、部屋を横切ってわたしのもとにやってきていた。

「ラリー、いったいどうしたの？」

わたしはさらに芝居を打った。

答えかけてやめたのだ。

「いや、やめておこう」とわたしはいった。「期待させたくない。いい知らせだとだけいっておくよ。すばらしい報告ができるかもしれないんだ」

「ラリーったら！」

「ごめん。迷信深いやつだと思ってくれ。だれかに話したら話がだめになるかもしれないからね。アリスが書類を送ってくれる。二、三日か、せいぜい一週間くらいしかかからないよ」

「一週間？　ひどいわ」とリタはいった。「待ちきれない！」

だが、リタは笑みを浮かべていた。

一週間、それからさらに念のため数日待った。わたしはほとんど眠れなかったし、眠れたとしても熟睡できなかったが、幸せな日々だった。リタはもう契約について追及してこなかった。聞きたがっているのはわかっていたが、それがリタだった――時が来たら教えてもらえると信じていた。金や治療の話もなくなった。わたしは小説を懸命に書き、ふたりで町に買い物に出かけ、散歩に行き、テレビを見て、夜には本を読んだ。まるでわたしたちには心配事がなく、時間の制限もないかのように。

「カルツァスの淵へ行こう」とわたしはいった。「見せたいものがあるんだ」

「どうかしら」とリタはいった。「かなり歩くわよね」

「行こうよ。きみはあそこが大好きじゃないか」

その朝は何度かにわか雨が降ったが、正午近くのいま、空は雲ひとつなく晴れわたっていた。草むらにはまだ雨の香りが残っていた。

これ以上待つのが怖かった。緊張が顔に出てしまっているのではないかと心配だった。

「濡れちゃうわ」とリタがいった。

わたしはリタを見て笑った。

「前はそんなこと気にしなかったじゃないか。そうだろう?」

わたしたちは裏庭を抜けて丘を越え、木々のあいだを通って水辺まで降りていき、そこから上流へ向かった。空気は涼しく、静かだった。リタの杖が岩にあたる音が響いた。わたしたちのスニーカーが川岸のなめらかな小石を踏みしめる音がした。ごくゆっくりと歩いた。リタを疲れさせたくなかった。

　その日はにわか雨のせいで、上の岩場から大量の水が勢いよく流れ落ちていて、淵の水かさが増していた。わたしたちは息をととのえるために腰をおろした。

「上まで行けそう？」

「たぶんね。ここまで来たんだもの、がんばる価値はあるわ。でもちょっとすわらせて。なにを見せたいの？」

「着いたら見せるよ」

「わかった」

　リタが回復するまで休んでから、岩棚をめざしてのぼりはじめた。途中でまた雨が降りだした。はじめは雨脚が強かったが、すぐに小降りになった。カバノキの木陰で雨宿りをした。わたしにはひどく長く感じられたが、リタにはちょうどいい休憩だったのかもしれない。やがて太陽がふたたび顔を出したのでのぼりを再開すると、岩から湯気が立ちはじめた。

　いまにして思えば、あの猫がいなかったらやりとげられなかっただろう。

猫がいなくてバラがなかったら。

心臓の鼓動が激しかったし手がぶるぶる震えていた。

自信は完全に失《う》せ、決意も揺らいでいた。

そのとき、シッ、待って、とリタがいい、すぐ先の岩棚のほうを顎でしゃくった。

そこにリリーがいた。

湯気の立つ岩の上に寝そべり、ひなたぼっこをしていた。

雨上がりのここの光は特別だ。以前から気づいてはいたが、あんなにはっきりとは、あんなに衝撃的に感じたことはなかった。光が目の錯覚を起こして色の見えかたを変える。ふだんはそのことにほとんど気づかない。岩がかすかな青みを帯び、葉に黄色が混じる。

リリーは白猫だった。

なのに、あそこの光のなかでは緑に見えた。

頭上の葉のように、下の谷間の丈高い草のように、そしてついに上の岩棚まで這いあがってきた野バラの葉のように緑だったし、リリーはそのバラのあいだに横たわっているので、少し離れて立っているわたしたちからは、まるでリリーの尻尾の先から、メス猫の体から真っ赤なしぶきが飛んでいるように見えた。その赤が猫の目に反射していて、まるでバラと猫と周囲の葉が混然となって大地から、腐敗と苦痛と死から湧きだしたかのようだった。そのときわたしは、結局、それこそが物事のあるべき姿なのだとさとった。リタは間違ってたんだ。永遠の命なんかないんだ。ありえないんだ。なぜなら、死と腐敗こそが生命を生みだすからだ。リタとわたしはバラのようにがんばり、のぼりつづけることはできる。だが、大地は難敵で特効薬はない。わたしたちはみな、大地に根づいている。黒土と痩せ土と砕けた石のなかに。

光が変わった。わたしたちは歩を進めた。

上の岩棚に着くと、こんどはリリーが逃げずにそこにいた。白猫にもどってひなたでのんびり横たわっていた。

わたしはリタに手紙を見せた。リタの顔に希望が輝いた。だが、すぐに疑いが浮かんだ。まるで、ほんとうのはずがない、そんな幸運がわたしたちに訪れるはずがない、というように。ほら、とわたしはいった。ここがその証拠だ。ここの土地が。だからここに連れてきたんだ。そして眼下に広がる谷を指さした。これ全部だ、といった。ぼくたちのものだ。一週間前に買ったんだ。見てごらん。きみが元気になったら、あそこに家を建てよう。

リタは振り向いてそっちを見た。
その石は数日前にわたしが置いた場所にあった。
わたしはそれを拾いあげ、そして振りおろした。

——自分の夢を語ってくれたマクフィーターズにあらためて感謝する
そしてもちろん、アランにも

行方知れず

Gone

午後七時半をまわったというのに、まだひとりも来ていない。ノックの音も、呼び鈴も響かない。

わたしはなんなの？　ヘンゼルとグレーテルに出てくる悪い魔女？

ジャック・オー・ランタンが窓台から外界へちらつく光を投げかけ、ボール紙をつないでつくって窓の横枠からぶらさげた骸骨《がいこつ》がゆらゆら揺れている。どちらも子供たちを招くために飾ったのだが、いまのところ役目をはたしていない。目の前のコーヒーテーブルに置いた木のサラダボウルのなかから、ミルキーウェイやマーズバーやネスレクランチといったひと口サイズのチョコ菓子が、女をなだめるようにウインクをしている――くしゃくしゃの包み紙がきらめき、つるつるのラッピングが光っている。

お菓子を買えば、子供たちは来る。

だいじょうぶ、と女は思った。だれかがきっと来る。まだ早いのよ。

だが、そうではなかった。

少なくとも、最近はそうではない。これまで、ハロウィンの夜を窓越しに眺めてきたかぎり、このあたりでは暗くなるころにはほぼ終わっていた。女が幼かったころ、子供たちは夜の十一時まで――ときには十二時まで外に出ていた。好きなところをうろつきまわっていた。見知らぬ他人や、剃刀《かみそり》の刃の入ったリンゴや、毒入りのお菓子を恐れる者などいなかった。母親や父親が付き添うこともなかった。よちよち歩きの幼児以外には、両親と一緒にいるなんて馬鹿げていた。考えられなかった。

しかし、最近の基準では、午後七時半は遅い時刻だった。

だれか来るわよ。心配しないで。

NBCテレビでは『E.T.』が終わり、これから午後十時まで、一話三十分の『サード・ロック・フロム・ザ・サン』（一九九六年から二〇〇一年まで放送されていた、地球を探索しにやってきた四人の宇宙人を主人公にしたコメディドラマ）をぶっとおしで放送する。『サード・ロック』がハロウィンとなんの関係があるのかしら、と女は思った。マーズバーの〝マーズ〟も火星《マーズ》の意味なのかもね。とにかく、『サード・ロック』は笑えることがあるので、女は素足でキッチンへ行き、冷蔵庫に入れておいたシェーカーから、二杯めのストリチナヤ・ウォッカのダーティー・マティーニをつぐと、ソファにもどって寝そべり、マティーニのオリーブをつまみながらおちつこうとした。

だが、待つ身は不安だった。口うるさい親のように、思いが頭のなかでうるさく騒いだ。

なんでこんなことしたのよ、馬鹿ね。

だれも来なかったら傷つくってわかってたでしょ。

来たとしても傷つくってわかってたはずよ。

「八方ふさがりね」と女はつぶやいた。

ついにひとりごとを口に出していた。すばらしい。

だが、じつに鋭い疑問だった。

これまで何年も、女はこれを避けてきた。ポーチとリビングの明かりを消していた。

留守のふりをしていた。寝室でテレビを見ていた。

今夜もおなじようにすればよかったのかもしれない。

しかし、女にとって、祝日の主役は子供たちだった。感謝祭と大晦日《おおみそか》は例外だが。

レイバー・デイや大統領の日などはそもそも数のうちに入らない——ほんとうの祝日ではないからだ。

クリスマスはサンタクロース。イースターはイースターバニー。独立記念日は爆竹に手持ち花火に打ちあげ花火。そしてどの祝日よりも子供たちが主役なのがハロウィンだ。ハロウィンには仮装と〝トリック・オア・トリート〟がある。そして〝トリック・オア・トリート〟をしてお菓子をもらうのは子供たちだ。

女はずいぶん長いあいだ、子供たちを遠ざけてきた。

いま、女は子供たちを受け入れようとしていた。

だが、子供たちはそれを受け入れてくれそうにない。

怒るべきか、笑うべきか、泣くべきなのか、女にはわからなかった。

自分にも責任の一端があるのはわかっていた。女はあまりにもひどいありさまだったからだ。

世間はいまも噂をしている。女のことを。そう、女にはわかっていた。だから、わたしの家のドアに〝疫病〟とペンキで書かれてるも同然なの？　親たちは子供たちに、通りの向こうの女のことを話してるのかしら？　いまだに、女がスーパーマーケットの店内を歩いているだけで、ほかの買い物客同士の会話がはたと止まることがある。あれから五年近くたったいまも、ときどきそんなことが起こる。

五年前――正確には四年九カ月前だった。あの日は八月の午後だった――その後、〝行方不明〟のポスターはショーウィンドウや並木や電柱から徐々にはずされたし、警察の訪問もずっと前に途絶えたし、母親の電話は一日に二回から週に一度になったし――それはそれでありがたかったが――我慢強かったスティーヴンも、妻の不機嫌と憂鬱と怒りにうんざりし、ついに歯科助手と一緒に暮らしはじめた。シャーリーという、ふたりとも女優のシャーリー・ジョーンズを連想した名前のかわいいストロベリーブロンドと。

車も家も女のものになった。

そして家は空っぽになった。

すべてを変えてしまった、あの三分足らずの出来事から五年。

女は、新聞を買い忘れて――よくあるなんでもない、だれでもときどきしてしまうことだ――買いにもどっただけだったのに、セブンイレブンから出てきたら、車はそこにあったが、助手席のドアが開いていて、アリスはいなくなっていた。銃弾を食らったような、正面衝突事故にあったような衝撃だった。それくらい一瞬の出来事だった。

三歳の娘が消えた。行方知れずになった。駐車場にはだれもいなかった。そして、幼稚園教師で主婦で妻で母親だった女、ヘレン・ティール(旧姓マジク)は、無気力におちいって精神分析と抗鬱剤《こううつざい》プロザックに頼るようになった。

女はさらにひと口、マティーニを飲んだ。飲みすぎないように気をつけた。子供たちが来たときのために。

　午後九時二十五分になると、『サード・ロック』にも飽きてきたので、四杯めのダーティ・マティーニで最後にして、もう寝ようかと女は考えていた。

　九時半、フォードの車のCMを見て泣きそうになった。

　車の後部席に子供ふたり、前部席に両親がすわっている家族が映しだされていた。どこかへ出かけるところらしく、母親が地図を見て、子供たちがその肩越しにのぞきこんでいる。CMのときはいつもミュートボタンを押すのでなにをいっているかはわからなかったが、幸せな家族なのはわかった。

　なんなのよ、と女は心のうちで毒づいた。このいまいましい夜のせいで心がずたぼろになってるんだから、もう一杯くらい飲んだってかまわないわよね。そう思って立ちあがり、冷蔵庫に向かった。

　マティーニを置き、ポーチの明かりを消して待つのをやめるために玄関へ向かおうとした。夜に押しつぶされそうだった。結局、今夜は骨折り損のくたびれ儲けだった。そのとき、呼び鈴が鳴った。

　女はあとずさった。

　ティーンエイジャーだわ、と思った。やれやれ。こんな遅くまで外にいるのは、たぶん若者たちだけだろう。最近の若者はなにをするかわかったものではない。面倒を起こしかねない。女は向きを変えて窓に向かった。ジャック・オー・ランタンのギザギザに刻まれた上部の形が徐々に崩れつつあった。なかば火が通ったカボチャの芳《ほう》醇《じゅん》な香りが心地よかった。興奮とわずかな恐怖を感じた。窓枠に身を乗りだして外をのぞいた。

ポーチには、短い黒マントをはおった魔女、チェックのシャツとジーンズという格好の狼男《おおかみおとこ》、そして虫のような目をした宇宙人が立っていた。三人ともゴムマスクをつけている。宇宙人が呼び鈴の前に立っていた。

ティーンエイジャーじゃない。

せいぜい十歳か十一歳くらいだ。

女がひと晩じゅう期待していた、幽霊のシーツをまとったり、バレリーナの衣装を着たりしている幼い子たちではなかった。でも、少年少女たちだ。子供たちだ。

そして突然、夜のスリルを——それどころか魅惑を——感じた。

女は玄関へ行って、心からの満面の笑みを浮かべながらドアをあけた。

「トリック・オア・トリート！」

男の子がふたりに女の子がひとり。ただし、宇宙人は女の子かもしれない。

「ハッピー・ハロウィン！」と女はいった。

「ハッピー・ハロウィン」と子供たちも声をそろえて応じた。

魔女がくすくす笑った。狼男がその子の脇腹を肘でつついた。

「いたっ！」といって、魔女は黒いプラスチックのほうきで狼男を叩き返した。

「ちょっと待っててね」と女はいった。

子供たちが家に入ってこないのはわかっていた。もうだれも入ってこない。アップルボビング（水に浮かべたリンゴをくわえてとる、昔ながらのハロウィンゲーム）の時代はとうの昔に終わっている。

子供たちの親はどこにいるのかしら、と女は思った。ふつうなら親がついてきているはずだ。だが、芝生にも通りにも見当たらなかった。

女はコーヒーテーブルに置いておいたお菓子を入れてあるボウルを手にとると、期待に満ちた様子で静かにドアの前で待っている子供たちのもとへもどった。この子たちにたっぷりあげよう、とすぐに決めた。なにしろ、最初に来てくれた子供たちなのだ。たぶん、今夜唯一の来訪者になるだろう。それに、裕福なうちの子供ではなさそうだった。ひと目でそれがわかった。三人とも痩せっぽちなだけでなく、仮装も安っぽい既製品だった――〈ウォルグリーンズ〉のようなドラッグストアで無地の段ボール箱に詰めて売っているようなやつだ。狼男にいたっては、ちゃんとした衣装すら着ていなかった。ただのシャツとジーンズに、つくりものの毛皮を貼ったマスクをつけているだけだ。

「好きなお菓子はある？」

子供たちは首を振った。女はお菓子をつかみとり、子供たちが持っている黒いレジ袋にたっぷり入れてやった。

「家族？」

うなずき。

「兄弟なのね？」

さらにうなずき。

人見知りみたいね、と女は思った。それでもかまわなかった。いまこの瞬間が心地よかった。これでよかったのだ。重荷がとれ、晴れた夜空へ飛んでいけそうな気分だった。今夜、もうだれも来なくてもかまわなかった。来年は、きっともっとよくなるだろう。

なぜか、そう確信していた。

「このへんに住んでるの？　あなたたちや、おとうさんおかあさんを知ってるのかしら？」

「いいえ、奥さん」と宇宙人がいった。

女は続きを待ったが、それで終わりのようだった。

ほんとに人見知りなのね。

「それにしても、すてきな仮装ね」と女は嘘をついた。「とっても怖いわ。じゃあ、楽しいハロウィンを過ごしてね」

「ありがとうございます」と子供たちは小さく声をそろえた。

ボウルは空になっていた。いいじゃないの、と女は思った。冷蔵庫に予備のお菓子がある。たっぷりと。女は笑顔でもう一度、「ハッピー・ハロウィン」と声をかけ、一歩下がってドアを閉めようとした。そのとき、ふつうの子供たちのように次の家をめざして階段を駆けおりていくだろうと思っていた三人が、そこに立ったままなことに気づいた。

まさか、もっとほしいの？　女は吹きだしそうになった。よくばりな子たちね。

「あなたですよね、奥さん？」と宇宙人がいった。

「え？」

「あなたなんですよね？」

「どういうこと？」

「赤ちゃんを亡くした奥さん。小さな女の子を」

もちろん、少年が口に出す前から、頭のなかにはその質問が響いていた。最初の質問を聞いた瞬間から。それ以外ではありえなかった。だが、少年の声を聞く必要があった。どういう口調なのか、嘲笑《ちょうしょう》や哀れみやおぞましい好奇心が含まれているかどうかを確認する必要が。だが、少年の声にはそのいずれも含まれていなかった。拭いたばかりの黒板のようにまっさらで曇りがなかった。それでも少年に、いや子供たち全員に殴られたような気分だった。仮面の裏から見上げている澄んだ青い瞳《ひとみ》は、女の答えを待っているというより、処刑を待っているかのようだった。

女は一瞬顔をそむけて手の甲で涙をぬぐい、咳払《せきばら》いをしてから子供たちのほうに向きなおった。

「そうよ」と女は答えた。

「やっぱり」と少年はいった。「大変でしたね。おやすみなさい。ハッピー・ハロウィン」

子供たちが背を向けてゆっくりと階段をおりはじめると、女は、ちょっと待って、もう少しいてといいそうになった。どんな口実をつけようと、そんなことを頼むなんて馬鹿げていたし、大人げなかった。子供たちに自分の痛みを押しつける理由なんかない。あの子たちはただの子供、ただの少年少女よ。子供がときどきするように、結果を考えずに質問しただけ。これ以上なにかいうのは間違いよ。そう思って、ドアを閉めはじめた。そのせいで、少年が妹に向かっていった言葉を聞き逃しかけた。「今夜もあの人たちはあの女の子を出してあげなかったんだね。いつもそうなんだ」と少年はいった。小さな声だったが、なんとか聞きとれた。だが、最初は理解できなかった。まるでその言葉に意味がないかのように、まるで解読不能な謎《なぞ》であるかのように。ドアを閉めたとたん、ついにその言葉が散弾のように襲いかかってきて、女はドアを勢いよくあけ、叫びながら階段を駆けおり、人影のない通りに飛びだした。

頭が働くようになったとき、警察になんといおうか考えた。魔女と狼男と宇宙人。これこれの年齢で、これこれの身長と体重。どこからともなくあらわれ、どこへともなく消えた。女を空っぽにして。

行方が知れなくなった。

見舞い

The Visitor

デクスター記念病院の418号室のBベッドに横たわっている老女は妻ではなかった。だが、よく似ていた。ビーことビアトリスは早くに亡くなっていた。

死者がうろつきだしたあの夜、ウィルは息が苦しかったので、ふたりともニュースを見ずに、といっても、いつもニュースは見なかったのだが、早めに就寝した。おそらく見なくて正解だった。おかげでふたりとも、夜中に不審な音で目覚めることがなかった。翌朝になってもウィルの呼吸は楽にならず、気分もたいしてよくならなかった。そこに、週に三、四日、コーヒーを飲みにくるのを習慣にしていたジョン・ブラントがトレーラーハウスの玄関階段を上がってきてビアトリスの鎖骨に嚙みついた。それはジョンの習慣ではなかった。

ウィルは、息苦しかろうがなかろうが、ジョンをビアトリスから引き離し、あいたままだったドアから階段へ突き飛ばした。ジョンも若くはなかったので、転げ落ちて玄関前の地面に脳みそをまき散らした。

ウィルはビアトリスを車に乗せ、八百メートルほど先にある病院に向かった。フロリダじゅう――いや、全国、おそらく全世界――で死者がよみがえっていることを知ったのはそこでだった。あわただしく走りまわっている病院職員や、ビーを診てくれた医師や看護師たちにたずねてはじめて知ったのだ。ビーはゴルフ仲間の友人に嚙まれたことで動転していたので鎮静剤を投与された。おかげでビーは、死者たちがなにをしているのか、おそらく最後まで知らなかったはずだ。そのほうがよかったのかもしれない。ビーの兄と姉は六ブロックしか離れていないストーニービュー墓地に埋葬されていたから、兄と姉がプンタゴルダの通りをうろついて人々を嚙んでいる可能性があると知ったら、きっと動揺したことだろう。

あの最初の日、ウィルは恐ろしい光景をたくさん目にした。

鼻を嚙みちぎられた――これぞ究極の鼻血というありさまだった――男もいたし、両胸をかじりとられて車輪つき担架に乗せられている女性もいた。片腕を失っている、せいぜい六歳の黒人少女もいた。切り刻まれた赤ん坊の死体が上体を起こして叫びだしたところも目にした。

鎮静剤の効果が切れた。だが、ビーは眠りつづけた。

苦しげで痛々しい眠りだった。医師たちはビーに点滴で鎮痛剤を投与し、手足をベッドに縛りつけた。ビーの体内に一種の毒が入っているのだそうだ。死にいたるまでの時間は不明だといわれた。まちまちなのだと。

毎日、病院に着くと、周囲ではサイレンと銃声が鳴り響いていたし、夜、帰るときもおなじだった。病院内は比較的静かだった。だれかが目覚めると騒々しくなったが、そのだれかが致死量の注射を打たれるとすぐに静かになった。それでまた、ビーに語りかけられるようになった。

何度もしたことのある話をしたが、ビーは気にしないだろうとわかっていた。母親から五セント硬貨を渡され、スタイヴェサント通りにあった氷屋まで氷の塊を買いにいった話。戦争前にニューアーク市のダウンネック地区にあったビリヤード場で有名なコメディアンのジャッキー・グリーソンと対戦して、あとちょっとで勝つところだった話。のちに最初の妻になった女性と、義理の父親になった人と一緒にバーのカウンターにすわっていたとき、だれかがその女性を侮辱したので殴りかかったら、かわされて義理の父親を殴ってしまった話。

死なないでくれ、とウィルはビーに懇願した。がんばっておれのところにもどってきてくれ、と。

結婚式の日のこと、友人たちがそろっていたこと、太陽が輝いていたことを思いだしてくれ、と。

毎回、花を持ってきたが、そのうち花の香りに我慢できなくなった。売店で〝お大事に。早く元気になってね〟と書かれた金属光沢のある風船を買い、ビーが縛りつけられているベッドに結びつけた。

変化のない毎日に感情が麻痺した。恐ろしい光景をさらにたくさん目にした。ビーがふつうよりずっと長く生きのびていることはわかっていた。いまでは、病院の出入口に詰めている警備員たちがみな、ウィルの顔を覚えてくれ、面会証の提示を求められることもなくなっていた。

「四一八号室のBベッドです」とウィルはいったが、それすら必要なかったのかもしれない。

夜になると、ますます人気《ひとけ》がなくなっている〈ビレッジ〉内の、窓を板でふさいであるトレーラーハウスに帰り、冷凍食品を電子レンジで温めて――死者が歩きまわりだして以来、テレビはニュースしかやっていないので――夜のニュースを見てから寝た。友人はだれも訪ねてこなかった。友人の多くがすでに世を去っていた。生きている人間との付き合いも避けていた。

そしてある朝、ビーの姿が消えていた。

跡形もなく。

花も、風船も、服も——なにもかもが片づけられていた。奥さまは夜半にお亡くなりになりました、と医師がいった。ご存じかと思いますが、いまでは死後の処置はきわめて科学的かつ人道的になっていて、よみがえった直後に迅速《じんそく》に処置されるので、苦しむことはありませんでした、と。

しばらくここですわっていてかまいません、と医師はいってくれた。遺族ケアカウンセラーを手配することもできます、と。

ウィルはすわっていることにした。

一時間後、ウィルより十歳ほど若い、青白い顔の赤毛の女性が運ばれてきた。唇のすぐ上の左頬に、明らかにひどい嚙み傷があった。キスがそれたのだろう。看護師たちはウィルがそこにいることに気づいていないようだった。気づいていたが無視したのかもしれない。ウィルは椅子にすわったまま、亡き妻のベッドで眠っている赤毛の女性を見つめた。

翌朝も、ウィルは見舞いに行った。

警備員に「四一八号室のBベッドです」と告げた。

椅子にすわってグリーソンとビリヤードをした話を語った。せっかく八番のボールをポケットに落としたのに、くそったれな手球まで落ちてしまったことを。大恐慌のときに買ったハンバーガー用の肉が腐っていて、最初の妻が五百グラム足らずの傷《いた》んだ肉のことで夜遅くまで泣いていたことを話した。鶏の運動場での雄鶏《おんどり》についての昔ながらの卑猥《ひわい》なジョークを披露した。亡くなってひさしい友人たちや親戚のエピソードをおだやかな口調で話した。売店に行って女性のためにカードと小さな鉢植えを買い、ベッドの横の窓台に置いた。

二日後、その女性はいなくなっていた。カードと鉢植えは片づけられ、引き出しとクローゼットも空になっていた。

女性が寝ていたベッドに横たわっている男性は、ウィルと同年代で、身長も体格もおなじくらいだった。片目と片耳、片手の親指と人差し指と中指を失っていた。すべて体の右側だった。死者たちにされたことから目をそらすかのように、やや左を向いて寝る癖があった。

なんとなく船乗りっぽい人だな、とウィルは思った。長年風雨にさらされたような顔の肌の質感か、太くてもじゃもじゃの眉と白髪まじりの無精ひげのせいかもしれなかった。ウィルは、船乗りとして働いた経験はなかったが、ずっと憧《あこが》れていた。少年時代、ニュージャージーの海岸ぞいにあるアズベリーパークやポイントプレザントといったリゾート地で過ごした夏のことを男性に語った。夜はボードウォークを散策し、昼は家族と海辺で過ごした思い出を。その男が共感してくれそうな話題はそれくらいしかなかった。

その男性はひと晩しかもたなかった。

そのあとふたりが、やってきてはいなくなった——まず中年女性、次がかわいらしい十代の少女だった。

少女になにを話せばいいのか、ウィルには皆目《かいもく》見当がつかなかった。ティーンエイジャーと話をするのは何年ぶりだろう——スーパーのレジ係を除けば。そこでウィルは、ただ椅子にすわってハミングをし、四カ月前のピープル誌を読み聞かせた。ヒナギクの花と小さなテディベアのぬいぐるみを買って、ベッドの上の少女の横に置いてやった。

ウィルの目の前で死に、そしてよみがえったのはこの少女がはじめてだった。

自分がほとんど驚かなかったことに、ウィルはびっくりした。静かに眠っていた少女が、いきなり、ベッドに体を縛りつけている拘束具にあらがって暴れだした。口と鼻から噴きだした灰色がかった黄色い粘液が、少女の体にきつく巻きつけられていたシーツに飛び散った。喉から、乾いた葉が燃えているような音が聞こえた。

ウィルは椅子を壁際までひいて少女を見つめた。かけてやれる言葉は見つからなかった。

　壁の上の小さな赤いモニターランプが点滅していた。ナースステーションでも似たようなランプが光ったらしく、数秒後、看護師と医師、それに男性の病院職員が病室に入ってきた。職員が少女の頭を押さえ、医師が鼻孔から脳へ向けて薬液を注入した。少女は一度、ぶるっと身震いし、それからしおれたようにベッドに沈みこんだ。熊のぬいぐるみが床に転げ落ちた。

　医師がウィルのほうを向いた。

「申し訳ありません」と謝った。「こんなところをお見せしてしまって」

　ウィルは会釈した。医師はウィルを親族だと思ったのだ。

　ウィルは気にしなかった。

　医療スタッフは少女にシーツをかけ、もう一度ウィルのほうをちらりと見てから、病室を出て行った。

　ウィルは立ってあとに続いた。エレベーターで一階に降り、警備員の前を通り過ぎて駐車場に向かった。一ブロック先にある〈ウォルマート〉のほうから自動小銃の発射音が聞こえてきた。車に乗って家に帰った。

　夕食後、息が苦しくなったので、酸素を少し吸入してから早めに床についた。翌朝には気分がずっとよくなっていた。

さらにふたりが死んだ。どちらも夜中だった。まるで幽霊のように、ウィルの人生から消えた。

次にウィルの目の前で死んだのは病院職員だった。何度も見かけたことがある若い男性で、髪がやや薄かった。医師がいつものように薬液を注入しているときに噛まれたらしく、手の付け根に包帯が巻かれ、少し化膿していた。

その職員はしぶとかった。首が太い若者は、暴れてベッドを揺らした。

ウィルの目の前で三番めに死んだのは、ビーによく似た女性だった。髪の色も目の色も、体つきも肌の色も、ビーにそっくりだった。

その女性が処置されるのを見ながら、ウィルは、ビーもこんなふうだったんだろうなと想像した。ビーもこんな顔をしたんだろう、ビーの体もこんな動きをしたんだろうと。

その女性が死んでよみがえり、また死んだ翌朝、ウィルは一階の警備員の手前で足を止めた。ずんぐりした体型の小柄な男性で、しばらく前からウィルの顔を覚えてくれていた。「四一八号室のBベッドです」とウィルは声をかけた。

警備員はおかしな目つきでウィルを見た。

たぶん、ウィルが泣いていたからだろう。ウィルは一晩じゅう、あるいはほとんど一晩じゅう泣きつづけ、朝になったいまも、まだ泣いていた。疲れていたし、少しきまり悪かった。息も苦しかった。

ウィルは平静を装って警備員に笑いかけ、庭で摘《つ》んできた花束の匂いをかいでみせた。

警備員は笑顔を返さなかった。男の目のふちも赤くなっていることに気づき、ウィルは一瞬、心配になった。泣き腫らしているだけの自分とは原因が違うような気がしたからだ。だが、男の前を通らなければ病院に入れないので、そのまま進んだ。

警備員は小さな白いソーセージのような指でウィルの腕をつかみ、半袖《はんそで》シャツの袖口のすぐ下に、筋張った二頭筋に嚙みついた。目の前のエレベーター前の廊下にはほかにだれもおらず、助けを求められる人はいなかった。

ウィルは男の向こうずねを蹴った。靴底を通して死んだ皮膚が裂ける感触がわかった。腕をもぎ離すように振り払った。胸のなかでなにかが折れた感覚があった。まるでだれかが小枝をへし折ったかのようだった。

心が折れたのか？

ずっと前にジョン・ブラントを突き飛ばしたときのように、ウィルは警備員をぐいと押した。今回、階段はなかったが、壁に消火器があった。警備員は頭を消火器にぶつけてゴンという大きな音を響かせ、ぐったりと壁にもたれてずるずると崩れ落ちた。ウィルはエレベーターまで歩いていき、四階のボタンを押した。呼吸に集中しながら、頼めば酸素をわけてくれるだろうかと考えた。

病室に入ると、ウィルは立ちつくした。

ベッドは空っぽだった。

そんなことはいままでに一度もなかった。これまでは、いつ来ても必ずだれかがいた。

ここは忙しい病院なのに。

けさにかぎってベッドが空いていることに、ウィルはとまどった。不思議の国に通じる穴に転げ落ちたような気分だった。

とはいえ、こんなに長い時間がたって、ついに幸運が訪れたのだから、文句をいうのは賢明ではないとわかっていた。

庭から摘んできた、少し傷んでしまった花をコップに生けた。トイレの洗面台で水を入れた。静かに服を脱ぎ、クローゼットにかかっている背中の開いた病院ガウンを見つけ、シミだらけの肩にはおった。清潔で香りのいいシーツのあいだにもぐりこんだ。嚙まれた傷はそれほど痛まず、少し出血しているだけだった。

朝の回診で看護師が来るのを待った。

結局、なにも変わってないんだな、と思った。死者が歩きまわっていようがいまいが、たいして変わりはない。人生を謳歌《おうか》している人もいれば、なんらかの理由で謳歌していない、あるいはできない人もいる。死んでいようがいまいが。

病院のスタッフがやってきて鎮静剤を打たれ、拘束されるのを待った。ただ、だれかと話せたらなと思った――最後にもう一度、グリーソンの話でもできたらいいのに、と。グリーソンはテレビで見るのとおなじくらい愉快だったが、口が悪く、つねに毒づいていた。そしてウィルは、あとちょっとでグリーソンに勝つところだったのだ。

――ニール・マクフィーターズに捧げる

蛇

Snakes

アンがわたしの蛇とみなすようになったあいつは、最初の嵐の直後に出現した。

アンはニューヨークの弁護士と電話で話をしていた。外では洪水がひいていた。ベランダの一面の網戸を通して、一時間前まで庭を三十センチの深さでおおっていた水が、傾斜にそって排水され、柵を越えて運河へ流れていくのが見えた。

犬を外に出してやれるわね、とアンは思った。ただし、目を離すわけにはいかなかった。一歳の雌のゴールデン・レトリバーはまだ子犬で、土を掘るのが好きなのだ。アンは身をもって学んでいた。南フロリダの気候は高温多湿なため、ケイティの足と腹につく泥は黒いタール状で、すでにソファのカバーを三枚も取り替えるはめになっていた。

弁護士は金が必要だと通告していた。

「いいにくいんだがね」と弁護士。

「いくら?」

「とりあえず二千ドル」

「無理よ、レイ」

「大変なのはわかる。でも、こう考えてくれ——きみはあいつにもう三万ドル以上の貸しがあって、毎月毎月、その額が増えてる。もし勝てば、わたしへの報酬もあいつへの貸しになる。間違いなくそうなるようにするよ」

「勝てばね」

「そんなふうに考えちゃだめだ、アニー。きみがそっちで飢えてることは知ってる。きみの収入も知ってるし、どうしてそんなところへ引っ越したのかも知ってる——子供をまともに育てられるなかでいちばん安い場所だからだ。全部あいつのせいなんだ。あいつから取り返さなきゃだめなんだ。考えてもみろよ。三万ドルの未払い養育費だぞ！　信じてくれ、きみの人生は変わるんだ。きみにはあきらめる余裕なんてないんだ」

「レイ、わたしはもう負けたような気がしてるの。あいつにはもうさんざんやられたって感じ」

「そんなことはないよ。まだ」

　アンはため息をついた。七十歳になったような気分だった——まだ四十歳なのに。脚に年齢を感じた。ソファのケイティの隣に腰をおろした。顔に押しつけられた冷たく湿った鼻をやさしく払いのけた。

「着手金を用意してくれ、アン」

「どうやって？」

罠にかかってしまった、とアンは思った。あいつにつかまってしまった。今年は税金の支払いもかろうじてだったたっていうのに。

「信じてくれ。なんとか金を工面してくれ」

アンは電話を切ってベランダのガラス戸をあけた。そして、網戸をあけたままにしてある庭に面した出入口に立ち、ケイティが用を足すのに適当な場所を探してぼうぼうにのびた芝生やハイビスカスの陰を嗅ぎまわるのを見守った。日が燦々《さんさん》と照りつけていて、大地から湯気が立ちのぼっていた。

犬を飼う余裕もないんだわ、とアンは思った。わたしもダニーも犬が大好きだけど、犬は贅沢《ぜいたく》品よ。首輪も鎖も。予防接種だって無駄な出費だった。

罠にかかっちゃったんだわ。

外でケイティが体をこわばらせた。

足を大きく開いて鼻を地面すれすれまで下げたと思ったら、さっと持ちあげ、また下げた。背中のなめらかな金色の毛が突然逆立ったように見えた。

「ケイティ?」

犬はちらりとしかアンのほうに振り向かなかったが、その一瞥《いちべつ》で、芝生で見つけたものがなんであれ、地獄の業火が燃えようが洪水が起ころうが、ケイティはそれで遊ぶつもりでいることがわかった。目が爛々《らんらん》と輝いていた。腰が興奮で震えていた。

ケイティの遊びが時として致命的になることを、アンは知っていた。ベランダのガラス戸を入ったところに、まるでプレゼントのように、噛み砕いたギンナンがいくつも置いてあったことがあった。小さなウサギだったこともあった。ある晴れた午後には、愛犬が一メートル以上ジャンプして飛んでいる雀をつかまえたのを見て、驚き、ぞっとしたこともあった。アンはそのことを思いだしていた。

そのとき、蛇が目に入った。

蛇はケイトと鼻を突きあわせていた。二匹は三十センチの間合いを維持しながら前後に動いていた。蛇は黒と茶色の縞模様で、ハイビスカスの茂みになかば隠れていたが、二メートルほど離れたところに立っているアンには、恐ろしいほど大きく見えた。毒蛇であろうがなかろうが、ケイティが噛みつかれたら大変なことになるほど大きかった。

シューッという音が聞こえた。蛇が顎を開いて口を大きくあけたのが見えた。

蛇は嚙みつこうと飛びかかったが、ケイティの足元の黒い泥にどさりと落ちた。犬は体勢を変えてあとずさり、さらにうしろに下がったが、蛇はあきらめなかった。蛇はそのまま前進した。

「ケイティ！」

アンは飛びだした。一瞬たりとも蛇から目を離さなかった。すばやくなめらかに進んでいる蛇を見て、やっとその実際の大きさがわかった。

二メートル？　二メートル半？　大蛇じゃないの！

アンは、こんなに速く動いたことはないほどの速さで愛犬に駆け寄った。首輪をつかんで、体重三十四キロのゴールデン・レトリバーを、頭を前に、ガラス戸のほうへ放り投げた。うわっ、これで蛇は、わたしのうしろで、鎌首《かまくび》をもたげて泥や草むらの上をすべるように進んでるのよね？　アンは、入口を入ったところで最後にもう一度、あの怪物を見ようと向きを変えた犬につまずきかけ、犬をまたいで網戸をぴしゃりと閉めた。その直後、蛇が網戸に一度、二度とぶつかった——足で蹴ったか金槌《かなづち》を叩きつけたような音が響いた。網戸が内側にへこむほどの激しさだった。そして、ついに、その光景を目にして、アンは悲鳴をあげた。

ケイティは、侵入未遂に怒り狂って吠えまくり、網戸に飛びかかろうとしていた。

アンは首輪を引っ張って犬を部屋のなかへ連れもどし、ガラス戸を閉めた。そして、馬鹿げているとわかっていても、蛇が網戸を通り抜けられないとわかっていても、きっちりと鍵をかけた。

アンはラグにへたりこんだ。脚の力が完全に抜けていたし、胸がどきどきしていた。ケイティをおちつかせようとした。いや、ケイティをおちつかせることで自分をおちつかせようとしたのかもしれない。

犬は吠えつづけた。やがてうなりだした。そしてついに、ベランダのほうを見つめながら、そばにすわってはあはあと息をしだした。

蛇はもう行ってしまったっていうことなのかしら。

なぜか、そうは思えなかった。

きょうが大統領の日の週末で、ダニーは祖父母とオーランドにあるユニバーサル・スタジオ・フロリダに遊びにいっていてよかった、とアンは思った。その旅行はいい成績をとったご褒美《ほうび》だった。いつものように一時間後に学校から帰ってくることにならなくてよかった。あいつに遭遇しなくてすんでよかった。

犬はまだ震えていた。

アンもおなじだった。

午後二時だった。一杯やりたかった。

蛇恐怖症になった瞬間をはっきり覚えていた。

八歳のときだった。

アンは両親に連れられて、デイトナビーチに住んでいる祖父母の家を訪れていた。アンにとってははじめてのフロリダ訪問だった。デイトナは退屈きわまりなかったので、滞在中にちょっとした観光をした。そのひとつが、〈ロス・アレンズ・アリゲーター・ファーム〉という施設だった。ガイドツアーがあった。

赤ちゃんワニに魅了されたことを覚えている。何十匹もの赤ちゃんワニが沼地を模した囲いのなかでぎっしりと群れていたが、じつに平和そうだった。もしかしたら、嚙みつきあわない理由は、みんな一匹の母ワニから生まれたからかもしれないわね。そんなことを考えながら見ていたが、ツアーが少し先まで進んでしまっていることに気づいて、追いつかなければとあせった。だが、ワニについての疑問の答えがどうしても知りたかったので、グループに合流すると、どんなに急いでいるときでも質問があるときはするようにいわれていたことをした。

手を上げたのだ。

ちょうどそのとき、ツアーガイドが質問をしていた。「この蛇を首に巻きたい人はいますか?」そしてアンが、手を上げたまま、赤ちゃんワニたちの平和なお昼寝について一生懸命考えていると、突然、マーヴィンという名前の体重二キロ以上のボアコンストリクターを首に巻かれ、その顔と見つめあっていた。みんながアンにほほえみかけていたが、やがて父親が、「もうはずしてやってくれませんか。どうも顔色がよくないようなので」といった。そして、アンはその直後に気絶してしまった。

実家の庭には緑色の蛇がいたが、その蛇たちはアンをまったくわずらわせなかった。小川のそばにはガーターヘビもいたが、マーヴィンという名前の体重二キロ以上のボアコンストリクターみたいなやつはいなかった。その一件以来、緑色の蛇やガーターヘビまで怖くなった。そしてその直後に、その後、繰り返し見るようになった悪夢をはじめて見た。

アンは山のなかの池で泳いでいる。

ひとりきりで、裸だ。

水は温かく、ちょうど気持ちよく感じられるくらいに冷たい。岸は岩だらけで緑におおわれている。

池の真ん中あたりまで来て、楽々と力強く泳いでいるとき、なにかが……おかしいと感じる。振り向くと、うしろにすらりとした黒い水蛇がいる。鞭のようにしなやかだ。牙《きば》が見えるほどすぐ近い。大きく開いた白い口のなかがはっきりと見える。驚くべき速さで水中で体をくねらせながら泳いでくる。すぐうしろまで来ている。逃げようと必死で泳ぐが、逃げきれないとわかっている。前方の岸は、結露できらきら輝いていて巨大な石壁のようにそびえている。アンは恐怖で泣きだす――泣いているせいでさらに速度が落ちる。泳ぎながら、水が粘度を増しているように感じる。気持ちがくじけ、希望が薄れる。無駄なあがきなのはわかっている。驚愕し恐れおののいている体が勝手に泳いでいるだけだ。蛇はすぐうしろまで迫っていて、いまにもがぶりと

――

目が覚める。

汗まみれになっているだけのときもある。水にからめとられているかのようにシーツが体に巻きついているだけのときも。

自分の悲鳴で目を覚ますときもある。

いまのように。

いまいましい蛇め。

二メートル以上あって、男性の拳《こぶし》よりも太かった。いや、もっと太かった。夢のなかの蛇なんか、あれと比べたら小物だ。

アンは立ってキッチンへ行くと、グラスにウォッカを注ぎ、氷とトニックウォーターを加えた。水を飲むように一気に飲み干し、もう一杯つくった。震えがいくぶんおさまった。

あの蛇がまだ外にいるかどうか確認できそうな程度には。

犬はラグの上で横になり、右うしろ足のノミに嚙みつこうとしていた。

犬は心配しているように見えなかった。

見てみよう、とアンは思った。

きっとだいじょうぶよ。

アンは鍵をあけてガラス戸を開き、ベランダに出てすぐにガラス戸を閉めた。ケイティを巻きこみたくなかった。掃除に使っているほうきを手にとった。背後でケイティが立ちあがり、耳をぴんと立てて見守っていた。ガラス戸をひっかいた。

「だめよ」とアンがたしなめると、ひっかく音がやんだ。

アンは網戸越しに外を見た。

網戸のそばにはなにもいない。

庭にも、特になにも見えない。あの蛇が最初にあらわれた左側、白い柵にそってハイビスカスが咲いているところにも、網戸の近くの、ほかのもっと丈の高い植物を植えてある右側にも、なにも見当たらない。見えないのは、ベランダの網戸になっている面の、左右の隅の土台あたりだけだ。そこを見るためには網戸をあけなければならない。

そんなこと、するもんですか。

それとも、やっぱり見る?

まったくもう、うだうだ考えてたって埒《らち》があかないわ。蛇は来たときみたいに柵を抜けてもどっていって、いまごろはもう、運河の土手でネズミを探してるのかもしれない。

よし、やろう、とアンは決断した。でも、慎重に。油断なく。

へこんだ網戸をほうきが通せるだけあけ、隙間の下のほうからごわごわした毛先を出した。頭を出して長い壁の左側をのぞいた。

蛇はいない。

右を向いたとたん、シューッという音が聞こえ、ハイビスカスのそばの金属製の土台にそって滑るような音がした。そしていきなり、蛇が網戸に体当たりしてきた。金属製の戸枠ががたついた。

アンは網戸を勢いよく閉めた。

ほうきが手から落ち、コンクリートの床にあたって音を立てた。

そして、アンは呆然と怪物を見つめたまま、うしろのコンクリート壁のほうにあとずさりした。

蛇が頭をもたげた。さらに胴までも。六十センチ、九十センチ。どんどんのびた。

じわじわと高さが増した。

ふくらんでいるかのようだった。

そして揺れはじめた。

アンを見つめかえした。


勇気を奮い起こしてもう一度様子を見たときには夕暮れ近くになっていた。

こんどはほうきの代わりに車庫からシャベルをとってきた。もしまたあの怪物が襲ってきたら、運がよければ頭を切り落とせるかもしれない。

蛇は消えていた。

そこいらじゅうを探した。どこにもいなかった。

アンはもう一杯、祝杯をあげた。庭に蛇がいる状態で夜を過ごさなければならないかもしれないと思って不安でたまらなかった。その一杯は当然のご褒美だった。

夢を見たとしても、覚えていなかった。

朝になってから、あらためて庭を調べた。なにもいないことを確認してから、ケイティを外に出して用を足させ、また家に入れた。そして玄関のドアから出て新聞をとりにいった。

私道に一歩踏みだしたばかりでまだドアを閉めきっていなかったとき、芝生の上にそいつがいることに気づいた。郵便受けの前から私道まで一メートル足らずのところにかけて、ほとんどまっすぐに巨体をのばして斜めに横たわっていた。頭をもたげてアンのほうに動きだした。

アンはあわてて家にもどって網戸を閉めた。

蛇は止まって待ちはじめた。

網戸越しに蛇を観察した。

蛇は動かなかった。朝の明るい日差しを浴びながらじっと横たわっていた。

アンは内扉を閉めて鍵をかけた。

なんなのよ！

自分の家に閉じこめられたんだわ！

どこに電話すればいいの？　警察？　動物愛護団体？

911にかけてみた。

警官が名乗った。若くて気さくそうだった。

「庭に蛇がいるんです。大蛇が。そいつが……しつこく襲いかかってくるんです。一歩も家から出られないんです！」

ほんとうだった。ほかの出口といったら、キッチンのドアを抜けて車庫に出るしかないのだが、車庫は玄関のすぐ横に位置している。車庫から出るつもりはなかった。

まっぴらごめんだった。

「申しわけありませんが、それは警察の仕事じゃないんです。動物救助連盟に電話したらいかがですか？　あそこならだれかを派遣して蛇を捕獲し、処分してくれるはずです。ただ、きょうだけであなたが三件めの蛇の通報だし、ワニの通報も四件あったんです。きのうなんか、もっとひどかったんですよ。この雨で、いろんな動物が出てきてるんですよ。動物救助連盟が対応してくれるまでに時間がかかるかもしれません」――

「まあ！」

警官は笑った。「義理の兄が庭師なんですが、フロリダについていってますよ。ここじゃなにもかもが嚙みつくんだ、なんと木までがって」

警官は電話番号を教えてくれ、アンはそこにかけた。動物救助連盟の女性がアンの氏名、住所、電話番号を聞き、それから動物の外見と行動について説明を求めた。

「フロリダ・バンデッドのようですね」と女性はいった。「そこまで大きいのは聞いたことがありませんが」

「フロリダなんですって？」

「フロリダ・バンデッド・ウォータースネーク。フロリダの水辺に生息する縞模様の蛇です。二メートル以上あるんですか？　それは大きいですね。体重は十三、四キロあるんじゃないでしょうか」

「毒はあるんですか？」

「いえ。でも、嚙まれるとひどい怪我をしますよ。バンデッドは獰猛《どうもう》なんです。一度嚙みついたら、二度、三度、四度と嚙みつきます。ただ、あなたがおっしゃるように、追いかけてくるなんて聞いたことがありません。ふつうは縄張りを守るだけです。ほんとうに刺激するようなことをなにもしなかったんですか？」

「絶対にしてません。最初は犬が刺激したかもしれませんが、蛇に気づいたとき、すぐに引き離しました。そのあと、二度も襲ってきたんです。なんの挑発もしてないのに」

「とにかく、刺激しないようにしてください。興奮すると、蛇はなんにでも攻撃しますからね。できるだけ早くそちらに向かいます。では、お気をつけて」

アンは待った。トーク番組を見ながら昼食を食べた。玄関とベランダには近づかないようにした。

担当者は三時ごろに到着した。

ズボンに半袖シャツという服装で二本の長い木の棒を持っている、がっしりした体格の男性ふたりがヴァンから降りてきた。一本の棒の先には、羊飼いの杖のような鉤《かぎ》形《がた》になっている針金がついており、もう一本の棒の先はV字になっていた。アンはケイティと並んで玄関に立って男たちを見守った。男たちはアンに無言でうなずくと、さっそく仕事にとりかかった。

むかつくことに、蛇は芝生にじっと横たわっていた。鉤が頭をすり抜けて顎の下に滑りこみ、V字のくさびが胴のなかほどを押さえつけた。鉤を持っている男が蛇の頭を持ちあげ、まず片手で、次に棒を芝生に落としてもう片方の手で顎の下をつかんだ。蛇は口を大きくあけ、身をよじらせてシューッという音をたてた――だが、本気で抵抗しているようには見えなかった。男たちは三つ数えて蛇を持ちあげた。

「でかいな」

「こんなでかいバンデッドははじめてだ」

男たちは蛇を、道路の反対側にある空き地の、雑草が生い茂っている一画まで運んでいった。

そして、蛇をそのままそこに落とすと、道路を渡って帰ってきて芝生から棒を拾い、ヴァンにもどりはじめた。

アンは立ちつくした。信じられなかった。

「すみません、ちょっと待ってください」

アンは外に出た。禿げ頭の男が運転席に乗りこもうとしていた。

「どうなってるんですか？　あの蛇を……連れていかないんですか？　どこかへ連れていってくれないんですか？」

男はにっこりほほえんだ。「もう連れていきましたよ」

「あれで、あの怪物はもうここへ来ないっていうんですか？　この通りへ？」

「この通りには来ませんよ。蛇は縄張り意識が強いんです。つまり、充分な餌がある場所におちつけば、そこにとどまるんです。蛇はあの空き地で、トカゲやネズミやウサギなんかを食うはずです。それに、あそこは小川に接してる。あの場所の餌を食べつくしたら川下へ移動するはずです。もう二度と目にすることはないでしょう。信じてください」

「そうならなかったら？」

「は？」

アンは腹をたて、失望していた。それが顔に出ていたに違いない。

「そうならなかったらどうすればいいのかって聞いたんです！　あのいまいましい蛇が三十分後にまたもどってきたら？」

男たちは顔を見合わせた。

女はなんにもわかっちゃいない、とでもいいたげだった。

「そのときは、また電話してください。でも、そんなことにはなりませんよ」

アンは家具をぶち壊したくなった。

その夜、アンはオーランドにいるダニーに電話し、蛇について話した。大冒険のように聞こえたらしく、ダニーは見逃したことをおおいに残念がった。話しおえたころには、アン自身もほんとうに冒険だったように思えていた。

しかし、芝生を疾走するように進む蛇のシュ―ッという音を思いだした。そして、鎌首をもたげてアンを見つめていた蛇を。

アンのことを知っているかのようだった。

その夜は早めに就寝したので、ニュースと天気予報を見なかった。結果的に、それがその日最大の失敗だった。

翌朝、アンは家のなかを徹底的に掃除した。ダニーがいないのでやりやすかった。弁護士のことやお金のことがときどき頭に浮かんだものの、正午まではかなり気分がよくなっていた。弁護士への着手金をどうやって工面すればいいか考えたが、結論は出なかった。元夫のせいで信用をなくしているため、ローンは絶対に組めない。車はすでにポンコツ同然。両親もぎりぎりの生活をしている。家を売る？　だめ。持ち物を洗いざらい売る？　とんでもない。

ときどき、外に出て庭を調べた。あの人たちのいうとおりだったのかもしれないわね、とアンは思った。結局、あの人たちは自分の仕事を心得てたのかもしれない。あの馬鹿でかいバンデッド・ウォータースネークがまたあらわれたりしてないんだから。

シャワーを浴びて着替えた。〈アウトバック〉でスージーとステーキランチを食べる約束が一時半にあった。

　スージーも前夜の天気予報を見ていなかった。三時ごろにレストランを出ると――雨が降っているのは知っていたが、どのくらいの時間、どれだけ激しく降ったかまでは気づいていなかったのだ――駐車場が足首まで水に浸かるほど冠水していた。ハリケーン・アンドリューのときの比ではなかった。ふたりはその年最悪の豪雨の真っ只中にいた。

「雨宿りする？」

「掃除してたの。二階の窓をあけっぱなしにしてきちゃった。信じられない」

「わかった。でも、運転には気をつけてね」

　アンはうなずいた。スージーは近所に住んでいるが、アンの家とは二キロ近く離れている。視界はよくなかった。駐車場のなかでさえ。絶え間ない風に押し流されている幕状の雨が、灰色の空に厚みと温かく湿った重みをもたらしていた。

　ふたりはハグすると、靴を脱いでから、それぞれの車をめざして走った。アンが鍵をあけて車に滑りこんだときには、スカートもブラウスも透け、髪から水がしたたり落ちていた。髪の味がした。ほとんどなにも見えなかった。

　ワイパーが役に立った。アンはゆっくりと車を発進させ、スージーに続いて出口から通りに出た。そこで二台は別々の方向に分かれた。

さいわいにも、ふだんは混雑する四車線の道路にはほとんど車がおらず、みな慎重に運転していて、だれも追い越したりしなかった。車線境界線は水中に没していた。冠水は五十センチ近くに達していた。

家に着く前に、車を路肩に寄せざるをえなくなった。ワイパーがまったく追いつかなくなっていた。いまや雨は激しく叩きつけていて——大粒の雨が雹《ひょう》のような音を立てていた。突風が吹きつけて車を揺らした。

アンは、曇ったバックミラーを見つめながら、馬鹿がうしろから追突してこないことを祈った。路肩に寄せるのが危険なのはわかっていたが、どうしようもなかった。

自分の体を見おろし、ブラジャーをつけてくればよかったと後悔した。乳首だけでなく、胸の形や輪郭だけでもなかった——ほくろやそばかすまで、なにもかもが見えていた。淡い黄色のスカートも太腿の上で透けていて、おなじ状態だった。裸同然だった。

まあ、いいか、と思った。だれに見られるっていうの？　こんな状況で。

雨が弱まって、ワイパーがどうにか機能しはじめた。アンは発進した。

道路の水は、かなりの速度で傾斜をくだって流れていた。

縁石は水没していて見えなかった。

芝生が消えていた。駐車場も。歩道も。

排水溝に小さな渦が生じていて、紙の買い物袋や枝や木片などのゴミがぐるぐるまわっていた。

そのうちのひとつがアンを凍りつかせた。

壊れた段ボール箱が排水溝の上でゆっくりと回転していた。箱は黒と茶色の縞模様だが、その縞が動いていた。

蛇の群れだった。高いところを探して泳いでいる途中で休憩しているのだ。

フロリダでは、嵐のときにこういうことが起こると聞いたことはあったが、実際に目にしたのははじめてだった。〝ここじゃなにもかもが嚙みつくんだ〟という警官の言葉を思いだした。

なんて州なの。

アンは自宅がある通りに曲がった。

よく考えていれば予想がついたはずだ。曲がる前の通りのほうが自分の家がある通りよりもやや高いことを、アンは知っていた。何度も気づいていたのだ。

だが、このときは忘れていた。そこまで頭がまわらなかった。自宅にたどり着くこと、嵐を切り抜けることしか考えられなかった。その結果、角を曲がったところで車が一メートル以上の深さの冠水に突っこんでしまった。まったく予想外だったので、恐怖のあまり車をアンはパニックにおちいりかけた。止めていたら、間違いなく最悪の結果を招いていただろう。二度止めそうになった。止めていたら、間違いなく最悪の結果を招いていただろう。二度と発進できないのは明らかだった。この深さの水のなかでは。アンは進みつづけた。ハンドルを必死で握りしめ、スージーとランチしようなんて思いつかなければよかったのにと後悔しながら。

水はフロントグリルの半分まで、ドアの半分まで達していた。車がやけに軽く感じられるのは、タイヤのグリップが効かなくなっているせいかもしれなかった。

アンは、いつエンストを起こしてもおかしくないと覚悟しながら、ほとんど這うように進んでいる車をはげました。車に話しかけた。懇願した。頑張って、お願い。二階の窓をあけっぱなしにした家まであとたった四ブロックなの。

できるわ、あなたならできる。絶対に。

一ブロック。

ゆっくりと進んでいる車は、流れをくだっているボートのように左右に揺れていた。

アンはそっとアクセルを踏んでいた。

二ブロック。

そしてすぐ前に自宅が見えた。雨で白いスタッコの正面が鈍い灰色に変わっていたし、ダニーの寝室の大きく開いた窓が、暗い非難の目のようにアンを見つめていた。前庭は水没していた。

三ブロックめを過ぎ、運河にかかっている橋を渡っているとき、アンは水面の激しい動きに気づいた。

最初はなんなのかわからなかった。前方の水のなかで大きな黒いものが動いていた。またも排水溝の上に生じている、ただしこれまでより大きな渦に、なにかが巻きこまれているのかと思った。

近くまで行ったとき、アンはまたも車を止めそうになった。すぐ目の前になにがあるのかがはっきりしたからだ。だが、止まれなかった。だめ、絶対に止まれない。アクセルに乗せている足にそっと力をこめ、ほとんどアイドリング状態で車をじりじりと前進させた。体のどこかで心臓がかすかに鼓動しているかのようだった。いっぽうで、のたくる物体の塊を避ける方法を必死で探り、どうすればいいかを考えつづけた。

蛇は数十匹いた。大きさはさまざまだ。

長さもさまざまだ。

水面が蛇でびっしりとおおわれていた。

蛇たちは生まれながらの神秘的なパターンにしたがって互いの上を這い、互いをくぐり抜けながら、おおよそ円形の、直径二メートルほどの塊をなしていた。中央がもっとも密集していて、ふちに行くほど薄くなっていたが、全体が絶え間なく動いていた。手持ち花火や回転花火から飛び散る火花のように、何匹かが外へ飛びだしては、輝くうごめきという核を形成している輪のなかへと泳ぎもどっていた。

蛇の群れを突っ切って進むなんてありえなかった。迂回《うかい》するしかなかったが、どこで道路が終わり、どこから芝生がはじまっているかを見分けるのは不可能だった。この新興住宅地のどの通りもそうだが、縁石は低い――乗り越えてもほとんど気づかないだろう。

でも、やるしかない。

案のじょう、右に寄りすぎて隣家の芝生に、隣家のぬかるみに踏みこんでしまったときも、なにも感じなかった。車はがくんと一度揺れ、震え、止まってしまい、タイヤが空回りを続けたが、アンは運転席側の窓の外を見ないようにした。

反射的にアクセルを踏んでしまったが、それがよくなかった。助手席側の泥にさらに深くはまっただけだった。

違う。それだけじゃない。

蛇たちを刺激して、すっかり怒らせてしまったようだ。蛇が車の前後のドアにあたる音が聞こえた。ドン。ドン。ドンドンドンドンドン。意を決して窓の外を見ると、円形だった群れが楕円形になり、車体の長さほどにまでのびていた――アメーバよろしく車を飲みこもうとしているかのようだった。

アンはギアをパークに入れてアイドリングにした。パニックを抑えようとしながら選択肢を考えようとした。

このままじっとしていることもできる。助けを待つこともできる。蛇たちが散るのを待つこともできる。

でも、助けなんか来るはずがない。大通りにもほとんど人がいないのに、こんな通りじゃなおさらだ。こんな嵐のなか、脇道に出てくる馬鹿なんて、わたし以外にはいないだろう。

それに、蛇が散ることもないだろう。

それは明らかだった。車が静かになったいま、蛇の輪はまた元の形にもどった。ほとんどおなじ形に。

ただし、二匹を除いて。ボンネットを這いあがってきた二匹を除いて。

黒い蛇。それに黄色と茶色の縞模様のやつ。フロントガラスに向かって這ってくる。

より高い場所を探しているのだ。

アンは車内に蛇たちの存在を感じた。後部座席から蛇たちが動く音が聞こえた。運転席に向かって這いあがってくる。首に這いあがり、首を越え、胸や太腿を這いおりていく。

ここから出なければならない。さもないと気が狂ってしまう。絶対に耐えられない選択肢がひとつあった。それは、ただここにすわって蛇たちが屋根やボンネットを這う音を聞いているだけという選択肢だ。想像できた。目に浮かんだ。ハエのようにぶ厚く群がり、フロントガラスの視界をさえぎって這いまわり、アンを見つめている。入りたがっている。

出るしかない。

走ればいい。冠水してたって走れる。そんなに深くはない。助手席側から出よう。そっちには蛇がいないかもしれない。

アンは助手席に移動した。

蛇はいた。完全にいないわけではなかった。だが、多くはない。回転花火の火花程度だ。車の下を行ったり来たりしている蛇たちだけだ。

黒い蛇がフロントガラスに到達した。べつの黄色と茶色の蛇がヘッドライトの上にあらわれてボンネットに這いあがってきた。

車が完全に蛇に埋もれるまでに、あとどのくらいかかるだろう?

胸の動悸が激しかった。口のなかに乾いた枯葉のような味がした。

きっとできる、とアンは自分を鼓舞した。ほかに選択肢はない。ほかの唯一の選択肢はあきらめて屈服することだが、それは気が狂うことを意味する。選択肢がないときは、すべきことをするしかない。

待っちゃだめ。待てば状況が悪化するだけ。行くのよ。いますぐ。

アンは深呼吸をし、ドアハンドルをひねって肩でぐいと押した。温かい水が足首まで流れこんできた。ドアは十センチほど開いたが、泥にはばまれて動かなくなった。タイヤが空回りしたせいで、助手席側が下がっているのだ。

もう一度押した。ドアがさらに数センチ開いた。必死に通り抜けようとした。

まだ足りない。

シートに仰向《あおむ》けになると、頭上のハンドルを両手でつかんで体を固定し、全力でドアを蹴った。二度蹴ってから起きあがって体を隙間に突っこんだ。ブラウスのボタンが弾《はじ》け飛んだ。茶色の蛇が車内に入ってきて足首の上をかすめたので、アンは悲鳴をあげながら蹴った。もう一度体を押しこむと、突然、外に出られた。

泥に足をとられた。水は太腿のなかほどまで達していた。スカートが浮きあがった。数歩よろよろと進んだだけで転びかけた。緑色の蛇が一メートルほど左をくねくねと通り過ぎた――そして、おそらくサンゴヘビだろう、黒と黄と赤の縞模様の小さな蛇が、アンの横を車のほうへともどっていった。アンはふらつきながらよけた。サンゴヘビには毒がある。アンは振り向き、サンゴヘビが渦巻く地獄へもどったことを確認しようとした。そのとき、あいつに気づいた。

わたしの蛇に。

車の屋根の上に陣どっていた。そこでとぐろを巻いていた。

アンを見つめていた。

そしてそのとき、動きだした。

夢だわ、とアンは思った。大蛇が屋根から滑り降り、水に入るのを見ながら、あの夢のとおりだわ、と思った。アンは水を分けて進んだ。自宅前のコンクリートの私道をめざした。そこなら足場がしっかりしているはずだ。だが、ここはまだ隣家の芝生だった。足がやわらかくてぬるぬるする泥に深くめりこみ、脚は水しぶきをあげていて、たちまち頭から爪先まで泥だらけになったが、振りかえらなかった。そんな必要はなかった――夢のなかとおなじくらいリアルに、蛇が迫ってくるさまが目に浮かんでいた。

前のめりに倒れたとき、左手がコンクリートにあたり、右手が泥に深くめりこんだ。水を飲み、吐きだした。もがくように立ちあがった。裂けたブラウスがすっかりはだけ、汚れた濡れ雑巾のように片方の肩からぶらさがった。

危険を冒してちらりと振り向くと、蛇はわずか一メートルほどうしろで、アンに嚙みつこうと、優雅で恐ろしげに、ゆっくりと体をくねらせて進んでいた。

黒い蛇が前方を横切ったが気にしなかった。足がコンクリートに触れたので、ガレージをめざして、水しぶきを上げながら一気に走りだした。ダニーが学校から帰ってきたときのために、ガレージのドアはいつもあけたままにしてあった。洗濯機のそばに玄関の鍵が隠してあるし、なかにはレーキや道具類もあった。

勢いをゆるめないままドアにぶつかって振り向くと、蛇は水から頭を持ちあげて襲いかかろうとしていた。アンはしゃがみ、温かく深い泥水に手をのばした。ドアの真ん中あたりにあるハンドルを探りあてようと、一瞬、恐ろしい暗闇に頭を沈めた。ハンドルを見つけてドアをひきあげたとき、蛇の巨大な頭が襲いかかってきた。蛇は、よろめいてあお向けに転んだアンの裸の胸をかすめ、裂けたナイロンのブラウスにからまって激しくもがいた。

水がどっとガレージに流れこみ、蛇の太い筋肉質の体がその流れに乗ってアンの上を転がり、腹をなで、背中を滑っていった。アンはブラウスを脱ごうと、そして蛇のすばしこく動いている頭にそれを巻きつけようともがいた。よろめきながら立ちあがり、洗濯機のほうに走った。鍵を見つけ、しっかりと握りしめてドアに向かった。

蛇が自由になった。ブラウスが水に漂った。

アンは六十センチの深さの水のなかに立っていたが、蛇が見えなかった。

もたつきながら鍵を鍵穴に入れ、ひねってドアをあけた。

蛇が水から頭をもたげ、アンが出入口を通った直後に一段の階段のふちに達した。そしてなかに入りはじめた。

「だめ」とアンは叫んでいた。「入れるもんですか。招いてなんかないわ。出てけ！　このクソ蛇！」恐怖と怒りの叫びをあげながら、木製のドアを開閉して蛇の体に何度も叩きつけたが、蛇の頭はドアの陰でアンを探していた。そしてアンは、ケイティが横で吠えていることに気づいた。蛇もそれに気づいて頭をそっちに向け、黒い舌で犬の匂いと女の匂いを味わった。そのとき、アンは冷蔵庫の横に置いてある、朝からコンセントを差しこんだままになっている掃除機に気づいた。スイッチを入れ、ドアを大きくあけ、水中の黒くのびている胴をねらって投げつけた。

掃除機は火花をあげ、ガレージ内に青と黄色の、セントエルモの火のような光が走った。蛇は激しくもがき、いきなり膨れあがったように見えた。蛇の体から煙が立ちのぼった。蛇は口を開いて閉じ、ふたたび、こんどは信じられないほど大きく開いた。焦げた肉と電気火災特有の異臭が漂った。コードがパチパチと音を立て、コンセントが爆発した。ケイティがきゃんと吠え、耳をうしろに倒し、尻尾を下げてリビングに逃げこみ、ソファのそばでうずくまった。

アンはコンロから鍋つかみをとってプラグを抜いた。

煙をあげている蛇の体を見おろした。

「やったわ」といった。「あんたはわたしをつかまえられなかった。こんなことになるなんて思ってもなかったでしょうね」

蛇の死骸を外にひきずりだしてガレージのドアを閉め、ケイティに餌を与え、やっと熱くて気持ちいい風呂にゆっくりと浸かったあと、お気に入りの肌触りのいい綿のローブをはおって電話をかけた。

弁護士は、アンがこんなに早くふたたび連絡してきたことに驚いた。

「ちょっとしたガレージセールをするつもりなの」とアンはいった。

そして笑いそうになった。〝ちょっとした〟ガレージセールで、間違いなく目に映っているものすべて、実質的に持ち物を洗いざらい手放すことになるだろう。だが、そんなことはどうだってよかった。それだけの価値はあった。

「あいつを追いつめてほしいの」とアンはいった。「わかるでしょ？　あのクソ野郎をやっつけてほしいの」

そしてほんとうに笑いだした。

まるで「リッキ・ティッキ・タヴィ」（ラドヤード・キップリング著『ジャングル・ブック』に含まれる、コブラを倒すマングースを主人公にした短篇）ね、とアンは思った。

蛇どもめ。

炎の舞

Firedance

フリスコ・ハンスは上下二連のレミントンを震える左手に持ち替えて関節が白くなるほど握りしめ、おちつきなく帽子を直した。こういう冷えこむ夜は、だれもが帽子をかぶる。こういう夜は、頭から立ちのぼる体温が、マンホールから漏れる蒸気のように感じられるからだ。ハンスは八年半、商船員として働いた。そしてある朝、カーリュー号の風下舷側《げんそく》の高い位置に設置されていた救命ボートから飛び降り、甲板《かんぱん》に着地したときの衝撃で味覚を失ってしまった。サーモンとレバー・アンド・オニオンの区別もつかなくなったのだ。味覚は二度ともどらなかった。それを知ったハンスは、ほかの感覚まで失う前に商船員を辞め、はるか北のメイン州にある冷凍魚工場の警備員の仕事に就いた。ハンスは喪失について知っていた。だから帽子をかぶりつづけているのだ。

隣にいる小男、ホーマー・デヴィンズも、喪失について知っていると考えていた。だが、それは去年の冬、デヴィンズがウサギ狩りに行っているあいだに妻が中国人のクリーニング屋と駆け落ちしたからだ。デヴィンズは一羽のウサギをしとめたが、チン・フォン・チーに三十年連れ添った妻を連れ去られてしまった。デヴィンズは、いまだにその出来事を受け入れられずにいた。

ハンスは首を振った。「知りたいのは、こんなことが起きてる理由だ。ある朝目覚めたら、すべてのルールが変わってたってわけなのか？」

デヴィンズはキャメル・ライトを深々と吸った。暗闇のなかで小さな明かりがともった。「知るか。理由がわかったら教えてくれ」

デヴィンズは、野原を囲んでいる裸の灌木《かんぼく》を見渡した。あちこちでタバコの火が光っていた。一瞬、マッチの火が燃えあがった。町の半分の人間がやってきて、空き地の周囲に立って見守っていた。デヴィンズはキャメル・ライトを雪のなかに投げ捨てた。

「くそ！　動物は火を怖がるはずじゃねえのか？」

ハンスはうなずいた。この二日間、何度もこの困惑の言葉を聞いていた。水曜の夜、午前一時過ぎにレイ・フォガティとドット・ハードカフが〈バー・ノン・グリル〉に真っ赤な顔で息を切らしながら飛びこんできて、ジーグラーズ・ノッチの近くの空き地に動物がいるとわめきたてたときからずっと。ハンスを含め、バーにいた十六、七人は「ふざけるな」といって相手にしなかった。そもそもおまえらは、いったいなにをしにそんな山のなかまで行ったんだ、と実際にふたりがなにをしていたかを知っていながらたずねた。レイの妻が知ったら夫の生皮を剝ぐだろうし、ドットの夫だっておなじことをするだろうとわかっていながら。

だれもふたりの言葉を信じなかった。一瞬たりとも。だが、水曜の夜だったし、店にいた客はだれも、家に帰りたがっていなかった――経済状況を考慮すれば、翌朝、仕事に行かなければならない者もほとんどいなかった。そこで、六台のトラックに分乗し、ノッチをめざして山にのぼった。タイヤチェーンが雪の下の土をあらわにし、それが長く続く開放創のように見えた。

行き止まりで車を止めた。茂みのなかをのびている小道の入り口からでさえ、丘の向こうに明かりが見えたので、火についてはほんとうだとわかった。だが、ほかは？　たわごとだ。レイとドットがかつごうとしているだけだろう。

空き地の端に到着したとき、あっけにとられて口をあけた人々の唇からタバコが落ち、ビール瓶が雪のなかに落下した――ありえない光景を目にしたからだ。自然ではなかった。まともではなかった。あらゆる常識に反していた。

人間を動物から区別するのは、脳みそでも、人差し指と対向している万能な親指でもないってことくらい、だれだって、天才じゃなくたって――高校を卒業してなくたって――わかる。少なくとも自然の、野生の動物とは違う。年老いて太った黄色い毛並みの猟犬とか、ソファで丸まってぬくぬくしてる根っから怠惰な飼い猫のことじゃない。野生動物の話だ。人間を特別な存在にしているものは、脳と親指のほかにもある。火だ。

動物が暖炉の火を見れば、家に入ってこない。洞窟で火を見れば、離れた暗がりにとどまる。森で火を見れば、パニックになる。あわてふためいて逃げだす。

人間を暖かく快適にしてくれるものが、動物にとっては恐怖の源泉のはずなのに、そこにはそいつらがいた。七匹の動物が、暖かな赤い光を浴びていた。

しかも、ぜんぶがおなじ種類の動物ではなかった。

さらにありえないことだ。

鼠《ねずみ》が二匹いた。

蛇もいた。でかいやつだ。この距離では正確な種類はわからないが、蛇も二匹いた。

大きな赤いカージナルがいた。なんてこった、鳥までいやがる。

狼もいた。山猫もだ。どちらもこのあたりではめったに見かけない。

つまり、天敵の寄せ集めだった。狼。山猫。鳥。蛇。鼠。どの動物も、ほかの動物を食おうとしていない。その代わりに、直径一メートルほどの、自然石からなる輪のなかで、いい感じに燃えている火のそばに横たわっている。のんびりとくつろいだ様子で火を見つめ、木がパチパチとはぜる音に耳を傾けている。

ハンスがまず思ったのは、こいつらにちょっかいを出すのは賢明じゃないということだった。何人かは半分空のビール瓶を持っているが、みんな丸腰だ。狼は襲ってきかねない。山猫は、ほぼ確実に襲ってくるだろう。

だから、〈バー・ノン・グリル〉の客たちは、寒い空き地のふちに立ち、最初のうちは奇跡的で畏敬《いけい》の念を抱かせるもの、たとえばキリストの再臨とか、ルルドの奇跡とかを目《ま》の当たりにしているかのようだった。空飛ぶ円盤から、大きな丸い目をした小さな緑色の宇宙人が降りてくるところを見ているかのようだったし、スコットランドの湖の水面から顔を出したネッシーを見ているかのようだった。

そのとき、ひとりがあとずさりし、次にべつのひとりがあとずさりした。炎がはじけている音と、それを取り巻く沈黙のなかで、人々は不吉ななにかを聞いたような気になっていた。メイン州の冬の闇夜の暗く冷たい空気が、体のなかに侵入してくるのを感じた。

あとで、多くの者が、ほとんどおなじことを考えていたことを認めた。

自然な秩序が逆転したかのようだった。

なにしろ、人間が影のなかにいて、野生動物が光のなかにいたのだ。「まともじゃねえ」とだれかがいった。「断じてまともじゃねえ！」そして突然、全員がいっせいに山を駆けおりはじめた。まるで子供たちがお化けから逃げだしたかのようだった。半数は小道を無視して、茂みをまっすぐにかきわけて逃げた。森そのものが突然、敵にまわったように思えた。森が吠え、かかとに食らいつき、コブラのように追いかけ、猛禽《もうきん》のように空から襲いかかってくるかのように。

ハンスたちは夜明けまで飲みつづけた。

その日の正午には、町じゅうに知れわたっていた。

動物たちになにかが起きている、と。

話しているのはガート・マクチェスニーだった。ガートは、シダーヒルのてっぺんにある古いボロ屋にひとりで暮らしていて、体を大きく揺らしながら足をひきずって歩く老婆だった。人工股関節置換手術を受けたら、屈辱的な病院ガウンを着せられ、おまるを使わなければならないからと、かたくなに手術を拒んでいた。そんなガートを地元の子供たちは魔女と呼んでいた。だが、じつのところ、ガートはデッドリヴァー唯一のローズ奨学生――イェール大学を一九三一年に卒業したあと、オックスフォード大学大学院で学んだのだ――で、ぎりぎり、まだ飲んだくれとはいえなかった。住人たちは〈ティップ・トップ・ラウンジ〉のカウンターにすわっていた。ガートは二本めのハイネケン、ミュージエルとシリングとフリスコ・ハンスはそれぞれ三本めに手をつけていた。まだ午後一時だった――寒くて薄暗い灰色の一日で、ドアをぴったり閉めていても、寒気がバーの床に染みこんで、足にまで伝わっているかのようだった。

「火ってなんだと思う?」とガートがたずねた。「火っていったら、なにが思い浮かぶ? 火はものを分解する。硬木の薪《まき》に火をつけたら、最後は灰になる。火の温度が充分に高ければ、肉や骨だってそうなる。そう、形がなくなるんだ。残るのは無機物と気体と、一時的に放出されるエネルギーだけなのさ。動物たちが恐れるのはそれだよ。破壊と、あらゆる見慣れた形の分解なんだ。木々や草や巣――それに逃げきれなかった不運な動物たち。動物たちには、まわりのものがばらばらになりはじめたら必死で逃げだすだけの分別がある。それにひきかえ、人間は火が大好きだ。その匂いも見た目も音も好きだし、その心地いい暖かな輝きに惹かれる。人間にとって、火はなぐさめだ。地球上で、ものが壊れるのを見てなぐさめを感じる動物は、わたしたち人間だけなのさ」

ガートはビールグラスに口をつけた。泡が、唇の上に生えている濃いグレーの長い毛にわずかについた。

「たぶん、いま、それが変わったんだ」

「だけど、そんなことがどうしてありえるんだ、ガート？　火はちっとも変わっちゃいねえぜ」フリスコ・ハンスがボトルを勢いよくカウンターに置いて指さすと、テディ・パニクがすばやくそれを片づけ、新しいボトルの栓を抜いてカウンターに置いた。ほかの客に注文はあるかと聞いたりはしなかった。テディは無口な男だった。

ガートは肩をすくめた。「さあね」

ハンスは眉をひそめてガートを見た。ここまでは話をしっかりと理解できていたつもりだった。だがいま、頭のなかで、タイヤをきしらせながら想像上のレンガの壁に激突した。いま、それが変わったって？　ガートは、人生最高の日を迎えたときの町議会議員を全員あわせたよりも分別があるはずだとハンスは思っていた。だが、いったいどういう意味なんだ？　ミュージエルとシリングも、やはり困惑顔でガートを見ていた。

だが、ハンスは行動派だった。行く手をさえぎるものがあっても、回避して突き進むタイプだった。

「そうか」ハンスはいった。「じゃあ、おれたちはどうすればいいんだ？」

ガートはほほえんだ。ガートの上の前歯には、たいてい口紅がついていた。きょうも例外ではなかった。

「イブニングニュースに電話する？　大学から学者を呼ぶ？　それもいいだろうね。だけど、わたしならほっとく。様子を見守るね。森を燃やさないかぎり、なにも変わりゃしないじゃないか」

ハンスはそれについて考えた。変わるかもしれないし、変わらないかもしれない。それについてもしばらくほっとこう、と結論した。

「わかった。じゃあ、なんで蛇が鼠を食わず、猫が鳥を食わず、おまけに、猫、っていうか山猫と狼が命がけで戦わないんだ？　その理由を説明してくれ」

ガートはまたほほえんで、「平和な王国さ」といった。

「え？」

「旧約聖書の一節だよ。預言みたいなもんだね。たしかイザヤ書にあるんだ。十九世紀の素朴派《ナイーフ》の画家たちが好んで描いた主題だよ。エドワード・ヒックスとかアンリ・ルソーとか。牛の鼻づらを嗅《か》ぐライオンとか、子羊と並んで横たわる狼とか、山羊《やぎ》の隣で寝そべる豹とか、そんな牧歌的な場面さ。〝幼子が動物たちを導く〟っていうところだけ覚えてる。絵には、たいてい子供たちも描かれてるんだ。平和な王国か。興味深いね」

ハンスは、〝ナイーフ〟ってなんだろう、〝牧歌的〟ってなんだろうと考えた。病気の名前みたいだな、とハンスは思った。

そして、ハイネケンの味がわかればいいのに、と願った。

それがきのうのことだった。ハンスたちは、夜になり、真夜中をすぎてから山にのぼった。前回は道路が途切れて山道がはじまるあたりに六台のトラックが停めてあるだけだったが、今回は車やトラックがいたるところに停めてあって、ハンスとホーマー・デヴィンズは、ダッジを置いたところから四百メートルほど歩かなければならなかった。

今回は、〈バー・ノン・グリル〉の常連たちをはじめ、何人かが散弾銃やライフルを持ってきていた。昨夜、狼狽《ろうばい》してどうふるまったかをみんな隠そうとしたにもかかわらず、ハンスたちが一目散に山を駆けおりたという噂が広まっていた。ハンスも上下二連式のレミントンを持ってきていた。

到着したときには、すでに近所の住人や友人たちが、影のなかで空き地を二重に囲んで立っていた。今回は女性と子供もいた。ハンスとデヴィンズは、ガートとドット・ハードカフとジャック・ミュージエルの近くの、よく見えるところに陣どった。だれも静かなのは昨夜と変わらなかった。説明のつかないことが現実になっていた。だれもが自分の目を疑った。

今回は、動物の種類が大幅に増えていた。白黒まだらの大きな野犬。新たな狼。小柄な雌なので、たぶん最初の狼とつがいなのだろう。カージナルがさらに二羽、雀が五、六羽。ウシガエル二匹。アオカケス。フクロウと雄鶏。川のそばからやってきた二匹のヌママムシ。鷹《たか》もいた。

動物たちは、火のそばで暖をとっているだけではなかった。ゆっくりと不規則な輪を描いて、火のまわりをぐるぐるとまわっていた。フリスコ・ハンスは、山猫が雌狼の肩をかすめたのを見た。逆まわりに這っているマムシの背中を鼠が横切った。マムシはまったく気にせず、頭を鼠に向けないどころか、まばたきすらしなかった。

「いったいなにをしてるのかしら？」とドットがささやいた。ハンスは、ドットの夫がいないことに気づいた。かといって、フォガティもいなかった。撃ちあいになって、ふたりとも死んじまったんだろうか、とハンスは考えた。昨夜、山を全速力で駆けおりて、〈バー・ノン・グリル〉に飛びこんで知らせたのがドットとレイ・フォガティだったことは、いまや町民の半分が知っていた。

「動いてるんだよ」ガートがいった。馬鹿だね、わたしに動物たちがなにをしてるかなんてわかるわけないだろ、といっているかのような口調だった。ビールをもう何本か飲んでいたら、実際にそういっていたかもしれない。ガートと酒を飲んでいると、彼女の頭のなかでカチッと音がしたのが聞こえたような気がするときがあって、そうなると、物言いが俄然《がぜん》、乱暴になるのだ。

だが、動物たちがなにをしているかはたいした問題ではなかった。なぜなら、その目的がなんであれ、突然止まってしまったからだ。まるで、あらかじめ決められていた合図があったかのようだった。いっせいに、ぴたりと動きが止まった。

そして、ほんとうに恐ろしいのはそのことだった。空き地のまわりで銃の安全装置をはずす音と、ボルトをひいてライフルに弾を装塡《そうてん》する音が響いた。やつらはきっと、おれたちがここにいるのを知ってるんだ、とみんなが考えていた。娼館に放りこまれた処女のように、全員が神経質になっていた。動物たちがいまにも急に向きを変えて襲いかかってくるんじゃないか、とびくびくしていたのだ。飼いならされた動物だって野生にもどることがあるじゃないか。こいつらは完全な野生動物なんだ。

しかし、動物たちはすわっただけだった。

前夜と同様に。影のなかにいる人間たちなど眼中にないかのようだった。人間がそこにいないかのようだった。火のそばで身を寄せあってすわっただけだった。鳥が翼をはためかせた。雌狼がため息をついた。クロヘビがとぐろを巻く音がかすかに聞こえた。

まったく奇妙だった。恐怖がおさまったあと、いくら鈍感なハンスでも、銃を持っている人間を怖がるはずの動物たちが人間を無視していること、あるいは、そもそも動物たちが、なぜだかわからないがここに集まっていること自体が自分たちを、人間を怖がらせていることに気づいたが、群衆のあいだには、集合的な羞恥心《しゅうちしん》だか罪悪感だかなんだかが広がっていた。まるで動物たちのせいで、人間という存在がちっぽけで卑《いや》しくて取るに足らないものになってしまったかのようだった。その感覚に対する鈍い憤りが生じているのを感じた。それは、淡い月がのぼるように群衆のあいだに広がっていった。

そしてハンスは、まずいな、と思った。状況が悪い方向に転がろうとしていると確信した。地球上のあらゆる国の人々と接してきた経験から、プライドと屈辱にはつながりがあり、血なまぐさい暴力を引き起こしかねないことをハンスは知っていた。シンガポールのバーやポーランドの娼館、埠頭《ふとう》や貨物船など、いたるところで何度もそれを目撃したのだ。人々の体が緊張し、指が引き金にかかるのを、ほとんど体感できた。

「さて、今夜のショーはおしまいみたいだね」とガートがいった——みんなに聞こえる大きな声で。「明日はどうなるか、想像もつかないけどね」

あちこちで笑いが起きた。緊張がやわらいだ。

火を囲んでいる動物たちは、一匹も身動きしなかった。

やつらにはやつらの事情があるんだろう、とハンスは思った。自分でも、それがなにを意味しているのかわからなかったが、真実だと確信した。

そして、ひとりまたひとりと、人々は山をおりた。

そしていま、ハンスたちは三晩めの様子を見守っていた。

ガートはいなかった。昨晩、寒いなかで立っていたせいで関節炎が悪化してしまったのだ。ナティ・ホーナーに電話をかけて、ほとんど歩けないといっていたのだそうだ。ハンスはガートを気の毒に思ったが、ほかの人々のことをそれ以上に心配した。

なぜなら、またも雰囲気が険悪になっていたからだ。

今回は、動物の数の多さにみんなが震えあがっていた。

フリスコ・ハンスには、森じゅうの動物が集まっているように思えた。リス、シマリス、鳥、アライグマ、ヘラジカ、熊、イタチ——今回は家畜までいた。豚が、鶏がいた。ハンスは、トム・マリンズの老いぼれ黒山羊のヘンリエッタを、額にこんもりと盛りあがっている白い房毛で見分けた。炎もこれまでより高くなっていたし、それを囲む石の輪も、直径二メートルほどに広がっていた。雪でおおわれている空き地全体が明るく照らされ、揺らめいていた。木々だけが徐々に闇に沈んでいった。

木々と、そのあいだに立つ人々だけが。

まるで人間たちが森に隠れているかのようだった。ほんの何日か前の夜までは動物たちがそうしていたように。またも逆転の感覚があった。こんどは人間たちがそうしているのだ。こそこそ隠れているのだ。

いっぽう、動物たちは四重、五重の輪になって肩を寄せあい、ちらつく炎をじっと見つめていた。

ハンスは心配していた。昨夜のように動物たちが立ちあがって動きだしたら、今回は五十四、下手をしたら六十四もの動物が、空き地全体に広がることになる。しかも今回は、女性と子供——ハンスからしたら子供が多すぎた——を除いてほとんど全員が銃を持ってきているというのに、機知で場をなごませてくれるガートはいない。

「気に入らねえな」とハンスはいった。「みんな、もう帰ったほうがいい。ガートがいったとおりだ。やつらはほっとこう」

ホーマー・デヴィンズがハンスを見あげた。「なにいってんだ、ハンス。くそ、ほっとくわけにはいかねえ。こいつは……」デヴィンズは言葉を探した。「こいつは……まったく自然じゃねえんだ」

どうしてそれがわかるんだ、とハンスは考えた。この世界でなにが自然でなにが自然じゃねえかなんて、だれにわかるってんだ？　湖や川は汚染され、なんと空気までが毒まみれだ。ちくしょう、ホーマーみてえなごくふつうの男が千ドルで買ったしゃれた自動小銃を持ってKマートに行って客を撃ちまくってる。子供を誘拐して殺すのが好きな男もいる。クリスマスプレゼントの人形は髪の毛を食っちまう（大人気を博していたキャベツ畑人形の一種で、プラスチック製のお菓子を食べられる人形の口に、子供が指や髪をはさまれる事件が一九九六年の年末に多発した）。そんなとち狂った、支離滅裂な世界じゃ、救命ボートから飛び降りたら永遠に味覚を失っちまうことだってある。だれが、なにが自然でなにが自然じゃないなんていえるんだ？

ハンスがそう考えていたとき、動物たちが立ちあがり、空き地全体に広がって踊りだした。

それは、神かけて、ハンスがそれまでに見たどんな踊りとも違っていたが、にもかかわらず、それがなんなのかわかった。それは純然たる踊りだった。その中心には最初の七匹――二匹の鼠、二匹の蛇、カージナル、山猫、それに狼――がいた。鼠はうしろ足で立ちあがって火の周囲をちょこちょことまわり、蛇は首を高く上げ、固く詰まった雪の上を滑るように進んでいた。カージナルは翼を大きく広げ、くちばしを冬の星空に向けていたし、狼の鼻づらも、山猫の平たく黒い鼻もおなじ方向を向いていた。狼と山猫もうしろ足で立ち、前足を大きく広げ、頭を思いきりうしろにのけぞらせていた――そいつらのまわりでもおなじような光景が繰り広げられていた。まるで突然、森全体に、動物たちにしか聞こえない、木々のあいだで黒い影のように立っている人々の耳には届かない音楽が響いているかのようだった。

「なんてこった！」とデヴィンズがささやいた。

邪悪な黒魔術を見ているかのように、みな、啞然とし、恐れおののいていた。恐怖の波が群衆をおおうのを感じとれた。全員が、本能的に一、二歩あとずさりして枯れ木の茂みのなかにしりぞいた。女性たちが息を呑んだ。赤ん坊が泣きだした。だれかが散弾銃に弾をこめた音が響き、銃を発射可能にした音があちこちから聞こえた。血を見ることになるぞ、とハンスは思った。このままだと、間違いなく血の海になる。

たんに怖がってるからだ。それ以外の理由はない。

こんなことははじめてじゃないが、間違ってる――間違ってるし、とてつもなく愚かだ。ハンスはいま、ガートの言葉の意味がわかった。もしかしたら、すべてが変わりつつあるのかもしれない。ほかのみんなを恐怖で震えあがらせているものが、ハンスの心を驚嘆の念で満たしていた。

やつらは人間とおなじだ、とハンスは思った。大昔の人間も、こんな夜には洞窟《どうくつ》から這いだしておなじことをしたに違いない。

おれは、まったく新しい時代、まったく新しい自然の夜明けを目撃してるんだ。

やや離れたところでレイ・フォガティが二連式散弾銃を構えてねらいをさだめるのを見て、ハンスは、頼む、やめてくれ、と思ったが、ほかの者たちも闇のなかで立ちあがり、銃が火の光をきらりと反射した。いっぽう、明るく喜ばしい恍惚《こうこつ》に浸《ひた》って炎のまわりを巡っている空き地の踊り手たちは、危険に無関心らしく、傷つけられるかもしれないとおびえている様子はなかった。そしてフリスコ・ハンスは、自分の種族が今夜、ここでやろうとしていることに対する根源的な恐怖で凍りついた。それはあまりに突然で、悲しく、根が深かったので、警告の叫び声すらあげられなかった。またも感覚が失われていた。この感覚は回復するんだろうか、回復したとき、おれは気にするんだろうか、とハンスは考えた。

そして、まさにそのとき、幼いパティ・シリングが母親の腕から抜けだし、火のそばに走っていって動物たちの輪に加わった。

小さな女の子を撃つわけにはいかない——たとえティリー・マンガーが見ていないときにマンガーのパン屋からクルーラーを盗む癖のある子でも。さらに、ほかの子供たちも次々に続いた。子供たちが鼠やらリスやらと踊りだした。女性も何人か加わった。ハンスは、ドット・ハードカフが大きな茶色の熊と踊っていることに気づいた。ドットの夫もレイ・フォガティも、そのパートナーには文句をつけられないだろう。

ハンスは上下二連の散弾銃を木に立てかけ、ホーマー・デヴィンズのほうを向いた。

「おい、ホーマー」とハンスはいった。「いいことを思いついたぞ。おまえ、ホーンパイプっていうダンスは見たことないよな？」

訳者あとがき

　本書は、二〇一八年一月二十四日に癌のため七十一歳で死去したジャック・ケッチャムの、本邦では、二〇一四年の『わたしはサムじゃない』以来の新刊である。いったん紹介が途切れた作家の作品をふたたび刊行するためのハードルは高い。こうしてこの短篇集をお届けできるようになったのは、代表作『隣の家の少女』をはじめとする既刊がじわじわと売れつづけていたおかげにほかならない。既刊を購入していただいたかたがた、SNS等で感想を発信していただいたかたがたに感謝を申しあげる。

　この短篇集には、ケッチャムの三冊の短篇集、ブラム・ストーカー賞最優秀短篇集賞を受賞した *Peaceable Kingdom*（2003）、*Closing Time and Other Stories*（2007）、*Gorilla In My Room*（2017）から訳者が選んだ十九篇を収録した。以下は各篇の簡単な解説である。

冬の子（1998）『隣の家の少女』と並ぶ代表作、『オフシーズン』とその続篇である『襲撃者の夜』のあいだに起きた出来事を描いた短篇。未訳の長篇 *She Wakes*（1989）で登場人物が語るエピソードを修正して短篇に仕上げたもの。

作品（1997）この短篇の主人公の女性作家は、自分の作品を生かしつづけるためにとんでもない手段に訴えるが、ケッチャムの公式サイトによれば、ケッチャムの死後も、彼の作品は毎年、再刊されたり、さまざまな国で翻訳されたりしつづけている。

箱（1994）ブラム・ストーカー賞最優秀短篇賞を受賞。この短篇が捧げられているニール・マクフィーターズは、ケッチャムの友人で、少年が食事を拒絶するというアイデアをくれたイラストレーター。マクフィーターズはアメリカで刊行されたケッチャム作品の多くの表紙イラストを担当した。二〇一七年に、四話すべてを女性が監督したオムニバスホラー『XX』の一話として映画化された。

オリヴィア：独白（2006）感謝が捧げられているクリス・ゴールデンとは、ホラー作家、クリストファー・ゴールデンのこと。ゴールデンから、この物語のもとになった事件の新聞記事の切り抜きをもらったケッチャムは、女優の独白のみからなる演劇脚本として完成させて上演にこぎつけ、のちに『黒い夏』の冒頭の殺人シーンに流用した。

帰還（2002）愛猫を亡くしたケッチャムが心の痛みをまぎらわすために書いた短篇。

聞いてくれ（2014）若い女性が幼少期の虐待が原因で自殺したという新聞記事と、小学校と中学校で同級生だった近所の女の子から聞いた体験談をあわせて仕上げた短篇。

未見（2007）主人公の作家、ケヴィン・コヴェラントの名前は、ケッチャムの公式サイトのウェブマスターからとられている。コヴェラントがどうしても見られないホラー映画のタイトル、『汚眠』の原語は Sleepdirt だが、これはロック・ミュージシャン、フランク・ザッパのアルバム、Sleep Dirt からの引用である。

二番エリア（2001）ケッチャムは、高校生のころに読んで大きな感銘を受けた、ソーントン・ワイルダーの小説『サン・ルイ・レイの橋』から、見知らぬ人々の運命がある場所で交錯するというアイデアを借りてこの短篇を書いた。

八方ふさがり（2004）『隣の家の少女』を書いていたころの数年間、ケッチャムはセラピーに通っていた。

運のつき（2000）ケッチャムは、中篇集『閉店時間』に収録されている傑作、「川を渡って」（2003）に先だって、二〇〇〇年にすでにこのウェスタンホラーを書いていた。登場人物のひとり、キッド・アープは、「かの有名なアープ兄弟とも血縁関係はなかった」とされているが、このアープ兄弟とは、西部開拓時代の有名なガンマンで、OK牧場の決闘をおこなったワイアット・アープを含むアープ兄弟のことである。OK牧場の決闘がおこなわれた町、トゥームストーンと、ワイアット・アープがトゥームストーンに移る前に保安官代理を務めていたダッジシティについての言及もある。

暴虐（2010）　ケッチャムには、親戚の子供たちに、この短篇に描かれているような虐待をするおじがいた。妻を殺したわけではないが、暴力をふるっているという噂もあった。そしてケッチャムは、そのおじにアライグマを撃ち殺せと強要された。

三十人の集い（2015）　ケッチャム自身を思わせる作家ダニエルズの作品、『隣人たち』は実際の殺人事件をもとにしたことになっているが、『隣の家の少女』も、一九六五年にインディアナ州で起きたシルヴィア・ライケンス殺害事件をもとにしている。また、ダニエルズが講演に呼ばれるニュージャージー州リヴィングストンは、ケッチャムが幼少期を過ごした土地だ。

歳月（2016）　患者を意図的に傷つけていた医師のニュースを教えてくれたのは、公式サイトのウェブマスター、ケヴィン・コヴェラントだった。

母と娘（2001）　舞台になっているニュージャージー州ケープメイは、ケープメイ半島の南端に位置する歴史あるリゾート地である。古い建物が数多く残っており、聖ヨゼフ修道女会の修道所、〈セント・メアリ・バイ・ザ・シー〉はそのひとつ。とがった半島の先端がポイントと呼ばれている。

永遠《とわ》に（2000）　舞台になっているニューハンプシャー州ホワイト山地は、アパラチア山脈の一部で、北東部でもっとも険しい山地。景勝地として知られ、多くの画家がこの地で風景画を描いた。

行方知れず(2000) ブラム・ストーカー賞最優秀短篇賞を受賞。高く評価された一方で、結末があいまいでわかりにくいという感想も多かった。

見舞い(1998) ケッチャムは、超自然的なテーマをほとんど扱わなかったが、ゾンビはお気に入りだったらしく、未訳の長篇 *Ladies' Night* (1997) もゾンビものだ。この短篇は、静謐《せいひつ》で物悲しい、異色のゾンビ小説になっている。

蛇(1995) ケッチャム作品の魅力のひとつに女性登場人物の勇敢さがあげられる。この短篇の主人公であるアンも、自分の人生を取り戻すために勇敢に戦う。

炎の舞(1998) この短篇の発想のもとは、作中でも触れられている素朴派の絵画だとケッチャムは思っていたが、書きあげてから何年もたってから、子供のころに大好きだった、エルヴィス・プレスリーの歌うゴスペルソング、Peace In The Valley が、まさに〝平和な王国〟についての歌だったことに気づいた。

◉訳者紹介　金子 浩（かねこ　ひろし）
1958年生まれ。早稲田大学政治経済学部中退。訳書にナガマツ『闇の中をどこまで高く』（東京創元社）、チェイニー&ブレイジー『戦士強制志願』（早川書房）、ケッチャム『隣の家の少女』『オフシーズン』『老人と犬』（以上、扶桑社ミステリー）他多数。

冬の子　ジャック・ケッチャム短篇傑作選

発行日　2025年2月10日　初版第1刷発行
　　　　2025年6月20日　　　第2刷発行

著　者　ジャック・ケッチャム
訳　者　金子 浩

発行者　秋尾弘史
発行所　株式会社 扶桑社
〒105-8070
東京都港区海岸1-2-20　汐留ビルディング
電話　03-5843-8842（編集）
　　　03-5843-8143（メールセンター）
www.fusosha.co.jp

印刷・製本　中央精版印刷株式会社

定価はカバーに表示してあります。

Printed in Japan
ISBN 978-4-594-09878-0　C0197